소설의 텍스트와 콘텍스트

송명희 소설평론집

지식과교양

부산광역시
BUSAN METROPOLITAN CITY 부산문화재단
BUSAN CULTURAL FOUNDATION

본 사업은 2022년 부산광역시, 부산문화재단 〈부산문화예술지원사업〉으로
지원을 받았습니다.

머리말

이 책의 제목을 '소설의 텍스트(text)와 콘텍스트(context)'로 정한 것은 텍스트에 대한 이해와 비평은 하나의 텍스트와 그것을 둘러싼 다양한 텍스트 간의 상호적 과정에서 출발해야 한다는 생각에서 소설들을 바라보고 해석하였기 때문이다.

전통적으로 문학의 해석은 저자의 생애, 취향, 정념에 집중되어 왔으며, 작품에 대한 설명은 언제나 작품을 만들어 낸 작가 쪽에서 모색되어 왔다. 하지만 현대에 와서 작품은 유일무이한 창조자인 저자와의 관계로부터 텍스트, 즉 그 사회의 다양한 언술들의 공동작용이라는 개념으로 전환되었다.

1971년에 발표된 「작품에서 텍스트로」라는 논문에서 롤랑 바르트(Roland Barthes)는 작품(work)과 텍스트(text)를 엄격하게 구분한다. 그는 문학 작품을 작가의 사상과 감정의 표현으로 보거나, 혹은 세계의 반영으로 보는 전통적인 시각을 전복시킨다. 그는 독자가 작가의 표현물 혹은 세계의 반영물로서 작품을 대하고, 마치 자신이 심판관이 된 듯 작품의 의미를 결정하려는 태도도 비판한다. 그는 저자는 텍스트의 기원도 종결도 아니고 그저 손님으로서 텍스트를 방문할 수 있을 뿐으로,

텍스트는 소화되는 게 아니라 협동의 장에서 독자에 의해 열려지고 숨을 쉰다, 즉 탄생된다고 보았다.

전통적 텍스트 개념에서 텍스트의 의미는 기호적으로 최종적이고 의미론적으로는 닫혀 있다. 하지만 현대적 텍스트 개념에서 텍스트의 의미는 최종적이지 않고 불안정적이며, 수용자인 독자에 따라 다르게 읽힐 수 있는 열린 텍스트다. 즉 작가의 텍스트는 발생론적 차원에서는 최종성과 완결성을 가지지만 의미론적 실현의 차원에서 최종성과 완결성은 상실된다. 그리고 독자의 읽기 차이와 다양성에 따라 텍스트의 의미론적 실현은 달라질 수 있다. 즉 하나의 닫혀 있는 완결된 텍스트가 아니라 다수의 열린 텍스트가 존재하게 된다.

그렇다고 해서 이 책이 바르트의 기호학이나 구조주의 등의 해석법을 따르고 있는 것은 아니다. 문학을 읽는 과정은 저자의 의도나 특정한 어느 비평의 방법에 따라 전적으로 통제되지 않는다는 것을 우리는 이미 경험하고 있다. 따라서 이 책에서는 다양한 방법의 텍스트 읽기를 시도하고 있다.

제1부에서는 최근에 쓴 글들을 수록하고 있다. 이승우의 「마음의 부력」, 한강의 「채식주의자」, 박상우의 「내 마음의 옥탑방」, 정미경의 「밤이여, 나뉘어라」, 한강의 『소년이 온다』 등을 '편애 그리고 억압된 죄책감과 수치심', '채식주의와 에코페미니즘', '빈곤의 옥상방에서 그리움의 옥탑방으로', '욕망의 삼각형과 인정투쟁', '살아남은 자의 죄책감과 사회적 도덕 감정'이라는 담론들로 분석해 보았다.

제2부에서는 1990년대 우리 소설의 포스트모더니즘화 등 제반 현상을 분석한 글들을 수록하였다. 구체적으로는 윤대녕의 「남쪽 계단을 보라」, 최윤의 「하나코는 없다」, 하창수의 「무비로드, 혹은 길의 환상」에

대한 분석과 1990년대 소설의 포스트모더니즘화 현상을 전반적으로 조망한 글들이다.

제3부에서는 해양소설에 나타난 바다의 장소성과 부산의 작가 박정선과 안유환의 소설들, 재미한인작가 정종진의 소설을 이슬라모포비아라는 관점에서, 울산작가 전혜성의 소설을 상호텍스트성이라는 관점으로 분석하였다.

소설들을 분석하면서 문학 텍스트는 저자, 독자, 사회, 역사, 비평이론 등의 상호텍스트성을 통해서 그 의미가 파악되고 새로운 의미들이 산출되는 열린 텍스트라고 하는 점을 새삼 느낀다. 그것은 문학 텍스트란 무엇인가에 대한 질문이기 이전에 우리가 살아가는 인생과 세계란 무엇인가라는 질문에 대해서 하나의 답이 존재하지 않는다는 것과 마찬가지 이치이다. 소설가가 작품을 쓰는 행위도 그 나름의 인생과 세계에 대한 해석을 나타내는 것이지만 문학비평의 글쓰기도 비평가의 인생과 세계에 대한 해석을 통해 다양한 의미들을 산출하는 과정이다.

부산문화재단의 '2022년도 부산문화예술지원사업'의 지원으로 최근에 쓴 소설평론들과 그동안 주제가 달라 책으로 엮이지 못하고 있던 소설평론들을 묶어낼 수 있게 되었음을 감사하게 생각한다. 출판계의 불황에도 불구하고 기꺼이 저서를 출간해 주신 지식과교양의 윤석산 사장님과 편집진에도 감사의 말씀을 드린다.

2022년 무더위의 한가운데서
송명희 씀

목차

제3부

제1부

1. 편애 그리고 억압된 죄책감과 수치심

– 이승우의 「마음의 부력」

1. 억압된 것의 귀환

2020년의 이상문학상은 우수상 수상자들의 수상 거부로 인한 논란으로 수상 작품집을 발간하지 못했다. 그래서 올해(2021)의 이상문학상 작품집이 발간되길 어느 해보다도 더 기다렸다. 금년 대상 수상작이 이승우의 「마음의 부력」이라는 것을 알았을 때 '마음의 부력'이라니, 왜 그와 같은 제목을 붙였을까 하는 궁금증을 갖고 소설을 읽어 내려갔다.

'부력'이란 물체가 물이나 공기 중에서 뜰 수 있게 해 주는 힘을 말한다. 이 소설에서 '마음의 부력'은 슬하에 아들 형제를 둔 어머니의 죽은 큰아들에 대한 마음의 짐, 즉 작은아들에 비해 큰아들을 경제적으로 지원하지 못했다는 데 대한 죄책감이 무의식에 깊게 가라앉았다가 치매 증세를 보이자 무의식을 뚫고 떠오른 것을 말한다.

하지만 그것이 다가 아니다. 어머니의 사랑을 형보다 더 받았다고 느끼는 작은아들의 형에 대한 마음의 짐도 그에 못지않게, 아니 더 중요하게 그려지고 있다. 어쩌면 일인칭의 화자가 작은아들로 설정되어 있으므로, 어머니의 죄책감보다는 작은아들의 형에 대한 부채의식이 더 중요하게 분석되었다고 보는 것이 맞을 것이다.

그리고 마침내 나는 내가 형에게 돌아갈 몫을 부당하게 차지했을 수 있다는 생각에 사로잡히지 않으려고 무진 애를 쓰고 있는 나를 외면하지 못했다. 의도와 상관없이 혜택을 더 받은 사람이라는 생각은 편애의 대상이었음을 인정해야 하므로 위험했고, 그래서 회피해야 했다. 편애의 대상이 된 사람이 느끼는 마음의 불편함을 사람들은 간과한다. 그들은 한쪽으로 치우친 사랑에서 제외된 사람의 아픔에 주목할 뿐, 주목하느라, 한쪽으로 치우친 사랑의 대상이 되어 있는 사람의 마음이 어떤지는 헤아리려 하지 않는다. 이쪽이든 저쪽이든 이 사랑의 실행에 전적으로 수동적이라는 점에서는 다르지 않다. 치우친 사랑에서 제외된 자만이 아니라 그 사랑의 선택을 받은 자 역시 비자발적이다. 그렇지만 결과적으로 혜택을 더 받은, 더 받았다고 느끼는 사람이 덜 받은, 덜 받았다고 느끼는 사람을 향해 갖게 되는 마음의 부담감을 피해갈 수는 없다. 형의 입을 통해 '면목 없다'는 말을 들을 때 내가 느끼곤 했던, 어디론가 달아나고 싶은 부끄러움과 난처함을 나는 아무에게도 말하지 못한다.[1]

문학이나 영화에서 편애에 관한 서사는 통상 사랑을 덜 받은 자의 소외감과 박탈감을 더 중요하게 다루어 왔다. 그런데 「마음의 부력」이란 소설은 오히려 어머니의 사랑을 더 받은 작은아들의 입장에서 덜 받았다고 여겨지는 형에 대한 심리적 부채의식을 분석하고 있다. 형은 서사

---

1) 이승우 외, 『제44회 이상문학상 작품집-마음의 부력 외』, 문학사상, 2021, 36면.

의 현재 시점에서 이미 죽은 것으로 설정되었고, 화자도 일인칭의 동생이기 때문에 편애의 피해자인 형의 입장을 서술할 수 없는 구조를 소설은 이미 갖고 있다. 인용문에서 보듯이 "편애의 대상이 된 사람이 느끼는 마음의 불편함을 사람들은 간과한다"는 것이 작가로 하여금 이 작품을 쓰게 만든 동기라고 할 수 있을 것이다. 사람들이 간과한, 사랑을 더 받은 자의 마음의 불편함과 부채의식에 대해서 작가는 쓰고 싶었던 것이다. 이것이 이 소설의 새로움이라고 할 수 있다.

죽은 큰아들에 대한 어머니의 죄책감과 형에 대한 동생의 부채의식은 무의식에서 영원히 망각되지 않고 마치 부력처럼 계속 떠올라오는 마음의 불편함을 이 소설은 진지하게 다루고 있다. 마치 억압된 것은 반드시 귀환한다(return to the repressed)는 프로이트적인 명제를 입증이라도 하듯이 「마음의 부력」은 지금 여기의 편애로 인한 갈등이 아니라 과거 사실, 그리고 이미 죽은 큰아들에 대한 어머니의 죄책감과 형에 대한 동생의 부채의식을 다루고 있다.

어머니의 경미한 인지장애(치매) 증세는 그녀의 무의식 속에 억압된 큰아들에 대한 죄책감을 느슨하게 풀어버리는 계기를 제공한다. 그리고 그 죄책감은 엉뚱하게도 작은아들에게 꾸어간 돈을 갚으라는 이해할 수 없는 전화의 메시지로 표출된다. 빚을 갚아야 한다는 어머니의 전화는 작은아들로 하여금 애써 외면하며 억압해두었던 죽은 형에 대한 기억들을 소환하며 사랑을 더 받은 자로서의 부채의식을 환기한다. 어머니로부터 유발된 죄책감은 화자가 애써 외면해 온 형에 대한 불편한 감정, 즉 무의식에 억압해 두었던 부채의식을 의식의 전면으로 소환하는 연쇄작용을 불러일으키게 된다. 앞 인용문의 외면, 위험, 회피, 불편, 부담감, 부끄러움과 난처함과 같은 단어들은 화자가 형에 대해 느껴온,

즉 불편해서 무의식에 억압할 수밖에 없었던 감정들의 정체를 드러내 준다.

무의식은 우리가 의식하지 못하는 마음속의 또 다른 마음이다. 이것은 평소에는 의식 밑에 깊숙이 감추어져 있다. 불쾌하거나 부담스러운 생각을 마음속 깊이 묻어버리는 것을 억압이라 부른다. 하지만 무의식은 종종 억압을 뚫고 의식의 수면 위로 그 모습을 드러내며 우리의 행동에 아주 큰 영향력을 행사한다.[2]

프로이트(Sigmund Freud)에 의하면, 현재의 생각이나 감정, 행동, 그리고 실수나 망각까지도 우연히 일어나는 것이 아니고 항상 원인과 의미가 있다. 심지어 꿈마저도 그 사람의 소망의 실현이며, 무의식(unconsciousness)의 대용물이다. 그가 말한 무의식은 의식의 영역으로 들어오지 못하고 억압되거나 금지된 충동과 욕구를 포함하는 정신의 영역이다. 불쾌한 것, 끔찍한 것, 속상한 것, 곤혹스러운 것, 죄책감, 상처 같은 것들은 의식에서 억압되어 무의식에 깊게 잠재되어 있지만 사라지지 않고 계속 움직이고 동요하면서 영혼을 위협하고 신경증이나 히스테리를 유발시키는 원인으로 작용한다.[3]

2. 편애에 관한 원형적 이야기

「마음의 부력」은 최근 이승우 작가가 집요하게 다루는 일련의 소설적

---

2) 유범희, 『다시 프로이트, 내 마음의 상처를 읽다』, 더숲, 2018, 19-20면.
3) 송명희, 『치유 코드로 소설을 읽다』, 지식과교양, 2019, 56면.

문제의식과 맞닿아 있다. 대학과 대학원에서 신학을 전공한 이승우는 구약의 창세기를 모티프로 한 작품들을 연달아 발표해왔다. 그리고 그 것을 묶어 연작 소설집 『사랑이 한 일』(2020)을 최근에 발간했다. 「마음 의 부력」은 이 소설집에 수록된 작품 가운데 「허기와 탐식」, 「야곱의 사 다리」의 연장선상에 있는 작품이다.

　「허기와 탐식」은 아버지 '이삭'이 큰아들 '에서'에게 가졌던 편애의 근 원을 추적하는 이야기이다. 「야곱의 사다리」는 아버지의 편애를 받은 '에서'와는 달리 어머니 '리브가'의 편애를 받은 작은아들 '야곱'의 이야 기이다. 그리고 「마음의 부력」은 「야곱의 사다리」처럼 어머니의 작은아 들에 대한 편애를 다루었다. 즉 부모 어느 한편이 아들 형제 중 한 명을 사랑함으로써 빚어진 편애라는 원형적 이야기의 반복 재현인 셈이다. 하지만 편향된 사랑 그 자체가 아니라 편애에 대한 어머니의 죄책감과 사랑을 더 받은 동생의 심리적 부담감을 보다 중요하게 다루었다는 점 에서 「마음의 부력」은 「야곱의 사다리」와 공통점과 차별성을 동시에 갖 는다.

　신화·원형비평의 관점에서 본다면 이승우가 쓴 일련의 작품들은 구 약 창세기에 나오는 부모의 편애와 형제간의 질투 모티프의 반복 재현 이다. 즉 세상에 더 이상 새로운 이야기는 없고, 원형적 이야기가 자리바 꿈을 하여 쓰여졌을 뿐인 것이다. 부모의 편애와 형제간의 질투 모티프 는 가족관계에서 일어나는 가장 근본적이고 원형적인 이야기의 하나라 는 점에서 이승우는 이 원형적 모티프를 반복적으로 재현하고 있는 셈 이다.

　작품 속에서 화자는 자신과 형, 그리고 어머니의 관계를 구약 창세기 의 '야곱'과 '에서', 그리고 '리브가'의 관계로 인식하고 있음을 직접 서술한다.

    돌아오는 차 안에서 나는 어머니의 편애를 받았던 창세기의 인물 야곱
이 느꼈을 마음의 짐에 대해 아내에게 이야기했다. 혼돈하고 공허한 채로
내 마음속에 떠돌던 무정형의 어둠을 끄집어내는 순간이었다. 어머니는
야곱을 사랑했다. 어머니 리브가가 큰아들인 에서를 미워한 것은 아니었
다고 생각한다. 그녀는 단지 작은아들을 사랑했을 뿐이다. 한 사람을 사
랑했을 뿐인데 다른 누군가가 사랑받지 못하는 일이 일어나는 것이 세상
이치다. 사랑이 차별을 만들어내는 것은 역설이다. (중략) 속이고 빼앗으
려는 의도가 이 이야기의 원인이 아니다. 사랑이 있을 뿐이다. 사랑이 속
이고 빼앗는 사건을 만들어낸 것뿐이다. 사랑이 어떻게 이럴 수 있는가.
사랑이 사랑하는 이를 선택하는 일이면서 동시에 사랑하지 않는 이를 선
택하지 않는 일이 되기 때문이 아닌가. 에서가 느꼈을 박탈감이 어떨지는
말하지 않아도 알 수 있다. 그렇지만 야곱은? 야곱은 아무렇지 않았을까?
자발적인 어떤 행위를 하지 않았음에도 불구하고 결과적으로 자기 때문
에 형을 소외시키고 형에게 박탈감을 준 셈이 된 동생의 마음속은 어땠
을까? 형을 사랑에서 배제하는 이 드라마에 어떤 적극성도 없이, 그러나
어쩔 수 없이 참여한 꼴이 되고 만 동생이 형 못지않게, 어쩌면 어머니의
사랑이 부담스러워 거부하고 싶을 때도 있지 않았을까, 하고 나는 생각한
다. 자기를 사랑하는 어머니가 싫어서가 아니라 자기를 사랑하는 어머니
의 사랑을 받지 못하는 형을 볼 낯이 없어서.[4]

어머니 리브가가 큰아들인 에서를 미워한 것이 아니었음에도 사랑

4) 이승우 외, 앞의 책, 37-38면.

은 차별을 만들어낸다. 누군가를 사랑하는 일은 누군가를 사랑하지 않는 일이라는 사랑의 역설에 대해서 작가는 말하고 싶었던 것 같다. 그런데 차별받은 자의 박탈감과 소외감은 이미 많이 서사화되었다. 따라서 비자발적인 참여자가 되어 결과적으로 형(큰아들)을 소외시키고 박탈감을 준 동생(작은아들)의 어머니의 사랑에 대한 부담감과 사랑을 덜받은 형에 대한 볼 낯이 없는 부채의식에 대해서 이 소설은 그려내고 있다. 즉 편애에 따른 질투심이 아니라 사랑을 더 받았다고 느낀 자의 사랑을 덜 받은 자에 대해서 갖는 면목 없음과 부채의식을 다루고 있는 것이다.

신화비평은 모든 문학 장르와 개별적인 문학작품을 어떤 원형이나 신화의 전형적인 형태의 재현으로 해석하는 비평이다. 따라서 작품을 작자와 시대 · 사회적인 연관 속에서 보는 비평적 태도를 반대한다. 또한 신화비평은 신비평이 문학 작품, 특히 시 작품 자체만을 분석하고 평가하는 비평 태도도 비판한다. 즉 작품의 분석, 곧 단어 상호간의 관계라든지 의미의 세부, 작품의 행과 행, 연과 전체가 갖는 연관성을 파악하는 데 힘쓰는 태도를 비판하면서 작품의 개별성보다는 시공을 초월하는 신화적 상상력과 보편적 원형을 확인하려는 특징을 나타낸다. 캐나다의 비평가 노스럽 프라이(Northrop Frye)는 오랜 세월 동안 인간의 상상력에 의해 형성되어 온 고대 신화나 종교, 계절의 변화와 같은 근본적인 인간 경험으로부터 작품의 서사구조의 원형을 추출해냄으로써 개별 작품들에 나타난 인간 상상력의 근본적 보편성을 밝혀보려고 했다.[5]

---

5) 송명희, 「김일엽 시에 나타난 봄 이미지」, 『문예운동』 2021년 봄호, 107면.

3. 편애와 죄책감

죄책감은 인간이 스스로가 저지른 잘못에 대하여 도덕적 책임을 느낄 때 갖게 되는 감정이다. 수치심은 자신과 다른 사람들의 이상에 따라 행동하지 못했다는 것이다. 인간은 도덕적 규범을 어길 때는 죄책감을 경험하고, 개인적 이상에 따라 행동하지 못했을 때는 수치심을 느낀다. 죄책감과 수치심을 경험하려면 자신을 평가할 내적 기준인 양심이나 정신분석학에서 말하는 슈퍼에고(super-ego)를 갖고 있어야 한다.[6]

이 작품에서 어머니가 큰아들에 대해서 갖는 감정은 분명 죄책감이라고 할 수 있다. 그런데 편애를 받은 자로서 동생이 갖고 있는 부채의식은 스스로가 저지른 도덕적 잘못이 아니라는 점에서 죄책감과는 다소 거리가 있는 감정이다. 치우친 사랑의 선택을 받은 것이 비자발적으로 일어난 결과라는 점에서 그것은 수치심에 가까운 감정이라고 할 수 있을지도 모른다. 화자는 그 감정을 부끄러움과 난처함, 면목 없음과 같은 단어로 표현했다. "그렇지만 결과적으로 혜택을 더 받은, 더 받았다고 느끼는 사람이 덜 받은, 덜 받았다고 느끼는 사람을 향해 갖게 되는 마음의 부담감을 피해갈 수는 없다"는 데에 화자의 감정적 딜레마가 존재한다.

사랑을 더 받은 화자가 오히려 사랑을 덜 받은 형의 입에서 '면목 없다'는 말을 듣게 되었을 때에 느낀, 그 누구에게도 말하지 못한 부끄러움과 난처함을 화자는 첫 번째로 형에게 말하고 싶었다. 그러나 형이 살

---

6) 리처드 래저러스 · 버니스 래저러스, 정영목 역, 『감정과 이성』, 문예출판사, 1997, 65면.

아 있는 동안은 "말할 수 없었고, 말하지 못했고, 이제는 영원히 말할 수 없게 돼버렸다. 형은 이 세상에서 사라져버림으로써 그런 기회를 앗아가 버렸다." 형은 자신의 '면목 없다'는 말이 얼마나 동생을 면목 없게 한다는 사실을 몰랐을 것이라고 화자는 생각한다. 결코 동생을 괴롭힐 의도로 형이 그렇게 말한 것이 아니라는 것을 잘 알고 있음에도 화자는 괴롭고 불편하고 부끄럽고 난감했던 것이다.

　사랑은 근본적으로 독점적인 성격을 갖고 있다. 한 사람을 선택하면 다른 한 사람은 선택에서 배제되는 것이 사랑의 본질적인 성격이다. '열 손가락 깨물어 아프지 않은 손가락이 없다'고 자식에 대한 공평한 사랑을 강조하는 속담이 있지만 더 아프고 덜 아픈 손가락은 분명 존재한다. 그리고 '더'와 '덜'은 무의식중에 차이를 넘어 차별을 만들어낸다. 부모도 사람인 이상 어찌 완벽하게 공평한 사랑을 자식들에게 베풀 수 있다는 말인가?

　어머니의 편애는 단 한 번 명시적으로 인식되고 있다. 작은아들의 대학원 등록금을 마련해야 할 때였다. 어머니는 큰아들이 처음으로 요구한, 카페 차릴 돈을 도와달라는 요청을 거절했을 뿐만 아니라 "나이가 몇인데, 언제까지 그러고 살래? 성식이 사는 거 좀 봐라……"라고 나이를 들먹이며 작은아들과 비교까지 했던 것이다. 그런데 그 큰아들이 갑자기 사고로 죽게 되자 어머니는 살아생전 잘해 주지 못했던 것이 못내 마음에 걸렸던 것이다. 그러다가 치매 증세를 보이기 시작한 즈음 큰아들에 대한 죄책감이 무의식을 뚫고 떠오른 것이다. "성식이는 대학원도 보냈잖아요"와 같은 환청이 들리며 엉뚱하게도 꾸어간 빚을 갚으라는 요구를 며느리를 통해서 표출했던 것이다. 즉 작은아들의 대학원 등록금 때문에 큰아들의 카페 차릴 돈 요구를 거절했던 것이 내내 마음에 걸리고 상처가 되어 마음속 깊이 가라앉아 있다가 수면 위로 떠오른 것이다. 어머니의 빚을 갚으라는 엉뚱한 요구는 지금이라도 카페 차릴 돈을 큰아들에게 해줌으로써 죄책감으로부터 벗어나고자 하는 무의식적인 의도를 가지고 있다. 단순히 치매로 인한 엉뚱한 요구가 아닌 것이다.

성식이는 대학 졸업하고 대학원도 다니고 결혼도 하고 집도 샀다. 물론 너도 알다시피 그놈이 제 힘으로 다 했지. 장한 아들이다. 누가 그걸 모르겠냐. 그런데 성준이는 대학원은커녕 대학도 졸업 못 하고 결혼도 안 하고 집도 없이 산다. 어렵게 산다. 딱해 죽겠다. 그런데도 돈 달라는 소리 한 번 안 했다. 딱 한 번 빼놓고는 딱 한 번, 지방 어느 소도시에서 연극을 하고 지낼 때였는데, 카페를 하겠다고 도와달라고 했다. 그때 성식이 대학원 등록금을 마련해야 할 때라 내가 좀 난처한 표시를 했다. 그땐 진짜 여유가 없었다. 더 이상 손 벌릴 데도 없더라. 제풀에 기분이 좀 언짢아져서 좀 싫은 소리를 했던 것 같다. 나이가 몇인데, 언제까지 그러고 살래? 성식이 사는 거 좀 봐라……. 세상에! 내가 미쳤지. 왜 그런 소리를 했을까? 엄청 섭섭했을 텐데도 그냥 해본 말이라며 허허 웃고는 그냥 말을 돌리더라. 그러고는 다시는 그 이야기를 꺼내지 않았다. 나도 그날 이후 그 이야기를 하지 않았고. 그런데 요새 왜 그렇게 그 일이 걸리는지 모르겠다. 성식이는 대학원도 보냈잖아요, 하는 그 애 목소리가 자꾸 들린다. 아니, 그 애가 그런 말을 할 리가 없지. 그런 말을 할 애가 아니다. 그런데도 그런 목소리가 자꾸 들리는 걸 어떻게 하나. 이제라도 성준이한테 카페 차릴 돈을 좀 해주고 싶다.[7]

---

7) 이승우 외, 앞의 책, 44-45면.

대학과 대학원까지 졸업하고 행정공무원이란 안정적인 직장에다 결혼도 하고 사회경제적으로도 안정된 삶을 사는 작은아들에 비하여 대학도 졸업하지 못하고 변변한 직장도 없고 결혼도 하지 못하고 집도 없이 사는 큰아들이 어찌 어머니의 마음에 걸리지 않았겠는가. 더구나 사고로 그 큰아들이 갑자기 죽어버리자 어머니의 죄책감은 더욱 더 깊어졌을 것이다. 그래서 환청이 들리고 엉뚱하게 작은아들에게 꾸어간 빚을 갚으라는 요구를 한 것이다. 결코 치매 때문에 일어난 우연한 실수가 아닌 것이다. 프로이트에 의하면 실수마저도 무의식적인 의도를 갖고 있다.

어머니는 자신이 단 한 번 큰아들의 요구를 거절한 것으로 인식하고 있지만 정말 단 한 번의 편애뿐이었을까? 편애는 어머니도 느끼지 못하는 무의식적인 방식으로, 가령 두 아들의 목소리를 혼동하는 데서도 드러난다. 즉 어머니는 큰아들의 목소리를 작은아들의 목소리로 착각은 하지만 작은아들의 목소리를 큰아들의 목소리로 착각한 적은 결코 없다. 그것은 어머니가 작은아들을 더 친밀하게 느낀다는 것이다.

그런데 큰아들이 죽은 후 어머니는 살아있는 작은아들의 목소리를 죽은 큰아들의 목소리로 착각하는 실수를 반복한다. "저예요, 어머니, 하고 인사를 하자, 누구냐, 성준이냐, 하는 물음이 돌아왔"던 것이다. 형이 살아 있을 때는 절대 하지 않던 실수였다. 치매 증세는 작은아들의 목소리를 큰아들의 목소리로 혼동하는 실수를 어머니로 하여금 하게 만들었던 것이다. 그런데 그 실수마저도 무의식적인 의도를 갖고 있다. 즉 형이 죽은 시점을 터닝 포인트로 어머니는 형이 살아 있는 동안 해주지 못한 형에 대한 사랑을 하기 시작한 것이다. 즉 형에 대한 친밀감을 목소리를 혼동하는 실수로 표현한 것이다.

그뿐만이 아니다. 어머니는 형이 죽은 후 형에 대한 사랑을 또 다른 방식으로도 표현했다. 명절을 쇠러 온 형이 기거하던 부엌 옆의 작은 방은 잡동사니 물건들을 모아둬 빈 공간이 거의 없었다. 한 사람이 요를 깔고 누우면 꽉 찰 정도로 좁았다. 그 방에서 명절을 쇠러온 형은 잡동사니들 가운데 하나인 것처럼 책을 읽거나 뭔가를 썼다. 그런데 그 방의 잡동사니들이 모두 치워지고 형의 영정사진이 마치 그 방이 자기 방이라고 선언하는 것처럼 벽면을 차지하고 있었던 것이다. 말하자면 어머니는 형이 죽은 다음에야 비로소 방다운 방을 형에게 마련해 준 것이다. 잡동사니로 가득 찼던 과거의 방은 형의 자리가 그 집안에 제대로 없었다는 것에 대한 강력한 상징이다. 잡동사니들이 치워지고 형의 영정사진이 걸린 현재의 방은 어머니가 뒤늦게나마 형의 자리를 마련해줬다는 의미이다. 다시 말해 어머니의 형에 대한 사랑을 공간을 통해 표현한 것이다. 어머니의 무의식에 잠재된 죄책감이 그처럼 방에 대한 변화를 불러일으킨 것이다.

4. 형에 대한 부채의식과 어머니에 대한 사랑

이 작품은 동생의 형에 대한 부채의식을 밑바닥까지 해부하여 편애 발생의 근원을 캐어낸다. 화자는 형과 자신의 기질과 성격을 다음과 같이 분석한다.

주변의 평가에 의하면 나는 좀 답답할 정도로 규칙적이고 틀에 박힌 사람인 반면 형은 융통성이 있고 무엇에 얽매이는 것을 죽도록 싫어하는 사람이었다. 가령 나는 아무리 하기 싫어도 하도록 주어진 일은 하는 편이지만 형은 하기 싫은 일은 절대로 하지 않으려고 했다. 나는 막판까지 눈치 싸움을 벌이며 지원한 학과가 내 적성에 맞지 않는다는 것을 한 학기가 지나기 전에 깨달았지만 어차피 들어간 대학이라 군말 않고 끝까지 공부했고 심지어 좋은 성적으로 졸업했고, 공무원이 됐다. 형은 눈치 싸움도 하지 않고 소신껏 선택했으면서 학과가 적성에 맞지 않는다며 두 번 학교를 옮겼고, 그러고도 졸업은 하지 않았다. 내가 행정공무원이 되어 여기저기 옮겨 다니며 호봉을 높여가는 동안 형은 연극과 문학에 빠져 젊은 시절을 다 보냈다.[8]

형은 독립적이고 자유롭고 주체적인 반면 동생인 화자는 무던하고 성실한 타입이다. 그 결과 동생은 사회적으로 출세를 하고 안정적 삶을 영위해가는 반면 형은 좋아하는 연극과 문학에 빠져 이 직장 저 직장을 전전하며 살았지만 자신의 이름으로 된 책 한 권 내지 못했다. 즉 성취지향적인 이 사회에서 형은 세속적인 성취에 실패한 인물이다. 그런데도 정작 동생은 형의 자유로운 기질을 늘 부러워했다. 하고 싶은 일만 하고, 하기 싫은 일은 절대 하지 않는 형과 달리 자신이 무엇을 하고 싶고 무엇을 하기 싫은지조차 정확히 알 수 없었던 화자는 자신을 삶에 대한 적극성도, 의욕도, 사랑도 없는 사람이라 스스로 논평하며 열등감에 시달려 왔던 것이다. 그의 출세를 칭찬하고 추켜세울수록 형과 자신의 삶을 망신주고 마음을 할퀸다는 사실을 알지 못하는 사람들이 그를 칭찬할 때마다 그의 마음은 심히 불편하고 열등감에 시달렸었다. 겉으로 드러나는 세속적 성취와는 달리 화자는 형의 독립적이고 자유로운 삶의 방

---

8) 위의 책, 39-40면.

식에 열등감을 갖고 있었으며, 형을 늘 의식하고 부러워하며 살았던 것이다.

화자는 자신의 불편한 감정의 정체의 근원을 추적하며 자유롭고 독립적인 형 에서와 달리 동생 야곱은 누군가의 사랑이 필요한 사람이었을 수 있다며 편애의 주체는 어머니가 아니라 어머니의 사랑을 이끌어낸 아들이라고 생각한다. 그 역시 어머니의 사랑을 이끌어냈을지도 모른다는 점에서 형에 대해 갖는 부채의식을 당연한 것이라 자책하는가 하면, 심지어 어렸을 적에 자신이 전혀 칭얼대지 않은 순한 아기였다는 것조차 칭얼거릴 틈이 없이 어머니가 자신을 세심히 보살폈기 때문이 아닌가 의심한다. 화자는 형이 "독립적인 성향이 있는 사람이어서 사랑을 받지 않거나 사랑을 거부한 것이 아니라 사랑을 받지 못해서 독립적인 성향의 사람이 된 건 아닐까" 하는 회의와 자학의 감정에 빠진다. 이처럼 무엇이 편애의 근원인가를 끝없이 분석하며 고통의 감정에 빠져든다. 즉 지나친 양심 또는 슈퍼에고의 작동으로 괴로워한다.

화자가 느낀 고통, 부채의식, 불편함, 난감함, 부끄러움과 같은 감정은 죄책감이라기보다는 수치심에 가까운 감정이다. 앞에서 말했지만 수치심은 자신과 다른 사람들의 이상에 따라 행동하지 못했다는 것이다. 죄책감이든 수치심이든 개인적 양심 또는 슈퍼에고를 가진 사람만이 이러한 감정을 갖게 된다.

형이 사고로 죽은 후 화자는 어머니를 집으로 모셔 오려고 했지만 "공연한 걱정하지 말아라." 또는 "나는 괜찮다. 나는 아무렇지도 않다. 나는 끄덕없다"라며 어머니는 거절했다. 그때 화자는 키우는 화초들과 교회 때문에 어머니가 정말로 괜찮은 줄 알았다. 아들을 잃은 상실감과 슬픔을 어머니가 키우는 화초와 종교가 이기게 할 거라고 믿었던 것이다. 그

런데 어머니가 치매 증세를 보이며 형에 대한 죄책감을 드러내자 화자
는 어머니의 상실감과 슬픔만을 생각했고, 회한과 죄책감을 고려하지
않았음을 뒤늦게 깨닫는다.

> 내가 느껴온 것처럼 어머니가 수시로 느껴왔을, 그렇지 않다면 언젠가
> 느끼게 될 깊은 회한과 죄책감에 대해서는 생각하지 못했다. 상실감과 슬
> 픔은 시간과 함께 묽어지지만 회한과 죄책감은 시간과 함께 더 진해진다
> 는 사실을, 상실감과 슬픔은 특정사건에 대한 무자각적 반응이지만 회한
> 과 죄책감은 자신의 감정에 대한 무자각적 반응이어서 통제하기가 훨씬
> 까다롭다는 사실을 의식하지 못했다. 상실감과 슬픔은 회한과 죄책감에
> 의해서 사라질 수도 있지만, 회한과 죄책감은 상실감과 슬픔에도 불구하
> 고 사라지지 않는다는 사실을, 오히려 그것들에 더 또렷해진다는 사실을
> 이해하지 못했다.[9]

화자는 자신의 부채의식에 대한 깊이 있는 성찰을 통하여 어머니가
겪었을 죄책감과 회한에 공감하며 어머니를 깊이 이해하게 된다. 죄책
감과 수치심 같은 도덕 감정은 공포, 분노, 슬픔, 기쁨, 좋음, 싫음, 공감
과 같은 기본감정과는 달리 복합감정이다. 타자 공감을 출발로 하여 스
스로를 수치스러워하고, 죄스러워하고, 경멸하고, 분노하는 감정이다.
도덕 감정은 타자지향의 공동체 의식을 바탕으로 형성된 복합감정이기
에 자신과 타자를 제삼자의 입장에서 성찰하는 공감, 배려, 호혜 등 사회
연대의 기초를 이루는 사회적 감정이다.[10]

---

9) 위의 책, 47면.
10) 김왕배, 「도덕 감정: 부채의식과 감사, 죄책감의 연대」, 『사회와 이론 통권』23, 한국

화자는 타자지향의 공감, 배려, 호혜 등의 도덕 감정을 갖게 됨으로써 어머니가 겪었을 형에 대한 회한과 죄책감이 얼마나 깊었을지도 공감하게 된다. 그리고 어머니의 회한과 죄책감이 시간이 지난다고 해서 쉽게 사라질 것이 아니라는 것도 깨닫게 된다. 화자는 어머니에게 전화를 거는데, 어머니는 어제처럼 또 성준이냐고 물어왔다. 즉 자신의 목소리를 형의 목소리로 착각하는 실수를 반복한다. 그럼에도 화자는 "어제처럼, 아니에요. 성식이에요"라고 대답하지 않는다. 왜냐하면 어머니가 어제처럼 자신의 실수를 곧장 알아차리고 바로잡을지 확신이 생기지 않았기 때문이다. 즉 어머니의 치매 증세가 좀 더 심각해졌을지도 모른다는 의심이 들며 뒷목이 뻐근해지고, "두려움이 마음속을 휘저으며 요란한 감정의 소용돌이를 만들었"던 탓이다. 따라서 화자는 자신의 이름을 대는 대신 다음과 같이 대답한다.

> "네 성준이에요. 별일 없지요? 교회도 여전히 잘 다니시고, 파랑이, 쭈글이, 하늘이와도 잘 지내고요? 찾아뵌다 하면서도 통 시간을 못 내네요. 요새 좀 바빠요. 새로운 연극을 맡았거든요. 그런데 어머니, 지난번에 내가 말한 거요. 조건이 꽤 괜찮은 카페가 싸게 나왔다는 거, 그거 이번 주에 계약하려고 하는데……"[11]

뿐만 아니라 화자가 마치 형인 것처럼 어머니에게 대응한 것은 어머니의 형에 대한 죄책감을 없애주기 위한 배려의 행동이다. 화자가 자신의 형에 대한 부채의식을 깊이 있게 성찰하지 못했다면 결코 나올 수 없

이론사회학회, 2013, 137면.
11) 이승우 외, 앞의 책, 48-49면.

는 대응이라고 할 수 있다. 그것이 죽은 형을 대신해서 어머니를 사랑하는 길이며, 형에 대한 부채의식에 대한 고통스런 성찰 뒤에 선택할 수 있는 면목 없음에 대한 보상일 수 있다. 그리고 이제는 어머니에겐 자신만이 사랑을 할 수 있는 유일한 아들로 남아 있다는 깨우침을 얻었기에 그렇게 행동한 것이다. 죄책감이든 부채의식이든 그것은 결국 사랑 때문에 일어난 문제이다.

(『문학도시』 2021년 7월호, 부산문인협회)

2. 채식주의와 에코페미니즘

📖

– 한강의 『채식주의자』

1. 에코페미니즘과 문학비평

한강은 『채식주의자』(2007)로 맨부커상 인터내셔널 부문을 수상한 (2016) 후 『소년이 온다』(2014)로 이탈리아 말라파르테 문학상을 수상 (2017)했고, 제24회 아르세비스포 후안 데 산 클레멘테 문학상(2019) 을 수상하는 등 최근 국제적 관심을 가장 많이 받고 있는 작가이다.

『채식주의자』는 맨부커상 수상 이후 독자들로부터 더 주목받는 작품 이 되었다. 이 작품이 국제적 주목을 받게 된 이유의 하나는 소위 '채식 주의(vegetarianism)'라는 새로운 식습관을 소재로 하여 육식성의 남성 문화를 비판하는, 즉 생태주의라는 문명 비평적 주제를 담고 있기 때문 일 것이다. 작품의 주인공은 여성이며, 이 여성을 중심으로 가족제도 안 에서 일어나는 남성의 지배와 폭력을 작품은 그려내고 있다. 인간/자연, 동물성/식물성, 육식성/채식성, 남성/여성 등의 이항 대립적 갈등은 이 작품을 생태주의 가운데서 에코페미니즘의 관점에서 읽게 만드는 강력한 요소이다.

프랑스 작가 프랑수아즈 도본느(F. d'Eaubonne, 1920-2005)가 『페미니즘 아니면 죽음』(1974)이란 책에서 처음 사용하기 시작한 에코페미니즘(eco-feminism)은 우리말로는 생태여성론 또는 생태여성주의라고 번역된다. 에코페미니즘은 생태주의(ecology)와 페미니즘(feminism)을 결합한 용어이다. 에코페미니스트들은 현대의 환경 위기가 인간에 의한 자연 지배에서 기인할 뿐만 아니라 남성에 의한 여성 지배에 의해 더욱 강화되고 촉진되고 있다고 주장한다. 때문에 인간의 자연에 대한 지배를 비판하는 생태주의는 남성에 의한 여성의 지배에 반대하는 페미니즘과 반드시 결합되어야 한다는 것이 그들의 주장이다.

에코페미니즘을 비롯한 생태주의는 여성운동, 평화운동, 환경운동 등에서 널리 사용되고 있으며, 1990년대 이후 우리의 문학비평에서도 중요한 비평이론으로 사용되어 왔다. 그만큼 우리 사회도 환경 파괴로 인한 생태 위기를 심각하고 겪고 있기 때문일 것이다. 그런데 에코페미니즘은 우리 문학비평에서 심층생태론이나 사회생태론보다도 더 선호되는 경향이 있다. 그 이유는 오랫동안 남성들로부터 지배받아온 여성들의 가부장주의에 저항하는 페미니즘 비평이 1980년대 이후 우리 비평의 중요한 방법론으로 자리 잡았기 때문이다. 따라서 에코페미니즘은 생태주의의 한 갈래일 뿐만 아니라 페미니스트들 사이에서는 페미니즘의 새로운 유형으로 받아들여지고 있고, 그것이 에코페미니즘이 선호되는 한 이유가 되고 있다.

'생태주의는 자연생태계와 인간을 하나로 파악하며, 생명의 가치, 평등한 삶의 가치를 실현하려는 사상이다. 생태주의의 갈래들인 심층생태론, 사회생태론, 에코페미니즘, 급진적 생태론은 생태 위기의 원인과 근본원리의 측면에서 다소간의 차이를 보인다. 즉 심층생태론의 인간의 자연 지배, 사회생태론의 인간의 인간 지배, 에코페미니즘의 남성의 여성 지배로부터 생태 위기가 초래되었다고 보는 차이가 존재한다. 그리고 급진적 생태론은 자본주의적이고 가부장적인 사회체제를 비판하면서 생산력, 생태학적 조건, 인간의 재생산 조건 내에서 생태 위기를 해결하고자 한다. 생태주의는 유형들 간에 다소의 차이가 존재함에도 불구하고 인간과 자연, 인간과 인간, 남성과 여성의 계급적 서열이나 이분법적 갈등을 벗어나 평등한 공존과 상생의 조화를 근본원리로 제시했다는 점에서는 전체적 맥락을 같이한다고 할 수 있다.[1]

2. 평범주의자 남편과 가부장적 아버지의 폭력

『채식주의자』(2007)는 연작소설로서 「채식주의자」(2004), 「몽고반점」(2004), 「나무 불꽃」(2005) 등 세 편의 중편소설로 구성되어 있다. 이 글에서는 연작 전체를 고려하면서도 첫 번째 소설인 「채식주의자」를 중점적으로 분석하겠다.

『채식주의자』는 육식을 좋아하는 집안에서 태어나서 본인도 육식을 즐겨왔으며, 고기 요리를 잘 해왔던 여성 영혜가 갑자기 꿈을 꾸었기 때문이라며 육식을 거부하고 채식주의자가 되어 남편과 갈등을 빚다(「채식주의자」) 이혼을 당하고, 영상예술가인 형부와 몸에 꽃과 이파리들을

---

1) 송명희, 「상생을 말하는 현대의 이론들」, 『인간과 문학』 2013년 여름호(2), 인간과문학사, 2013. 9.

그리고 일종의 행위예술처럼 성관계를 가졌다는(「몽고반점」) 이유로 가족들로부터 외면당할 뿐만 아니라 종내는 정신병원으로 보내져 아예 음식 먹기를 거부하고 거식증으로 죽어간다는(「나무 불꽃」) 이야기이다.

이 작품을 표층적으로 읽을 때에 주인공 영혜는 그로테스크한 꿈을 꾼 후 채식주의자가 되었고, 그로 인해 남편으로부터 이혼을 당했으며, 형부와 성관계를 가져 언니 부부를 이혼하게 만들었으며, 마침내 정신병원으로 보내져 자신을 나무로 착각하는 망상에 빠져 일체의 음식을 거부하며 죽어간다는 이야기이다. 하지만 이 표층적인 이야기 속에 작가는 심층적인 의미, 즉 에코페미니즘의 주제를 시적 상징처럼 숨겨놓고 있다.

연작의 첫 번째 이야기인 「채식주의자」는 갑자기 채식주의자가 된 주인공 영혜의 남편이 일인칭 서술자가 되어 서술한다. 그런데 작가는 영혜의 일인칭 서술을 분량 면에서는 적지만 병행시킴으로써 이 작품이 남편의 일방적 관점으로만 읽히지 않도록, 즉 남편의 관점과 영혜의 관점을 대비시킨다. 그리고 영혜의 일인칭 서술 부분은 이탤릭체로 표기하여 남편의 서술과 구분한다.

남편은 지극히 평범을 추구하는 인물이다. 그는 자신을 과분한 것을 좋아하지 않는 인물로 자평한다. 어렸을 적에는 두세 살 어린 조무래기들을 거느리며 골목대장 노릇을 했고, 대학은 장학금을 받을 수 있는 곳을 선택했으며, 졸업 후 회사마저도 자신의 능력을 귀하게 여겨주는 작은 회사를 선택했다. 그런 그가 세상에서 가장 평범해 보이는 영혜를 아내로 맞이한 것은 지극히 당연한 선택이었다.

그에게는 예쁘다거나, 총명하다거나, 눈에 띄게 요염하다거나, 부유한 집안의 따님이라거나 하는 여자들은 애당초 불편한 존재일 뿐이었다. 한마디로 그는 자신의 능력과 자존심에 손상을 가하는, 자신보다 우월한 친구, 대학, 직장, 심지어 아내를 원하지 않는 인물이다. 왜냐하면 그보다 우월한 존재들은 그의 자존감을 손상시키거나 열등감을 불러일으키기 때문이다. 어떤 의미에서 그는 평범주의자가 아니라 지극히 자기 본위의 우월주의에 사로잡힌 남성중심적 인물이라고 할 수 있다.

그런 차원에서 외모나 능력 면에서 평범하기 짝이 없는 아내 영혜는 그에게 딱 어울리는 상대였다. 그녀는 그의 기대에 걸맞게 평범하고 전형적인 아내의 역할을 무리 없이 소화해냈다. 가령 "아침마다 여섯시에 일어나 밥과 국, 생선 한 토막을 준비해 차려주었고, 처녀시절부터 해온 아르바이트로 적으나마 가계에 보탬도 주었다."[2] 뿐만 아니라 아내는 말수가 적고 그에게 무언가를 요구하는 일도 드물었고, 그의 늦은 귀가 시간에도 관여하지 않았고, 여느 아내들처럼 휴일의 외출을 청하지도 않았다. 아내는 그의 열등감을 자극하지도 않았고, 전혀 그를 성가시게 하지 않았다. 그런 아내와 산다는 것이 그다지 재미있는 일은 아니었지만 그런 아내를 그는 감사하게 여겼다. 평범한 아내의 유일하게 남다른 점은 브래지어 착용을 좋아하지 않는다는 것이었다. 결혼 오 년차에 접어든 그는 애초에 열렬히 사랑하지 않았으니 특별히 권태로울 것도 없는 결혼생활을 평범하게 영위하고 있었고, 아파트를 분양받기 위해 결혼을 미뤄왔기에 슬슬 아빠 소리를 들을 때가 되지 않았나 생각하며 모든 것이 다 순조롭다고 생각했다. 그런 그에게 갑자기 갈등이 찾아왔다. 그에게 갈등을 유발시킨 아내는 갑자기 채식주의자가 되어 평범한 아

---

2) 한강, 「채식주의자」, 『채식주의자』, 창비, 2007, 10-11면.

내 역할을 배반하며 그의 일상의 평화를 깨뜨린다.

갈등은 지난 이월 어느 날 새벽, 아내가 잠옷 바람으로 부엌에 서 있는 것을 발견한 바로 그 순간부터 시작되었다. 술을 마신 탓으로 새벽에 요의를 느껴 일어난 그는 부엌에서 꼼짝 않고 냉장고를 마주보고 서 있는 아내를 발견하고 오싹함을 느끼며 잠과 취기가 싹 가시게 된다. 그가 "뭐 하고 서 있는 거야?"라고 재차 물었지만 맨발에 얇은 잠옷차림의 아내는 아무 말도 듣지 못한 것처럼 우뚝 서있었다. 그는 마치 귀신이라도 버티고 선 듯이 서 있는 아내에게 몽유병인가 하고 다가가 보았지만 그게 아니었다. 아내는 모두 의식하고 있었음에도 그가 처음 보는, 냉정하게 번쩍이는 눈으로 입술을 굳게 다물고 있었다. 그러다가 "……꿈을 꿨어"라는 한마디를 내뱉고 안방으로 들어가 버렸다.

아침에 늦잠을 잔 그가 왜 안 깨웠느냐고 다그쳤지만 아내는 전혀 아랑곳하지 않고 새벽과 똑같은 옷차림으로 부엌 바닥에 쪼그려 앉아 있었다. 다름 아니라 냉장고의 고기와 생선 등의 꾸러미를 꺼내 늘어놓고 그것들을 쓰레기봉투에 주워 담는 중이었다. 이성을 잃고 고함을 치는 그를 무시한 채 아내가 계속해서 고기 꾸러미들을 쓰레기봉투에 집어넣자 그는 아내의 손목을 낚아챘다. 하지만 뜻밖에도 아내는 완강했고, 침착한 어조로 다시 "꿈을 꿨어"라고 말할 뿐이었다.

그뿐만이 아니었다. 아내는 그의 와이셔츠를 다려놓지도 않았다. 그는 결혼 오 년 만에 처음으로 뒷바라지와 배웅 없이 출근을 해야 했다. 아내의 이상한 행동에 대해 그는 "미쳤군. 완전히 맛이 갔어"라고 독백할 뿐 회사 일에 바빠 더 이상 생각할 여유가 없었다. 다만 그는 '부서를 옮긴 몇 달 동안 열두 시 전에 퇴근한 적이 없어'라고 뇌까리며 오늘은 일찍 들어가야겠다고 생각하는 게 고작이었다.

아내를 채식주의자로 만든 문제의 꿈은 다음과 같다.

> *(전략)*
>
> *하지만 난 무서웠어. 아직 내 몸에 피가 묻어 있었어. 아무도 날 보지*
> *못한 사이 나무 뒤에 웅크려 숨었어. 내 손에 피가 묻어 있었어. 내 입에*
> *피가 묻어 있었어. 그 헛간에서 나는 떨어진 고깃덩어리를 주워 먹었거*
> *든. 내 잇몸과 입천장에 물컹한 날고기를 문질러 붉은 피를 발랐거든. 헛*
> *간 바닥, 피웅덩이에 비친 내 눈이 번쩍였어.*
>
> *그렇게 생생할 수 없어, 이빨에 씹히던 날고기의 감촉이. 내 얼굴이, 눈*
> *빛이. 처음 보는 얼굴 같은데, 분명 내 얼굴이었어. 아니야, 거꾸로, 수없*
> *이 봤던 얼굴 같은데, 분명 내 얼굴이 아니었어. 설명할 수 없어. 익숙하면*
> *서도 낯선…… 그 생생하고 이상한, 끔찍하게 이상한 느낌을.*[3]

피, 고깃덩어리, 날고기, 피 웅덩이, 피가 묻어 있는 입과 손 등 그로테
스크한 단어들로 가득 한 인용문처럼 생생하고 이상한 꿈을 꾼 아내는
육류들을 다 버린 후 저녁 식탁에 "상추 잎과 된장, 쇠고기도 조갯살도
넣지 않는 말간 미역국, 김치가 전부"인 식탁을 차려냈다. 모든 육류 재
료를 버렸을 뿐만 아니라 계란도 버리고 우유마저도 끊었다는 아내에
게 그가 "기가 막히는군. 나까지도 고기를 먹지 말라는 거야"라고 하자
아내는 "냉장고에 그것들을 놔둘 수 없어. 참을 수가 없어"라고 대답한
다. 그런 아내에 대해 그는 "저렇게 자기중심적일 수가", "저토록 이기적
이고 제멋대로인 구석이 있었다니", "저렇게 비이성적인 여자였다니"라
고 반응한다. 게다가 점심과 저녁은 밖에서 먹으므로 아침 한끼 고기를

---

3) 위의 소설, 19면.

안 먹는다고 죽진 않는다고 말하며 자신은 언제까지나 고기를 먹지 않겠다고 말하는 아내에게 그는 아예 말문이 막혀버린다.

말문이 막혔다. 요즘 채식 열풍이 분다는 것쯤은 나도 보고들은 것이 있으니 알고 있었다. 건강하게 오래 살 생각으로, 알레르기니 아토피니 하는 체질을 바꾸려고, 혹은 환경을 보호하려고 사람들은 채식주의자가 된다. 물론, 절에 들어간 스님들이야 살생을 않겠다는 대의가 있겠지만, 사춘기 소녀도 아니고 이게 무슨 짓인가. 살을 빼겠다는 것도 아니고, 병을 고치려는 것도 아니고, 무슨 귀신이 씐 것도 아니고 악몽 한번 꾸고는 식습관을 바꾸다니. 남편의 만류 따위는 고려조차 하지 않는 저 고집스러움이라니.[4]

남편은 아내의 갑작스런 육식 거부에 대해 전혀 이해할 수 없다. 유행인 채식 열풍 때문도 아니고, 체질을 바꾸려는 것도 아니고, 환경을 보호하려는 것도 아니고, 종교적인 이유도, 사춘기 소녀도, 다이어트나 병을 고치려는 것도 아니고, 귀신이 씐 것도 아닌, 단지 꿈 때문이라는 이유를 전혀 이해할 수 없다고 생각했지만 그는 더 이상 불평하지 않고 따라갈 수밖에 없었다. 하지만 정말 꿈 때문이었을까?

문제는 아내가 하루하루 말라갔고, 피부도 병자처럼 헬쑥해져 갔는데, 그것은 채식 때문이 아니라 아내의 꿈 때문이라고 그는 생각한다. 하지만 이탤릭체로 적은 아내의 서술은 다른 상황을 보여준다. 즉 출근하는 남편을 위해 새벽에 일어나 냉동된 고기를 썰다가 그녀가 손을 베고 식칼의 이가 나가버렸는데도 이는 전혀 아랑곳하지 않은 채 남편은 자

---

4) 위의 소설, 21면.

신이 먹은 불고기에서 칼 조각이 나오자 일그러진 얼굴로 날뛰는 모습을 그려낸다. 그녀가 이상한 꿈을 꾼 것은 그런 일이 일어난 다음날 새벽이었다. 위의 에피소드가 말해주듯 남편은 평범한 인물이 아니라 지극히 자기중심적인 인물이었다. 우리 사회와 가족에서 그러한 자기중심적인 인물이 많다는 의미에서 남편은 지극히 평범한 인물, 평균의 보통 남자라고 할 수 있을지도 모른다.

아내는 식성만이 아니라 라이프 스타일 자체가 바뀌었다. 잠도 거의 자지 않았으며, 그와의 잠자리도 그의 몸에서 고기냄새가 난다는 이유로 거부했다. 아내는 "내가 들어가 보지 못한, 알 길 없는, 알고 싶지 않은 꿈과 고통 속에서 야위어갔다. 무용수처럼 비적 마르는가 싶더니 종내에는 환자처럼 앙상한 뼈대만 남"은 상태로 변해갔다.

그러던 중 회사의 사장이 상무와 전무와 부장 내외를 부른 식사자리에 과장인 자신의 부부를 초청했는데, 이때 아내는 전혀 어울리지 않는 트렌치코트에 운동화 차림, 그리고 화장기 전혀 없는 차림새로, 게다가 브래지어를 하지 않아 참석자들의 낯 뜨거운 호기심을 유발하고 경멸의 분위기를 만들어내고 만다. 건강이나 종교적인 이유가 아니라 정신적인 이유로 채식을 한다는 아내가 좌중의 기분을 끔찍하게 만들어버린 것을 수치스럽게 여기며 남편은 회식에서 돌아오는 차 안에서 모든 것이 낭패로 돌아가 버렸다고 생각한다. 그의 어떤 분노와 설득도 그녀를 움직일 수 없는, 내 손으로 뭔가를 할 단계가 아니라고 판단하며 그는 장모와 처형에게 전화를 걸어 아내의 채식을 알리고 그들로부터 경악, 사죄, 다짐을 받아낸다. 하지만 기대했던 것과 달리 장모와 처형의 설득도 아내의 식습관에 아무런 영향을 미치지 못한다. 장인까지 나섰지만 속수무책이었다.

때로 그는 좀 이상한 여자와 같이 산다 해도 나쁠 것이 없겠다고 생각했다. 아내를 집안일을 해주는 누이나 파출부 같은 존재로서라도 상관없다고 생각했지만 장기간의 금욕은 견디기 어려운 일이었다. 게다가 덥다는 이유로 아내는 상의를 벗어버린 채로 서른 개가 넘는 감자껍질을 벗기는 이상한 행동을 했다. 아무튼 그는 평범의 기준을 벗어난 아내를 도무지 받아들일 수가 없었다.

이사한 처형네 집들이 날, 처가 식구들이 모두 모인 자리에서 장인은 고기를 먹지 않겠다고 완강하게 고집을 피우는 아내의 뺨을 쳤을 뿐만 아니라 그와 처남으로 하여금 아내의 팔을 잡게 하고 억지로 탕수육을 입에 쑤셔 넣었다. 그 자리에서 아내는 탕수육을 뱉어내고 과도를 집어 자신의 손목을 그어버리는 끔찍한 해프닝을 벌인다.

입원한 병원에서 아내는 장모가 만들어온 흑염소 즙을 한 모금 삼켰다가 게워내고 그것을 가방째 버린다. 어디 그뿐인가? 아내는 병원 뜰의 분수대 벤치에서 환자복 상의를 벗어 무릎에 올려놓고 앙상한 쇄골과 여윈 젖가슴, 연갈색 유두를 고스란히 드러낸 채 앉아 있었다. 그는 구경꾼 중 한 사람인 듯 그 광경을 지켜보았다. 지쳐 보이는 아내의 얼굴을, 루주가 함부로 번진 듯 피에 젖은 입술을 보았다. 더워서 옷을 벗었다는 아내의 움켜쥔 오른손을 펼쳤을 때 "손아귀에 목이 눌려 있던 새 한 마리가 벤치로 떨어졌다. 깃털이 군데군데 떨어져 나간 작은 동박새였다. 포식자에게 뜯긴 듯한 거친 이빨자국 아래로, 붉은 혈흔이 선명하게 번"[5]진 동박새야말로 아내의 자화상이 아닐 수 없다. 육식성을 정상으로 여기며 채식성을 고쳐야 할 질병이나 비정상으로 여기는 사회에서

---

5) 위의 소설, 65면.

채식성을 가진 자는 육식성의 포식자에게 깃털을 뜯기고 피를 흘리고 있는 동박새와 같은 신세라고 할 수 있을 것이다. 채식주의자가 된 영혜가 남편과 아버지, 그리고 나머지 가족들로부터 받은 대우야말로 그녀의 손아귀에서 떨어진 동박새와 다를 바가 없다고 할 수 있다.

남편은 처음부터 자기 본위의 남성중심적 관점에서 아내 영혜를 선택했고, 아내에게 그의 기대에 맞는 행동을 기대했지만 갑자기 채식주의자로 변해버린 후 그가 원한 육식의 식생활도, 그가 원한 뒷바라지도, 내조도, 성관계도 하지 않으려 하는 아내를 전혀 이해할 마음이 없었다. 그러니까 아내는 단순히 식성만이 채식으로 변한 게 아니었던 것이다. 이전의 평범하고 전형적인 아내 역할을 제대로 하지 않기 시작한 것이다. 사실 남편이 고통스러운 것은 채식보다도 아내의 역할 수행에 대한 거부가 아니었을까. 아내의 역할 수행 거부는 바로 가족제도 내에서 남편과 아내 사이에 형성된 지배-피지배의 구조에 대한 저항이라고 할 수 있을 것이다. 기존의 아내 역할을 거부하며 이상하게 변해버린 아내에 대해 그는 처음에는 고함을 질렀고, "미쳤군, 완전히 맛이 갔어"라고 하며 낯설어 했다. 그는 그녀를 채식주의자로 만든 꿈 얘기를 듣고 싶지도 않았고, 그가 들어가 보지 못한, 알 길 없는, 알고 싶지 않은 꿈과 고통을 전혀 이해하고 싶지도 않았다. 그렇다고 아내의 이상함에 대해 상담이나 치료 따위를 고려하지도 않았다. 그리고 자신은 아내의 이상한 변화에 대해 전혀 내성이 없다고 생각했다.

내성이 없는 것이 아니라 평범 지상주의자인 그에게는 평범을 벗어난 아내의 변화를 이해하려고 하거나 수용할 마음이 애당초 없었던 것이다. 그는 점차 아내에 대해 기이하고도 불길한 예감을 느꼈으며 염오감을 감추지 못했고, 처형네 집들이에서 손목을 그어 병원에 입원한 그 모

든 상황들을 징그러워했으며, 현실이 아닌 것 같았고, 놀람이나 당혹감
보다 강하게, 아내에 대한 혐오감마저 느꼈다. 병원에서 그는 그 모든 일
들이 그에게 일어나서는 결코 안 되는 일로 생각하며 병원 보조침대에
서 다음과 같은 꿈을 꾼다.

> 얼핏 잠에 꿈을 꾸었다. 내가 누군가를 죽이고 있었다. 칼을 배에 꽂아
> 힘껏 가른 뒤 길고 구불구불한 내장을 꺼냈다. 생선처럼 뼈만 남기고 물
> 컹한 살과 근육을 모두 발라냈다. 그러나 내가 죽인 사람이 누구인지는
> 잠에게 깨어난 순간 잊고 말았다.
>
> 어둑한 새벽이었다. 나는 이상한 충동에 이끌려 아내가 덮은 담요를
> 걷어보았다. 캄캄한 어둠을 더듬어보았다. 흥건한 피도, 파헤쳐진 내장도
> 없었다. 옆 환자의 침대에서는 쌕쌕 거친 숨소리들이 들려왔는데, 아내는
> 이상하리만치 고요했다. 나는 기이한 떨림을 느끼며 검지손가락을 뻗어
> 아내의 인중에 대어보았다. 살아 있었다.[6]

위의 인용문은 남편의 내면에 대해 많은 것을 시사해준다. 그가 꾼, 누
군가를 죽이고 있었던 꿈, "칼을 배에 꽂아 힘껏 가른 뒤 길고 구불구불
한 내장을 꺼냈다. 생선처럼 뼈만 남기고 물컹한 살과 근육을 모두 발
라"낸 대상은 누구였을까. 인용문은 잠에서 깨어난 순간 잊고 말았다고
서술하고 있지만 이어진 다음 단락에선 그 대상이 아내라는 것을 암시
한다. 이상한 충동에 이끌린 남편은 아내에게 다가가 담요를 걷어 흥건
한 피, 파헤쳐진 내장이 있는지 더듬거려 본다. 그리고 인중에 손가락을
대어 살아 있는지를 확인해 본다. 그 이유는 무엇 때문이었을까? 그가

---

6) 위의 소설, 62면.

기준으로 세운 평범을 배반한 아내의 이상함을 이해할 수 없었고, 비정상을 도저히 용납할 수 없었던 그는 아내에 대해서 살의를 느꼈던 것이다. 아내가 죽어버렸으면 하는 무의식적 소망, 또는 아내를 살해하고 싶은 충동이 꿈으로 나타난 것이다. 그는 아내를 살해하는 대신 이혼으로 결혼관계를 끝냈지만 아내의 입장에서 아내의 꿈과 채식주의와 그 모든 변화에 대해서 한 번도 주의 깊게 대화하고, 공감하고, 이해하려고 하지 않았다. 아내의 그 모든 변화들이 왜 일어났는지 물어볼 생각과 자신을 돌아볼 마음이 아예 없었다. 처음부터 아내는 사랑이 아니라 그의 평범이라는 기준에 맞춰 선택되었지만 그 기준을 벗어나자 이혼을 함으로써 그는 자신의 기준과 정상을 지켜나가려고 했을 뿐이다. 그에게 아내는 삶의 대등한 동반자도 사랑의 대상도 아니었다. 다만 그를 뒷바라지하고 성욕을 충족시켜주어야 할 대상이고, 적당한 아르바이트로 생활비를 보태는 존재이며, 그의 회사 모임에서는 내조를 할 줄 아는, 그의 성공을 도와야 할 도구이자 대상에 불과했던 것이다.

에코페미니즘은 남성에 의한 여성 억압을 사회 내부에 존재하는 주요 지배 유형으로 파악한다. 이 작품에서 아내의 채식주의로 불거진 남편의 아내에 대한 억압과 지배는 우리 사회 전반에 퍼져 있는, 즉 일상화된 나머지 전혀 문제로도 보이지 않는 남성의 여성에 대한 보편적인 억압과 지배의 형태일 것이다. 남편은 장인처럼 아내에게 물리적인 폭력을 행사한 것은 아니지만 아내가 그의 기준에 무조건적으로 맞춰줄 것을 요구하고, 그 기준에서 벗어났을 때 그것을 비정상으로 여기며 분노하다 결국 이혼을 감행해버렸다. 그것은 다름 아닌 지배자의 횡포요, 무형의 폭력이라고 할 수 있을 것이다.

공감능력이 부족하고 자기중심적인 남편은 남성중심적인 가부장제

사회를 대표하는 전형적이며 현실적인 인물이라고 할 수 있다. 남편이 서술한 내러티브는 현실적으로 우리 사회와 가족에 존재하는 전형적인 가부장적 구조를 보여준다고 할 수 있을 것이다. 하지만 아내의 이텔릭체로 표기된 서술은 남편이 평범이라는 기준으로 아내에게 강요해온 폭력을 드러내며, 이에 대한 발화하지 못한 억압된 분노를 표현하고 있다. 이상한 꿈과 독백으로밖에 표현할 수 없는 언술방식 그 자체가 여성이 가부장제 가족과 사회에서 억압당하고 있다는 강력한 증거가 아니고 무엇이란 말인가?

영혜의 아버지는 남편과는 다른 차원에서 딸인 영혜에게 직접적인 폭력을 가한 인물이다. 그는 월남전에 참전해 베트콩을 일곱이나 죽여 무공훈장을 받은 것을 무용담으로 떠벌리는 인물로서 영혜가 열여덟이 될 때까지 종아리를 때린 폭력적이고 가부장적인 아버지이다. 어쩌면 영혜의 자신을 드러내지 않는 평범함은 아버지의 가부장적 권력에 억압된 나머지 자기표현이 억제된 결과라고 할 수 있을 것이다. 영혜가 아홉 살 먹었을 때, 집안에서 키우던 개가 딸 영혜의 다리를 물어뜯었다는 이유로 아버지는 개를 죽여 동네잔치를 벌인다. 그는 개를 잡기 전에 오토바이에 매달고 동네를 달렸는데, 다섯 바퀴째 돌자 개는 입에 거품을 물고 줄에 걸린 목에서는 피가 흘렀는데, 일곱 바퀴째가 되자 축 늘어져 버리고 만다. 월남전에서의 무용담이 허풍이 아니고 사실이라면 그는 집에서 키우는 개 한 마리 정도 죽였다고 해서 눈 하나 깜빡할 위인이 아니다. 그가 오토바이에 개를 매달고 동네를 돈 이유는 단지 달리다가 죽은 개가 고기 맛이 더 부드럽다는 말을 들었기 때문이다.

문제는 아홉 살의 영혜가 대문간에 나가 헐떡이다 마침내 검붉은 피를 토하며 죽은 흰둥이를 지켜보아야만 했던 것이다. 더구나 "나쁜 놈의

개, 나를 물어?"라고 하면서 그 끔찍한 살생 현장을 눈을 부릅뜨고 지켜
보아야 했던 것이다. 그뿐만이 아니었다. 그 개를 잡아 잔치를 하는 그
현장에서 영혜는 자기와 친구처럼 놀던 개고기를 상처가 나으려면 먹
어야 한다는 말에 먹어야만 했다. 어쩌면 어느 날 갑자기 육식에 대한
혐오감을 느끼며 영혜가 채식주의자가 된 것도 아홉 살 어린 시절의 끔
찍한 장면이 무의식에 잠재되어 있다가 꿈을 통하여 그의 의식의 전면
에 떠올랐기 때문이라고 할 수 있을 것이다. 즉 그녀의 채식주의는 어린
시절의 아버지가 개를 잔인하게 살생하고 그 고기를 자신에게 먹도록
강요한 트라우마와 관련된다고 보아진다. 그때 영혜는 겉으로는 개고
기를 먹는 일이 아무렇지 않았다고 말했지만 누린내가 코를 찔렀고, 그
보다는 거품 섞인 피를 토하며 자신을 지켜보던 개의 눈을, 아버지의 그
끔찍한 살생의 장면을 지켜보아야 했던 기억으로부터 결코 자유로울
수 없었던 것이다.

> 그날 저녁 우리 집에선 잔치가 벌어졌어. 시장 골목의 알 만한 아저씨
> 들이 다 보였어. 개에 물린 상처가 나으려면 먹어야 한다는 말에 나도 한
> 입을 떠 넣었지. 아니, 사실은 밥을 말아 한 그릇을 다 먹었어. 들깨 냄새
> 가 다 덮지 못한 누린내가 코를 찔렀어. 국밥 위로 어른거리던 눈, 녀석이
> 달리며, 거품 섞인 피를 토하며 나를 보던 두 눈을 기억해, 아무렇지도 않
> 더군. 정말 아무렇지도 않았어.[7]

아버지가 개에 대해 저지른 그 끔찍한 살생은 인간의 자연(동물)에

---

7) 위의 소설, 53면.

대한 직접적이고 물리적인 폭력이다. 아버지의 폭력은 육식을 거부하는 딸에게 탕수육을 억지로 먹이기 위해서 다시 한 번 행사된다. 그것은 가부장인 남성이 가족(여성)에게 가한, 즉 에코페미니즘에서 비판한 남성의 여성에 대한 폭력이다. 영혜에 대한 아버지의 폭력은 집에서 기르던 개를 끔찍하게 살생한 폭력(인간의 동물에 대한 폭력), 월남전에서 저지른 국가를 배경으로 한 인간의 인간에 대한 폭력(살인)과 연장선장의 상동성을 띠고 있다. 그것들은 한마디로 인간중심적이고 가부장적인 폭력이라고 하지 않을 수 없다.

그리고 아버지의 영혜에 대한 폭력은 남편과 다른 가족의 무언의 동의하에 자행되었다. 아버지는 자신이 월남전에서 사람을 죽인 것에 대해서, 즉 누군가의 생명을 살해했다는 데 대해 한 번도 죄책감을 가져본 적이 없는 인물이다. 개를 죽인 것에 대해서도 전혀 죄의식을 갖지 않았다. 딸에 대해서도 가족의 최고 책임자로서 당연한 권력을 행사한다고 생각했을 뿐이다. 그는 생사여탈권을 행사하는 막강한 권력의 소유자로서 폭력을 당연시했다. 인간은 동물을 죽일 수 있는 당연한 권리를 가졌다고 여겼으며, 월남전에서는 당연하게 적을 죽일 권리가 주어졌다고 생각했고, 아버지로서 딸에게 육식을 강제할 권력이 주어졌다고 생각했다. 그것이 바로 가족과 사회를 통제하고 지배하는 가부장주의이다. 이때 집은 자식에 대한 생사여탈권을 가진 부모의 권력이 작동하는 가부장적 지배 공간, 즉 '주디스 오클리(Judith Okely)가 말했듯이 불평등한 권력관계의 영향을 통해 정의되고 유지되며 변화하는 장소이다.[8)] 영혜에 대한 남편과 아버지의 폭력은 바로 집이라는 공간에서 가족제

---

8) 린다 멕도웰, 김현미 외 공역, 『젠더, 정체성, 장소』, 한울, 2010, 27면.

도를 배경으로 일어났던 것이다.

육식이란 무엇인가? 그것은 결국 인간이 다른 동물을 죽임으로써 얻어낸 폭력의 결과물을 먹는 것이다. 영혜의 육식을 거부하는 채식주의는 결국 인간의 동물에 대한 가해를 넘어서서 인간의 인간에 대한 지배에 대한 무의식적 저항이고 거부라고 할 수 있을 것이다. 그리고 그것은 어린 시절의 트라우마와 관련된 것이다. 연작의 마지막 편인 「나무 불꽃」에서 영혜가 나무가 되고자 하는 상징적 의미는 식물성인 나무는 동물성의 폭력, 살인, 살생, 지배와 아무런 상관이 없을 뿐만 아니라 그 대립 항이기 때문이다. '작가 한강은 성적 에너지와 생명력이 폭력성으로 나타나지 않는 존재양식으로서 식물성에 주목하고, 이 식물성으로의 문명의 전환을 이루기 위해서는 여성주의적 저항이 필요하다고[9] 은유적으로 말한 것이다. 영혜의 나무되기는 바로 에코페미니즘적 저항의 상징이다. 하지만 남성지배적 사회는 그것을 비정상과 질병으로 취급하며 그녀를 치료라는 명목으로 정신병원에 감금한다. 그것은 우리 사회가 여전히 가부장주의가 지배하는 사회라는 것을 말해준다. 작중의 남편과 영혜의 가족들은 남녀를 막론하고 모두 가부장주의를 내면화한 인물들이다.

하지만 영혜의 언니인 인혜만은 가족들이 모두 버린 영혜를 끝까지 돌보며 자신의 삶에 대한 새로운 성찰을 이루어 나간다. 그녀는 결국 이혼으로 끝난, 일방적인 인내와 배려로만 이루어졌던 자신의 결혼생활을 돌이켜보는가 하면, 영혜와 남편의 성관계도 윤리적 차원을 떠나 새롭

---

9) 이명호, 「식물 "되기"의 생태-윤리적 기획: 한강의 『채식주의자』에 관해」, 『비평과 이론』51, 한국비평이론학회, 2020, 103-123면.

게 인식한다.

> 그녀는 덩굴처럼 알몸으로 얽혀 있던 두 사람의 모습을 떠올린다. 그
> 것은 분명 충격적인 영상이었지만, 이상하게도 시간이 흐를수록 성적인
> 것으로 기억되지 않았다. 꽃과 잎사귀, 푸른 줄기들로 뒤덮인 그들의 몸
> 은 마치 더 이상 사람이 아닌 듯 낯설었다. 그들의 몸짓은 흡사 사람에서
> 벗어나오려는 몸부림처럼 보였다. 그는 무슨 마음으로 그런 테이프를 만
> 들고 싶어 했을까. 그 기묘하고 황량한 영상에 자신의 전부를 걸고, 전부
> 를 잃었을까.[10]

그녀는 두 사람의 성관계를 "흡사 사람에서 벗어나오려는 몸부림처
럼" 보였다고 생각하는 인식의 변화를 보인다. 즉 두 사람의 성행위를
동물성의 존재를 벗어나 식물성의 존재로의 전이나 탈각으로 해석한다.
따라서 여기에 기존의 윤리적 판단은 의미가 없다. 두 번째 연작 「몽고
반점」의 진정한 주제는 바로 인혜의 뒤늦은 성찰을 통해서 그 의미가 제
대로 해석된다. 그녀는 어쩌면 영혜의 가장 큰 피해자였음에도 영혜의
남편도, 친정 가족들도 모두 버린 영혜를 끝까지 버리지 않고 돌본다. 비
록 정신병원에 입원시켰지만 동생 영혜를 마지막까지 이해하려고 노력
했고 돌봤던 유일한 가족이 바로 그녀이다. 그리고 그녀의 돌봄의 윤리
야말로 이 작품의 에코페미니즘이란 주제를 구현시키는 데 크게 기여
했다고 할 수 있다.

에코페미니즘은 남성과 여성, 인간(문명)과 자연은 처음부터 하나
였다고 보고 공존과 균형을 통해 모든 생명체의 통합을 강조한다. 그

---

10) 한강, 「나무 불꽃」, 앞의 책, 218면.

리고 남성문화에서 중시되어온 초월(transcendence) 대신에 내재
(immanence)를 중시하고, 발전보다는 부드러움이나 돌봄이라는 여성
적 특성을 강조한다. 이 이론은 갈등 대신에 협력, 대립 대신에 조화의
관계, 권리와 의무 대신에 배려를 강조하는 돌봄의 윤리(ethics of care)
를 내세우는데, 인류를 비롯한 자연 생명이 상호 협력과 보살핌을 통하
여 유지된다는 상생의 세계관과 영혜 언니의 돌봄의 윤리는 맞닿아 있
다.

3. 노브라와 에코페미니즘

노부라는 일종의 여성운동이다. SNS의 폭력적 댓글 때문에 자살한 영
화배우 설리는 우리 사회에 노부라 논쟁을 불러일으켰다. 남성적 사회
는 여성에게 브래지어를 착용할 것을 요구하고, 급진적인 여성들은 브
래지어가 여성의 몸에 대한 일종의 억압이라며 착용을 거부한다. 최근
에 우리나라에선 노브라 자체가 가부장제에 저항하는 페미니즘의 실천
운동이 되고 있다. 여성 개인들이 노브라를 하는 것은 신체적 억압으로
부터 벗어나 편안함과 자유를 향유하기 위해서이지만 여성운동에서 노
브라는 남성중심사회의 권력으로부터의 해방과 페미니즘적인 저항의
기표가 된다.

브래지어는 코르셋과 마찬가지로 여성의 몸을 억압하는 상징적 기표
이다. 여성의 몸을 억압하고, 가부장적 남성중심사회를 유지하는 권력
의 상징인 코르셋과 브라지어를 벗어던지는 행위는 여성에게 가해진
미적 기준과 억압과 금기를 벗어 던지자는 의미를 강력하게 환기한다.

페미니스트들은 여성의 몸은 더 이상 음란물이나 성적 대상이 아니라는 의미에서, 그리고 여성의 가슴에 대한 이중성 및 억압에 대한 고발의 의미에서 노브라를 페미니즘 운동의 일환으로 실천한다.

우리 사회는 날씬하고 마른 몸을 이상화하는 가운데 유독 가슴만큼은 풍만해야 한다는 이율배반적인 기준을 갖고 있다. 물론 그것은 남성적 기준이다. 또한 우리 사회는 여성의 가슴을 엄마가 아기에게 물리는 '성스러운' 신체기관으로 신비화하는 한편 '섹시한' 여성성을 나타내는 기표로 상징화하기도 한다. 한편에서는 여성의 성적 매력과 연결시키는가 하면 다른 한편에서는 성적인 측면을 삭제한 채 성스러운 모성의 상징으로 호명하는[11] 모순 속에 놓여 있는 것이다. 그리고 한편에서 가슴을 크게 보이도록 브래지어에 두꺼운 패드를 넣고, 보형물을 집어넣는 가슴 성형을 통해 성적 매력을 강조한다. 다른 한편에서는 가슴을 감추어야 할 은밀한 부위로 타부시하고 있다. 브래지어는 마치 팬티처럼 강조와 타부의 두 가지의 역할을 동시에 수행하고 있는 셈이다. '더욱이 문명 국가에서는 여성의 가슴에 사회적 수치와 개인적 부끄러움이 덧붙여지고 여성의 신체적 자유를 방해하기도 한다. 나아가 여성의 가슴을 둘러싼 금기와 강박은 가슴의 상품화와 상업화를 확장시키는데, 가슴 성형산업과 브래지어산업이 그 예이다. 가부장제 사회 및 소비사회와 결합된 몸 관리 산업은 끊임없이 이상적인 몸과 가슴의 기준을 생산한다.'[12]

남편은 평범하기 짝이 없는 영혜의 특이사항으로 브래지어의 착용을 싫어한다는 것을 언급했다. 그는 결혼 전 데이트 중에 영혜의 등에 손을

---

11) 박고은·천혜정, 「여성의 가슴은 어떻게 소비되어 왔는가? : 여성잡지 브래지어 광고 분석」, 『미디어, 젠더 & 문화』34-3, 한국여성커뮤니케이션학회, 2019, 54-55면.
12) 위의 논문, 56면.

없었다가 브래지어 끈이 만져지지 않자 조금 흥분하며 그녀가 무언의 신호를 보내고 있지 않은가 관찰하다 전혀 그렇지 않다는 것을 알았을 때, 볼품없는 그녀의 가슴에는 노브라보다 두툼한 패드를 넣은 브래지어를 하는 것이 친구들에게 보일 때 자신의 체면이 섰을 것이라고 생각한다. 결혼 후 아내는 집에서 아예 노브라로 지냈는데, 왜 브래지어의 착용을 싫어하는가 물었을 때 가슴이 조여서 견딜 수 없다고 변명한다.

여성의 가슴을 더 이상 성적 기호로 대상화하는 것을 거부하기 위해 여성들은 노브라를 선택하지만 작품에서 그렸듯이 남편의 직장 상사와 그 아내, 가족인 언니, 심지어 남편까지도 영혜의 노브라에 대해 불편한 심기를 드러낸다. 노부라 여성에 대한 불편한 시선은 여성의 몸에 대한 성적 관음증과 맞닿아 있다. 노브라 여성을 대하는 사람들의 노골적이고 불편한 시선은 물리적 폭력 못지않게 신체적 괴롭힘은 아니지만 여성에게 심리적 고통을 가한다. 즉 우리 사회는 노브라를 한 설리의 댓글에서 확인했듯이 여성들이 브래지어를 착용하지 않는 것에 대해 반감을 나타낸다. 애당초 브래지어는 여성의 가슴을 구속하기 위해 고안되었기에 노브라는 단순히 여성이 속옷을 입지 않는 차원을 넘어서, 여성을 구속하고 억압하는 사회적 편견에 맞서 저항하는 것이라고 해석하며 불편함과 반감을 나타내는 것이다. 영혜의 노브라는 그녀가 몸을 통해서 가부장제의 미적 기준을 거부하고, 성적 대상화에 대해서 저항한 것이라고 해석할 수 있다. 따라서 그녀는 남편이 생각했듯 그저 평범한 여성은 아니었던 것이다.

영혜는 브래지어의 착용만을 싫어했던 것이 아니고, 집과 병원 뜰의 분수대 앞에서 아무렇지도 않게 옷을 벗고 가슴을 드러낸다. 그 이유는 이탤릭체의 독백에서 드러났듯 가슴은 아무것도 죽일 수가 없기 때문이다. "*난 내 젖가슴이 좋아. 젖가슴으론 아무것도 죽일 수 없으니까. 손도 발도, 이빨도 세치 혀도, 시선마저도, 무엇이든 죽이고 해칠 수 있는 무기잖아. 하지만 가슴은 아니야.*"[13] 그러니까 아내는 단순히 답답해서 브래지어를 하지 않았거나 더워서 상의를 벗은 것만이 아니었던 것이다. 가슴은 인간의 신체 가운데서 폭력성이 완전히 배제된 부분이기 때문이다. 가슴이야말로 폭력의 대립항인 비폭력을 상징한다고 할 수 있다. 신체의 다른 부분들과 달리 아무것도 해칠 수 없는 가슴을 굳이 그녀는 브래지어로 억압해야 할 필요가 없었고, 옷으로 감출 필요도 없었던 것이다. 오히려 당당히 드러내도 좋다고 생각했기에 남들 앞에서 아무렇지도 않게 상의를 벗었다. 하지만 남편도 다른 사람들도 모두 그녀의 그런 행위를 미친 행위로, 비정상으로 간주했다. 유일하게 그러한 고정관념으로부터 벗어나 있는 인물이 그녀의 형부였다. 다만 형부만이 그녀를 정상적인 여자로 이해했고, 사람들 앞에서 가슴을 드러낸 그녀를 마치 광합성을 하는 돌연변이체의 동물처럼 여겼던 것이다.

남편과의 성관계를 거부했던 그녀가 온몸에 꽃과 잎사귀를 그려넣고 역시 온몸에 꽃과 잎사귀를 그려넣은 형부와 오르가슴에 도달할 수 있었던 이유는 무엇인가? 꽃과 잎사귀를 그려넣었다는 것은 그녀와 형부 둘 다 동물성의 인간 존재를 벗어나 식물성의 존재로 변신했다는 의미로 해석된다. 식물성의 존재로 변신한 두 존재의 일체화를 인간의 윤리적 잣대로 평가할 수는 없다. 그리고 형부는 처제의 육체에서 성욕이 아니라 모든 욕망이 배제된 덧없는 육체의 아름다움을 느꼈다.

---

13) 한강, 「채식주의자」, 앞의 책, 43면.

　　모든 욕망이 배제된 육체, 그것이 젊은 여자의 아름다운 육체라는 모
순, 그 모순에서 배어나오는 기이한 덧없음, 단지 덧없음이 아닌, 힘이 있
는 덧없음. 넓은 창으로 모래알처럼 부서져 내리는 햇빛과, 눈에 보이진
않으나 역시 모래알처럼 끊임없이 부서져 내리고 있는 육체의 아름다움
…… 몇 마디로 형용할 수 없는 감정들이 동시에 밀려와, 지난 일 년 간
집요하게 그를 괴롭혔던 성욕조차 누그러뜨렸던 것이었다.[14]

　형부와의 관계 후 그녀는 자신의 꿈속의 무서운 얼굴이 육식 때문에
나타난 것이 아니라 그게 자신의 뱃속의 얼굴이라고 말한다. 그리고 이
제 무섭지 않다고, 무서워하지 않을 것이라고 한다. 왜냐하면 유일하게
그가 꿈에 대해 물어주었고, 자신을 있는 그대로 알아주었기 때문이다.
꿈속의 얼굴들은 어쩌면 그녀 내부의 전혀 무서워할 필요가 없는, 육식
성의 폭력 때문에 상처받은 자신의 얼굴이었다는 것을 의식화할 수 있
었던 것이다. 따라서 두 사람의 섹슈얼리티는 일종의 치유적 의미를 내
포한다고 해석할 수 있다. 그리고 시간이 흐른 뒤에 언니 인혜는 그 의
미를 제대로 해석해냈던 것이다.

　연작의 마지막 편인 「나무 불꽃」에서 영혜는 모든 음식을 거부하고
햇빛과 물만 필요로 하는 나무되기를 통해 아예 인간의 몸을 벗어나 완
벽한 에코페미니즘을 환상적으로 실현하고자 한다. 채식마저도 다른 식
물의 생명체를 착취해야만 생명체를 존속 유지시킬 수 있는 식습관이
기 때문에 아예 동물의 몸이기를 거부하고 식물인 나무로 변신해버리
고 싶은 것이다. 그러나 세상은 그것을 일종의 망상으로 취급하며 폐쇄

---

14) 한강, 「몽고반점」, 앞의 책, 104면.

병동에 그녀를 가두고, 그녀는 일체의 음식을 거부하고 죽어간다. 죽어야만 다른 생명을 지배하고 착취하는 동물성의 위계질서를 완전하게 벗어날 수 있기 때문이다. 작가는 나무로의 변신 모티프를 통해서 에코페미니즘의 주제를 환상적으로 전달했다.

(『문학도시』 2021년 2월호, 부산문인협회)

3. 빈곤의 옥상방에서 그리움의 옥탑방으로

– 박상우의 「내 마음의 옥탑방」

1. 머리말

최근 '부동산 블루'라는 신조어가 등장했다는 소식이 들려오고, 집을 살지 말지를 다투다가 가격 폭등에 자괴감을 느낀 남편이 아내를 흉기로 찌른 뒤 본인도 투신했다는 우울한 뉴스까지 듣게 된다. 누구는 금수 저로 태어나 부모로부터 증여를 받거나 대출을 받아 아파트를 샀다가 가격이 배나 뛴 사람과 형편에 맞게 전세나 월세로 시작했다가 폭등하는 집세를 감당할 수 없어 그것마저 줄여가야 하는 이상한 상황을 어찌 이해할 수 있을까?

코로나19로 중소상인의 폐업이 속출하고, 직장을 구하지 못한 청년들, 한마디로 서민들의 생계가 막막해진 상황도 아랑곳하지 않은 채 폭등하는 부동산 가격을 생각하다가 나는 아카데미상을 수상한 영화 〈기생충〉의 '반지하방'을 떠올리기도 하고, 오래 전에 읽었던 박상우의 소설 「내 마음의 옥탑방」의 '옥탑방', 그리고 쪽방이나 고시원 같은 도시 빈민층의 주거공간을 떠올리며 우리에게 주거공간이란 대체 어떤 의미를 지니는가에 대해서 생각해 보게 된다.

바슐라르에게 집은 위험한 세계로부터 인간을 지켜주고 평화롭게 해주며, 외부세계로부터 도피할 수 있는 피난처다. 하지만 사람들이 실제로 경험하는 집이 반드시 외부세계의 위협과 공격으로부터 인간을 보호해주는 물리적인 피호성을 띠며, 안온하고 보호되는 내밀함을 경험하는 공간인 것만은 아니다. 누군가는 집을 폭력의 공간으로 경험하고, 벗어나야 할 탈출의 공간으로 인식하기도 한다. 집은 개인마다 또는 계층과 젠더에 따라 달리 경험될 수밖에 없는 공간이다.

이 글에서 말하려고 하는 도시 빈민층의 주거공간인 옥탑방이 형성된 과정은 우리나라 건축의 근대화가 진행되면서 경사진 지붕을 대체하는 평면지붕(옥상)이 생기면서부터 가능해졌다. 이로 인해 서울의 도심 고층 건물의 옥상에 판자, 천막, 함석 등으로 지은 무허가 주거 형태인 옥탑방이 등장하게 된 것이다. 옥상의 가건물이자 무허가 불법건물이 언제부터 옥탑방으로 불리기 시작했는지는 정확히 알 수 없지만 나는 옥탑방이란 단어를 박상우의 소설 제목에서 처음 접했다.

박상우의 소설 「내 마음의 옥탑방」이 발표된 것이 1998년이고, 인터넷소설 「옥탑방 고양이」(2001)가 발표된 후 드라마로 제작된 것은 2003년의 일이다. 박상우의 소설이 〈이상문학상〉 대상을 수상(1999)하고, 드라마 〈옥탑방 고양이〉가 방영됐던 2000년 전후해서 '옥탑방'이란 말은 대중들 사이에 보편적으로 사용되기 시작한 것 같다. 그런데 반지하방, 고시원 등과 함께 도시 빈민층의 대표적 주거공간으로 자리 잡은

옥탑방이 매체에 등장하기 시작한 것은 1991년부터라고 한다.[1]

최근 발표된 한 논문에 의하면 과거 1970-80년대 무허가 불량주택, 판잣집 등이 저소득층의 대표적인 주거지였다면, 현재는 지·옥·고(반지하, 옥탑방, 고시원)가 저소득층의 대표적인 주거지가 되었다. 이들 주거지는 서민층과 저소득층, 20-30대의 대학생 및 사회 초년생이 주로 거주하는 공간으로, 최근 1인가구의 증가, 입지 특성, 건물 소유주의 이해관계의 일치 등 사회·경제적 구조의 변화와 함께 꾸준히 증가하고 있다. 이 가운데 옥탑방은 저층주택 옥상의 유휴공간을 활용한 소형 주택으로서 과거의 열악했던 주거 환경과는 달리, 2000년 이후 대중매체를 중심으로 낭만적 공간으로 표상되면서 부정적인 인식이 크게 줄어들었다. 옥상의 외부공간을 마당처럼 활용할 수 있다는 점에서도 옥탑방은 도시 내 차별화된 주거공간으로서 빈곤의 이미지가 탈각되어 새로운 이미지가 재생산되고 있다.[2]

2. 빈곤에서 낭만으로-옥탑방

「내 마음의 옥탑방」의 일인칭 화자는 "내 나이 스물여덟이었을 때, 나는 삼층 건물의 옥상에 위치한 그것을 처음 목격했었다. (중략) 삼층씩이나 되는 번듯한 양옥 건물의 옥상에 그렇게 허름한 주거공간이 얹혀

---

1) 김은지, 「빈곤과 낭만의 교차점 : 옥탑방에 관한 공간사회학적 탐구」, 『한국사회학회 사회학대회 논문집』, 한국사회학회, 2015, 46-48면.

2) 김영태, 권영상, 「도시 빈곤 주거지로서 다가구·다세대주택 옥탑방의 형성과 변화-관악구 봉천동 일대 청년가구 사례를 중심으로」, 『한국도시설계학회지 도시설계』 21(2), 한국도시설계학회, 2020. 25-40면.

있을 수 있다는 사실-그것을 나는 일종의 파격으로 받아들이지 않을 수
없었다"라고 옥탑방에서 처음 받았던 기이한 충격에 대해 표현하고 있
다. "세상이 아무리 각박해지고 사람들이 거처할 공간이 줄어든다고 해
도 그렇지, 어떻게 옥상에까지 방을 들이고 세입자를 받아들일 생각을
할 수 있었을까"라고 농촌 출신의 화자는 옥탑방을 하나의 문화충격으
로 받아들인다.

하지만 십년의 세월이 지나는 동안 어느새 옥탑방에 대한 화자의 정
서는 문화충격에서 그리움으로 변화하고 있다. 즉 십년 전 시월, 한 달
남짓 사랑의 감정을 공유했던 주희라는 여성과 헤어지고, 대기업 홍보
실로 직장도 옮긴 후 은행원인 여성과 결혼하여 속물스런 삶을 반복적
으로 살아가는 화자에게 옥탑방은 그리움을 변주하는 순수한 꿈의 장
소로 그 의미가 변화한다. 도시의 빈곤과 각박함을 표상하는 낯선 추상
적 공간이 그리움이라는 의미로 가득 찬 구체적 장소가 된 것이다.[3]

작품의 서두는 "나의 기억 속에는 세월이 흘러도 불이 꺼지지 않는 자
그마한 방 한 칸이 있다"로 시작된다. 소설은 서사적 현재 시점에서 십
년 전의 과거를 회상하는 회상의 시간구조를 갖고 있다. 주희는 그와 헤
어져 속물적인 지상으로 내려가면서도 옥탑방으로 상징되는 꿈의 공간
을 공중에 비끄러맬 줄 알았던 여성이며, 옥탑방이 이 지상에 영원히 남
아 있길 바랐던 여성으로 회상된다. 또한 그녀는 지상의 속된 삶을 아프
게 관망했지만 인간의 아름다운 숙명이 결국 지상으로 돌아가는 데 있
다는 걸 순순히 시인할 줄 알았던 여성이었다. 따라서 화자(민수)는 그
녀가 지상으로 돌아가면서 보여준 절망과 체념마저 아프게 그리워하는

---

3) 이-푸 투안, 구동회 · 심승희 역, 『공간과 장소』, 대윤, 1999, 6-8면(역자 서문).

것이다.

　다만 한 가지, 속물스런 지상으로 내려가기 위해 오히려 자신의 꿈을 공중에 비끄러맬 줄 알았던 한 여자의 절망과 체념이 아프게 그리울 뿐이었다.

　옥탑방에서 지상의 속된 삶을 아프게 관망했지만, 인간의 아름다운 숙명이 결국 지상으로 돌아가는 데 있는 거라는 걸 순순히 시인할 줄 알았던 그녀-자신의 옥탑방이 이 지상에 영원히 남아 있길 바란다던 그녀는 지금 어느 하늘 밑에서 그 시절을 그리워하고 있을까.[4]

　'공중에 떠 있는 방'으로 화자가 명명한 옥상방을 '주희'가 '옥, 탑, 방'으로 발음하자 해괴하고도 불협 관계의 극치를 드러내던 방은 "인간들이 북적대는 지상으로부터 아득하게 유배된 공간, 요컨대 공간 자체에 이미 깊은 절망과 고뇌가 배어 있는 것처럼" 느껴지는 공간으로 변화한다.

　십 년 세월이 지난 지금, 그녀를 생각할 때마다 나는 남겨진 시간에 대해 깊은 두려움을 느끼곤 한다. 지나간 시간보다 남겨진 시간이 두려운 건 변화가 아니라 불변하는 것에 대해 느끼는 끈끈한 채무감 때문이리라. 주어진 형벌의 바위를 부정하고, 지상에 안주하기 위해 인간의 숙명까지 부정하는 시지프들의 지옥-무슨 이유 때문인가. 추억이 망각의 늪으로 잦아들 때가 되었는데도 내 마음의 옥탑방에는 불이 꺼지지 않는다. 그곳에서 살았던 한 여자의 존재감 때문이 아니라 옥탑방이라는 상징, 그것이

---

4) 박상우 외, 『1999년 이상문학상 수상작품집- 내 마음의 옥탑방 외』, 문학사상사, 1999, 28면.

하나의 생명체가 되어 스스로 빛을 발하고 있는 것인지도 모르리라. 불완전한 지상의 주민, 숙명의 전모를 간파하지 못하는 인생의 장님들에게 그 빛은 무엇을 일깨우고 싶어 하는 것일까.

　－아주 우연히 지상에서 다시 마주치게 될지라도, 부디 행복한 시지프의 표정을 당신의 얼굴에서 발견할 수 있었으면 좋겠습니다.[5]

　그리고 십년의 세월이 지난 서사적 현재 시점에서 "추억이 망각의 늪으로 잦아들 때가 되었는데도 내 마음의 옥탑방에는 불이 꺼지지 않는다. 그곳에서 살았던 한 여자의 존재감 때문이 아니라 옥탑방이라는 상징, 그것이 하나의 생명체가 되어 스스로 빛을 발하고 있는 것인지도 모르리라"처럼 옥탑방은 주희라는 여성에 대한 그리움을 변주하는 것을 넘어서서 그녀와 함께했던 순수한 시간에 대한 상징으로서 하나의 독립된 생명체가 되어 스스로 빛을 발하고 있다.

　옥탑방의 주인이었던 주희는 주어진 형벌의 바위를 부정하고, 지상에 안주하기 위해 인간의 숙명까지 부정하는 시지프들과는 달리 지상으로 내려가기 위해 자신의 꿈을 공중에 비끄러맬 줄 알았던 여성이다. 즉 지상이라는 현실과 타협하면서도 순수한 사랑과 꿈을 이상화할 줄 알았으며, 지상의 속된 삶을 아프게 관망했지만, 인간의 아름다운 숙명이 결국 지상으로 돌아가는 데 있는 거라는 걸 순순히 시인할 줄 알았던 여성으로 회상된다. 이제 그러한 그녀의 절망과 체념까지 하나의 그리움이 되어 그의 마음속에 스스로 빛을 발하며 옥탑방이라는 기표로 존재하고 있는 것을 십년의 세월이 지나고서야 화자는 절실하게 깨닫는다. 따

---

5) 위의 책, 65면.

라서 옥탑방은 단순히 물리적이고 객관적인 공간이 아니라 심리적이고 주관적인 장소가 되어 그의 마음속에 아련한 그리움을 변주하며 빛을 발하고 있다.

옥탑방에 대한 화자의 장소감은 십년 전 처음 옥탑방이라는 단어를 듣게 되었을 때에는 서울의 각박함을 표상하는 주거공간에 불과한 낯설고 추상적인 것이었다. 하지만 주희라는 여성과 연결되는 순간 옥탑방은 지상으로부터 아득하게 유배된 공간이자 깊은 절망과 체념과 고뇌가 배여 있는 장소로 변화한다. 그리고 십년이 지난 지금에 와서는 다시는 돌아갈 수 없는 순수하고 이상적인 시간과 연결된 주관적 장소로 변화하여 화자의 마음속에 그리움과 순수한 꿈을 상징하는 장소로 자리 잡게 된다.

한 사회학자는 옥탑방을 1)빈곤의 공간 2)빈곤과 낭만의 착종 3)빈곤이 탈각된 낭만의 공간으로 분류한 바 있다.[6] 그의 분류를 따르자면 이 소설에서 옥탑방은 처음에는 빈곤의 공간이었다가 주희와 사랑의 감정을 공유할 때는 빈곤과 낭만이 착종하는 장소가 되었고, 그리고 십년의 세월이 지난 서사적 현재 시점에는 빈곤이 완전히 탈각된 낭만적 장소이자 그리움의 장소로 장소감이 변화한다.

3. 장소상실의 공간-백화점

이 소설에는 옥탑방뿐만 아니라 여러 개의 공간이 등장한다. 백화점,

---

6) 김은지, 앞의 글, 48면.

그리고 지상과 같은 공간이 그것이다. 그것들은 옥탑방과 대비를 이루며 작가의 옥탑방에 대한 상징적 의미를 더욱 강화시킨다.

> 내가 담당하는 백화점들의 레포츠 용품 매장은 대개 5층이나 6층에 있었다. 여름 내내 수치와의 전쟁을 치른 때문인가. 여름이 끝나 갈 무렵부터 백화점 입구에 당도하면 나도 모르게 가슴이 두근거리기 시작했다. 5층이나 6층으로 올라가는 일, 아니 올라가야 한다는 현실적 당위성에서 깊은 두려움이 느껴지기 시작한 것이었다. 뿐만 아니라 백화점 매장을 일일이 둘러보고 회사로 돌아가 엘리베이터 앞에 섰을 때, 11층으로 올라가 사장에게 보고를 해야 함에도 불구하고 도무지 올라가기가 싫어진 것이었다. 그리고 하루가 막을 내리고 저녁 대신 꼼장이나 닭똥집 같은 것을 안주 삼아 소주를 마시고 형네 집이 있는 아파트 단지에 이르렀을 때에도 마찬가지, 선뜻 17층으로 올라가지 못하고 난감한 눈빛으로 형네 집에서 밀려나오는 아득한 불빛을 올려다보곤 한 것이었다. (중략) 5층과 6층, 그리고 11층과 17층에서 도무지 벗어날 수 없는 처지에 나는 사로잡혀 있었을 뿐이었다. 5층이나 6층을 포기하면 11층과 17층까지 덩달아 무너지는 현실, 그것이 나의 희망이자 또한 절망이었기 때문이었다.[7]

> 높은 곳으로 올라갈 때 나는 극도로 긴장하고, 그곳에서 내려온 뒤에 나는 극도로 무기력해졌다. 그래서 위로 올라가기 전, 나도 모르게 서성거리는 시간이 많아졌다. 백화점 입구에 당도해서도 선뜻 매장으로 올라가지 못하고 사뭇 초조한 표정으로 주변을 서성거리곤 한 것이었다.(중략)
> 아무튼 그녀를 눈에 익힌 뒤부터 나는 일종의 집중력을 느끼며 그녀를

---

7) 박상우 외, 앞의 책, 31-32면.

훔쳐보기 시작했다. 수치에 대한 공포감을 느끼며 레포츠 매장으로 올라가기 직전, 심리적인 긴장감이 한껏 고조될 때라서 다른 건 도무지 생각할 겨를이 없었다. 5층의 매장과 어제의 판매 수치, 그리고 그녀에 대한 집중력이 나의 내면에서 격렬한 전면전을 치르는 것 같았을 뿐이었다. 하지만 며칠이 지난 뒤부터 그와 같은 혼돈은 씻긴 듯 사라져 버렸다. 5층의 매장도 수치에 대한 공포감도 까맣게 잊은 채, 오직 그녀를 훔쳐보기 위해 백화점 입구를 서성거리는 내 자신을 발견하고 내밀한 안도감을 맛보곤 한 때문이었다.[8]

레포츠용품 회사에서 근무하는 화자는 매일같이 회사의 매장이 있는 백화점의 5, 6층을 방문한 뒤 회사의 사장이 근무하는 빌딩의 11층에 올라가 매출 보고를 해야 한다. 회계 담당의 업무를 맡은 화자에게 수치는 깊은 공포감을 불러일으킨다. 왜냐하면 그는 국문과 출신으로서 회계 담당 업무가 애당초 적성에 맞지 않았을 뿐만 아니라 그해 여름, 회사가 수립한 저가 위주의 판매 전략이 완전히 실패로 돌아감으로써 그 책임이 모두 영업사원들의 잘못인 것으로 치부돼 판매 부진에 따른 수모까지 당해야 하는 상황에 처해 있었기 때문이다.

사장으로부터 온갖 수모를 당하는 저주스런 여름 동안에 화자가 받고 있는 극심한 직무 스트레스는 고층의 건물에 대한 두려움으로 전환된다. 즉 매출과 관련된 수치에 대한 공포감이 5층과 6층, 11층이란 수치에 대한 불안과 공포로 전환되고 있다. 그것은 "곤욕스런 현실이 만들어낸 일종의 고소공포증 같은 것이었는지도 모를 일이었다"라고 표현되는데, 백화점의 5층과 6층, 사장실이 위치한 빌딩의 11층, 그리고 저녁

---

8) 위의 책, 32-33면.

이 되면 돌아가야 할 그가 얹혀사는 형의 17층 아파트는 그에게 가슴이 두근거리는 불안감과 두려움, 고소공포증, 혐오감과 같은 감정을 경험케 한다. 한편 그는 5층과 6층, 11층, 17층에서 도무지 벗어날 수 없다는 자신의 처지에 대해 깊은 절망감을 느낀다. 왜냐하면 5층과 6층을 포기하면 11층과 17층까지, 즉 직장과 주거공간까지 덩달아 무너지는 것이 그가 직면하고 있는 회피할 수 없는 현실이기 때문이다. 따라서 5층과 6층, 그리고 11층과 17층은 그에게 이럴 수도 저럴 수도 없는 이중회피의 갈등을 불러일으킨다. 화자는 그때의 갈등적 감정을 다음과 같이 표현한다.

 높은 곳으로 올라갈 때 나는 극도로 긴장하고, 그곳에서 내려온 뒤에 나는 극도로 무기력해졌다. 그래서 위로 올라가 전, 나도 모르게 서성거리는 시간이 많아졌다. 백화점 입구에 당도해서도 선뜻 매장으로 올라가지 못하고 사뭇 초조한 표정으로 주변을 서성거리곤 한 것이었다. 날마다 지나쳤을지도 모른 그녀를 내가 눈에 익히기 시작한 것은 바로 그 즈음, 올라가고 내려오는 동안에 내가 정신적인 공황상태를 경험하곤 할 무렵이었다.[9]

백화점을 오르내리는 동안 긴장과 무기력이 교차하고, 선뜻 매장으로 올라가지 못하고 서성거리며 초조해하는 화자의 심리상태는 공황상태로 표현된다. 이때의 공황상태는 일종의 정신적 질병인 공황장애를 의미한다. 공황장애는 갑자기 엄습하는 강렬한 불안, 즉 공황 발작을 반복적으로 경험하는 장애를 뜻한다. 그가 백화점, 빌딩, 아파트와 같은 높은

---

9) 위의 책, 31면.

건물을 얼마나 싫어하고 혐오했는가는 긴장, 무기력, 불안, 초조, 고소공포증, 공황상태와 같은 단어들이 잘 환기해준다. 문제는 그 공간들을 포기할 수도 없다는 데 그의 딜레마가 존재한다고 할 수 있다.

그런데 그는 백화점에서 망토가 덧붙은 빨간 제복과 동일한 색상의 둥근 모자를 쓰고 백화점 안내(information) 일을 하는 주희를 훔쳐보는 동안 그의 내면에서 전면전을 치르는 것 같은 공황상태의 혼돈으로부터 서서히 벗어나게 된다. 즉 "수치에 대한 공포감도 까맣게 잊은 채, 오직 그녀를 훔쳐보기 위해 백화점 입구를 서성거리는 내 자신을 발견하고 내밀한 안도감을 맛보곤" 한다. 공황상태를 벗어난 안도감은 백화점이라는 공간이 불러일으킨 변화는 결코 아니다. 그것은 한 젊은 남성이 한 젊은 여성을 향해 느끼는 낭만적 감정이 불러일으킨 변화이다.

화자가 오르내리기를 두려워했던 공간, 주희가 화사한 제복과 모자를 착용하고 마치 전시된 마네킹이나 인형처럼 꿈을 꾸듯 몽롱한 표정과 눈빛, 그리고 주변의 모든 것으로부터 자신을 스스로 유폐시키고 있는 듯한 깊은 정지감으로 앉아 있는 백화점은 어떤 공간으로 그려지고 있는가?

　　물질로 구현된 꿈의 성전.
　　백화점에서 특정한 무엇인가에 대해 집중력을 발휘한다는 건 결코 쉬운 일이 아니었다. 인간의 시선과 의식을 끊임없이 유혹하는 물질의 성채가 사방에서 빛을 발하는 공간-백화점은 인간의 꿈이 물질로 구현된 꿈의 성전이었다. 물질에 대한 숭배심 때문인가. 성전 안으로 들어선 사람들은 동경과 선망이 가득한 순례자 같은 눈빛으로 연신 사방을 두리번거릴 뿐이었다. 요컨대 젖과 꿀이 흐르는 현대판 가나안, 무한대의 물질적 유혹이 정신을 혼미하게 만드는 공간에서 나는 기적 같은 집중력을 경험하기 시작한 것이었다. 꿈에 굶주린 사람들을 성전으로 인도하는 아름다운 안내자-그녀가 물질이 아니라 사람이라는 사실이 나에게 얼마나 놀라운 은총으로 받아들여졌겠는가.[10]

백화점은 한마디로 '인간의 꿈이 물질로 구현된 꿈의 성전', '인간의 시선과 의식을 끊임없이 유혹하는 물질의 성채가 사방에서 빛을 발하는 공간', '젖과 꿀이 흐르는 현대판 가나안, 무한대의 물질적 유혹이 정신을 혼미하게 만드는 공간'이다. 즉 인간의 물질주의적인 소비욕망을 표상하는 공간으로 규정된다.

하지만 박상우의 소설은 백화점을 물질주의적 소비욕망에 대한 표상 공간으로 그리기보다는 백화점이라는 공간으로부터 소외된 화자와 주희라는 여성이 느끼는 비진정한 장소감, 즉 장소상실에 대해서 중요하게 그리고 있다. 화자와 주희는 백화점의 소비자, 즉 그곳을 찾는 고객이 아니다. 화자는 그곳에 입점한 매장의 판매 실적을 관리하는 회계 담당 직원이며, 주희는 안내 데스크에서 고객들에게 필요한 정보를 제공해주는 안내직원이기 때문에 백화점은 그들에게 그저 노동의 공간일 뿐이다. 따라서 그들에게 백화점은 인간의 꿈이 물질로 구현된 꿈의 성전은 결코 될 수 없다.

화자가 백화점에 들어갈 때의 공황장애를 겪는 듯한 감정상태는 이미 앞에서 언급했지만 주희의 감정상태는 '전시된 마네킹이나 인형', '꿈을 꾸듯 몽롱한 표정과 눈빛, 그리고 주변의 모든 것으로부터 자신을 유폐

---

10) 위의 책, 33-34면.

시키고 있는 듯한 깊은 정지감', '인물화가 아니라 고적한 풍경화의 이미지' 등의 묘사에서 간접적으로 드러난다. 그녀는 고객을 상대하는 직원으로서 불편한 고객을 만나도 자신의 감정을 억제할 것을 강요받으며, 백화점의 안내직원으로서 규격화된 감정을 표현해야만 하는 일을 맡고 있다. 즉 감정노동자로서 주희가 감정을 억압해야 하는 상황은 마네킹, 인형, 정지감, 고적한 풍경화 같은 단어들에서 유추해볼 수 있다. 일인칭의 초점화자가 서술하고 있기에 주희의 감정은 주체의 경험으로 묘사되지는 않는다. 하지만 그녀를 그려낸 단어들이 환기하고 있듯이, 또한 업무 성격상 그녀가 자신의 감정을 억누른 채 직무에 맞게 정형화된 행위를 해야 하며, 그것이 감정적 부조화를 초래하며 스트레스를 유발할 것이라는 것은 충분히 짐작할 수 있는 일이다.

화자가 백화점(빌딩, 아파트)에서 공황장애에 비견할 만한 비진정한 장소감(장소상실)을 경험하는 것처럼 주희 역시 마네킹이나 인형처럼 자신의 감정을 억제한 채 장소상실에 빠져 있다. 즉 백화점은 그들에게 소속감과 진정한 장소감을 주지 못한다. 진정한 장소감이란 무엇보다도 자신이 그 장소의 내부에 있다는 느낌이며, 개인으로서 또는 공동체의 일원으로서 그 장소에 속해 있다는 느낌을 의미한다.[11] 그런데 그들은 백화점에서 진정한 소속감과 유대감, 또는 소비의 성전에서 느끼는 희열 대신 고소공포증, 공황장애, 유폐, 정지감과 같은 단어가 내포하듯이 정서적 심리적으로 소외되어 있고 직업적인 스트레스를 받고 있다.

그들이 백화점이라는 공간에서 받는 장소상실과 소외감은 근본적으로 그들이 속한 계층적 성격으로부터 나오는 것이라고 할 수 있다. 즉

---

11) 에드워드 렐프, 앞의 책, 150면.

대학은 졸업했지만 농촌 출신으로 형의 집에서 더부살이를 하며, 형이 구해준, 적성에도 맞지 않는 직장에서 직무스트레스에 시달리는 남성과 역시 시골 출신으로 옥탑방에서 살아가야 하는 빈곤층의 여성이라는 계층적 한계야말로 그들을 백화점이라는 공간에 진정성 있게 편입되지 못하게 만들며, 그곳을 젖과 꿀이 흐르는 현대판 가나안으로 느낄 수 없게 만드는 근원적 한계라고 할 수 있을 것이다.

4. 미물스럽고 속물스런 지상

주희가 살고 있는 옥탑방은 경사각이 사십 도를 상회할 것 같은, 믿어지지 않을 정도의 가파른 언덕길을 걸어 올라가야만 도달할 수 있는 곳에 위치한다. 그곳에서 내려다보는 지상의 밤풍경은 결코 아름답지 않다.

경사진 비탈을 따라 집들이 다닥다닥 달라붙은 달동네와 실핏줄처럼 뒤엉킨 좁은 골목길, 그리고 강 건너편으로 내다보이는 고층건물과 즐비한 차량의 행렬…… 그것은 보면 볼수록 연민을 자아내게 하는 가련한 고난의 세계가 아닐 수 없었다. 뿐만 아니라 뒤틀린 심사로 굽어보면 한없이 가소로운 미물의 세계처럼 보이기도 했다. 내가 저런 곳에다 발을 딛고 살아왔던가, 줄지어 이동하는 개미 행렬을 향해 오줌 줄기를 갈겨대던 어린 시절이 문득 기억에서 되살아날 정도였다. 내가 공포감을 느끼던 5층-6층-11층-17층 같은 곳에서는 전혀 느껴보지 못한 감정, 그리고 비로소 되새겨지는 인간의 미물스러움.[12]

---

12) 박상우 외, 앞의 책, 39면.

옥탑방에서 내려다본 지상은 '가련한 고난의 세계', '미물의 세계'로 표현된다. 하지만 주희는 그러한 지상으로 내려가 편안하게 안주하고 싶다는 것이 오래 전부터 키워온 꿈이다. 지상의 주민들처럼 미물스럽고 속물스럽게 사는 것이 인간적인 타락을 뜻하는 것일 수도 있지만 그렇게 살아야 하는 게 인간의 속성이라면 그걸 부정하고 싶지 않다는 것이다.

> "저곳이 아무리 미물스럽고 속물스럽다고 해도…… 그래도 저곳으로 내려가 편안하게 안주하고 싶다는 게 아주 오래 전부터 키워 온 내 꿈이에요. 저곳의 주민이 되고, 저곳의 주민들처럼 미물스럽고 속물스럽게 사는 거…… 그게 나에게 남겨진 마지막 꿈이라구요."
>
> (중략)
>
> 지상의 주민이 되어 미물스럽고 속물스런 세계에 안주한다는 거…… 어쩌면 인간적인 타락을 뜻하는 것일 수도 있겠죠. 하지만 그렇게 살아가야 하는 게 인간의 속성이라면…… 어떤 식으로도 난 그걸 부정하고 싶지 않아요. 세상을 착하고 올바르게 산다는 게 도대체 무슨 의미가 있죠?
>
> (중략)
>
> 아침마다 이곳을 내려가 세상에 머무는 동안, 내가 불완전한 지상의 주민이라는 사실이 얼마나 나를 슬프게 하는지 아세요? 그래서 하루 일을 끝내고 이곳으로 올라오면…… 그래요, 여기가 마치 내 꿈이 자라는 온상처럼 느껴질 때가 많아요. 내 사악한 꿈이 자라는 비밀스런 온상…….[13]

---

13) 위의 책, 41면.

주희는 혼자서 어머니의 장례식을 치르고 돌아온 날 밤에 "내가 누군인지는 알겠어?"라는 힐난 섞인 질문을 던진 화자에게 "민수 씬 나에게 필요한 사람이 아니고…… 나도 민수 씨에게 하등 도움이 안 되는 여자야. 그러니까 제발…… "이라고 답변한다.

> 제발, 어쩌라는 거지? 저 낮은 지상의 주민이 되어 편안하게 안주하고 싶어 하는 주희의 꿈을 방해하지 말고 이제 그만 눈앞에서 꺼져 달라, 이건가? 진실도 없고 감정도 없고, 오직 목적만을 위해 수단과 방법을 가리지 않겠다는 그 파렴치한 꿈 말인가? 그걸 위해 자신을 헌신짝처럼 버릴 수 있는 용기가 있어서 정말 행복하겠군. 하지만 말야. 이것 한 가지는 분명하게 알아둬. 그런 꿈을 실현하기 위해 자신을 철저히 기만하고 사느니, 차라리 꿈이 없이 사는 게 훨씬 나을 거라는 게 내 생각이야. 꿈을 위해 현실을 깡그리 부정하겠다는 거, 이미 꿈이 노예가 되었다는 뜻 아닌가?"[14]

그때 화자는 지상에 안주하고 싶어 하는 그녀의 꿈을 비난하고, 두 사람의 관계는 봉합할 수 없는 갈등 국면에 처하는데, "온전한 지상의 주민이 되고 싶어 하는 그녀의 꿈을 물질적으로 해결해 줄 수 없는 나의 처지"에 대한 자괴감에 빠진 화자는 주희와 결국 헤어진다. 하지만 "첫 번째라는 이유만으로 당신의 인생을 나의 옥탑방에다 가두고 싶지는 않았습니다. 평생 옥탑방에서 벗어나지 못하는 당신과 나의 인생, 생각해 본 적 있나요"라고 한 주희의 편지에서 드러나듯 두 사람의 이별은 화자의 인생을 그녀의 옥탑방, 즉 빈곤한 현실 속에 구속시키고 싶지 않

---

14) 위의 책, 51면.

다는 주희의 배려에 의해서 일어난 것이라고도 할 수 있을 것이다.

십년의 세월이 흐른 뒤 화자는 "불완전한 지상의 주민이면서도 그것을 절실하게 자각하지 못하고 살아온 나의 무지가 아프게 되새겨"진다라고 회한에 잠기는데, 그것은 그녀와 같은 처지에 있으면서도 그녀만큼 자신이 속한 현실을 철저히 자각하지 못한 채 그녀의 꿈을 파렴치하다고 멸시했던 데 대한 부끄러움이라고 할 수 있을 것이다.

백화점에서 그녀는 언제나 꿈을 꾸듯 몽롱한 표정을 짓고 있었지만 옥탑방이란 현실로 돌아왔을 때 그녀는 꿈에서 완전히 깨어난 듯한 표정과 세상을 가감 없이 직시하는 듯한 눈빛, 그리고 뚜렷한 주관을 갖고 자신의 생각을 표현한다. 그리고 그러한 주희의 태도는 '나'의 불철저한 현실인식과 대비된다.

> 우리는 모두 거세당한 시지프들, 산정을 향해 바위를 밀어 올리는 불굴의 의지를 상실한 시지프들이었다. 신을 향한 멸시를 통해 인간의 운명을 극복하려는 반항적인 분투가 사라지고, 이제 지상에는 인간에 의한 인간을 위한 인간의 멸시가 범람하고 있을 뿐이었다. 어느 누구도 도로(徒勞)의 절망을 숙연하게 받아들이지 않으려 하는 것이었다. 주어진 형벌의 바위도 부정하고, 지상에 안주하기 위해 인간의 숙명까지 부정하는 가련한 시지프들의 지옥.
>
> 그제서야 비로소 나는 알아차릴 수 있었다. 그녀가 나보다 먼저, 신화나 관념이 아니라 체념과 비관으로 뒤틀린 시지프들의 세계에 동화되지 않기 위해 자신의 꿈에 집착했을지도 모른다는 것. 그런 의미에서 지상의 주민으로 편재되고 싶다는 그녀의 꿈은 영원히 실현 불가능한 것일 수도 있다는 결론에 이르러 나는 슬그머니 수치심을 느끼고 말았다. 미물스럽

고 속물스런 세계로의 편재가 아니라 인간적인 전략과 절망이 바로 그녀
가 말하는 꿈의 요체라는 걸 비로소 깨달을 수 있었기 때문이었다. 그가
자기 형벌의 바위를 밀고 올라간 산정, 그곳이 바로 그녀의 옥탑방이 아
니겠는가.[15]

그녀와의 사이에 갈등이 시작된 십일월에 화자는 자신을 포함하여
"어느 누구도 도로(徒勞)의 절망을 숙연하게 받아들이지 않으려 하는,
형벌의 바위도 부정하고, 지상에 안주하기 위해 인간의 숙명까지 부정
하는 가련한 시지프들의 지옥"에 갇힌 존재들이며, 거세당한 시지프들
이라는 사실을 깨닫는다. 반면 그녀는 체념과 비관으로 뒤틀린 시지프
의 세계에 동화되지 않기 위해 자신의 꿈에 집착했을지도 모르며, 지상
의 주민이 되고 싶어 하는 그녀의 꿈은 미물스럽고 속물스런 세계로의
편재가 아니라 인간적인 전략과 절망이 바로 그녀가 말하는 꿈의 요체
이며, 자기 형벌의 바위를 밀고 올라간 산정, 그곳이 바로 옥탑방이라는
사실들을 그는 비로소 깨닫게 된다. 즉 그녀는 지상으로 내려오기 위해
서 옥탑방이란 산정을 오르내렸던 시지프였으며, 지상의 불모성을 간
파하고도 지상의 주민이 되어 미물스럽고 속물스런 세계에 안주하고자
하는 자신의 욕망을 부정하지 않는, 유일하게 거세당하지 않는 시지프
였던 것이다.

시지프는 그리스신화에 등장하는 존재로서 신들로부터 바위를 산꼭
대기에 운반하는 형벌을 받는다. 이 바위는 산꼭대기에 도달하면 굴러
떨어져서 시지프는 영원토록 바위를 산꼭대기까지 운반하는 작업을 반

---

15) 위의 책, 53면.

복해야만 한다. 신들은 무익하고 희망이 없는 노동보다 더 무서운 형벌은 없다고 생각했기 때문에 시지프에게 그런 형벌을 내렸던 것이다. 하지만 카뮈는 시지프 안에서 부조리한 인간의 전형을 보게 된다. 인간 존재의 무의미성을 자각하면서 이 부조리에 대하여 반항을 기도하는 인간이 거기에 있었기 때문이다. 주희는 신화나 관념이 아니라 순수한 삶을 통해 지상의 불모성을 간파했음에도, 체념과 비관으로 뒤틀린 시지프들의 세계에 동화되지 않기 위해 자신의 꿈에 집착하는 반항적 인간이었다. 지상은 그녀가 내려가서 안주하고 싶은, 옥상과는 대비되는 욕망의 공간인 반면 옥탑방은 그녀의 꿈이 자라는 온상이었던 것이다.

화자가 그녀에게 선물했던 책 『시지프의 신화』가 궁극적으로 인간의 운명에 비참을 느끼지 않고 오히려 행복을 발견하는 데서 그 의의를 찾는 존재를 그리고 있듯이 그녀야말로 카뮈적 의미에서 거세당하지 않은 진정한 시지프라고 할 수 있을 것이다. 십년 전에 화자는 그녀에 대해서도, 옥탑방의 의미에 대해서도 온전하게 파악하지 못했지만 이제는 비로소 그녀에 대해서도, 옥탑방의 의미에 대해서도 온전하게 파악할 수 있게 된다.

작가 박상우는 옥탑방과 백화점(아파트), 옥탑방과 지상과 같은 공간들을 대비시키며 현실과 타협하며 무의미하게 살아가는 삼십대 남성의 시점에서 가난했지만 순수했던 십년 전 젊은 날의 사랑과 꿈, 그리고 시지프와도 닮은 한 여성의 절망과 체념에 대해서 이야기하며 그녀와 함께했던 그 시절을 그리워한다.

1990년대 말의 박상우는 옥탑방을 백화점(빌딩, 아파트) 등과 대비되는 그리움, 순수, 꿈이라는 낭만의 공간 표상으로 그려냈다. 하지만 아파트 가격이 나날이 폭등하고, 도시의 빈곤층인 옥탑방의 주민으로서는 절대 아파트를 꿈꿀 수 없는 2021년의 현실에서도 과연 옥탑방이 낭만적 장소로 기능할 수 있을지는 의문이 든다.

(『문학도시』 2021년 1월호, 부산문인협회)

4. 욕망의 삼각형과 인정투쟁

📖

− 정미경의 「밤이여, 나뉘어라」

1. 욕망의 삼각형

프랑스 출신 문학평론가이자 사회인류학자인 르네 지라르(René Girard)는 그의 첫 저서인 『낭만적 거짓과 소설적 진실』(1961)[1]에서 욕망의 삼각형(Désir triangulaire)이라는 가설로 세르반테스, 플로베르, 프루스트, 스탈당, 도스토예프스키 등의 소설을 분석했다. 욕망의 삼각형 이론에서 욕망의 주체, 중개자, 대상은 삼각형의 꼭짓점을 형성하고 있다. 지라르는 인간의 욕망은 자발적인 것이 아니라 타인의 욕망을 모방한 모방욕망이라고 파악했다. 즉 주체의 욕망은 중개자에 대한 질투로부터 촉발되는 모방욕망이라는 것이다. 그는 자신의 욕망이 모방된 욕망이 아니라 자발적이고 독자적인 욕망이라 주장하는 것을 '낭만적

---

1) 르네 지라르, 김윤식 역, 『소설의 이론』, 삼영사, 1977. : 르네 지라르, 김치수 · 송의경 역, 『낭만적 거짓과 소설적 진실』, 한길사, 2001. 2종이 번역되어 있다.

거짓'으로, 욕망의 비자발성을 인정하고 그 실상을 있는 그대로 드러낸 작품들을 '소설적 진실'을 보여준 것으로 분석했다. 지라르가 그의 첫 저서에서 말한 욕망의 삼각형은 이후 희생양이론, 폭력이론 등과 함께 그의 이론과 저술의 근간을 이루며 서로 연관성을 갖는다.

지라르에 따르면 인간은 욕망하는 과정에서 자기 자신인 주체가 지향하려는 대상을 욕망하면서, 이와 가장 비슷한 이미지의 중개자를 찾아내 대상에 근접하려고 시도한다. 가령, 『돈키호테』에서 어떤 대상에 대한 돈키호테의 욕망은 아마디스라는 이상적이고 전설적인 기사에 대한 타자의 욕망에 의해서 결정된다. 즉 돈키호테가 지향하는 욕망의 대상은 '이상적인 방랑의 기사'이다. 그래서 돈키호테(주체)는 아마디스라는 중개자를 모방하는 것으로 이상적인 방랑의 기사라는 욕망의 대상에 근접하려는 시도를 하게 된다. 여기서 아마디스는 이상적인 방랑의 기사라는 이미지가 투영되어 있는 중개자일 뿐이다. 하지만 주체인 돈키호테는 욕망의 대상인 이상적인 방랑의 기사가 되기 위해 그저 아마디스라는 중개자를 모방하려는 노력에 열중한다.

주체가 대상을 직접적으로 욕망하는 것이 진정한 욕망이라면 주체가 중개자를 통해 대상을 간접적으로 욕망하게 되는 것을 간접화된 욕망 혹은 가짜 욕망이라 부른다. 지라르는 이 이론을 통해서 현대의 시장경쟁 체제 속에 살고 있는 개인들의 욕망을 설명하고자 했다.

정미경의 「밤이여, 나뉘어라」(2006)를 처음 읽었을 때 머리에 강렬히 떠오른 것은 지라르의 욕망의 삼각형 이론이었다. 아마도 작가 정미경은 지라르의 욕망의 삼각형에 대해 이미 인지하고 있었고, 인간에게 욕망하는 대상이 그 자신의 자발적이고 독자적인 욕망이 아니라 모방욕망이요 가짜욕망이라는 욕망의 비진정성과 허구성을 통찰하며 이 소설을 썼을 것으로 생각된다.

작품의 강렬한 느낌에도 불구하고 2006년도 이상문학상 수상작인 「밤이여, 나눠어라」를 처음 읽었을 당시에는 글을 쓸 기회를 갖지 못했다. 하지만 작품의 이미지는 늘 머릿속에 뚜렷이 각인되어 있었기에 이번에 지라르의 여러 이론서들을 폭넓게 독서할 계기가 생겨 작품론을 쓰게 되었다.

소설가 정미경(1960-2017)은 경남 마산에서 태어나 이화여대 영문과를 졸업한 후 1987년 『중앙일보』 신춘문예에 소설이 아니라 희곡으로 등단했다. 그 후 2001년 『세계의 문학』 가을호에 단편 「비소여인」을 발표한 뒤 「장밋빛 인생」(2002년)으로 오늘의 작가상, 「밤이여, 나눠어라」(2006년)로 이상문학상을 수상했다. 그밖에 소설집 『나의 피투성이 연인』, 『발칸의 장미를 내게 주었네』, 『내 아들의 연인』, 『새벽까지 희미하게』, 장편소설 『이상한 슬픔의 원더랜드』, 『아프리카의 별』, 『당신의 아주 먼 섬』 등을 발표했으나 한창 활동할 나이에 아쉽게도 타계했다.

정미경의 「밤이여, 나눠어라」에 대해 김원희는 작품에 드러난 여정, 절규, 백야의 의미 생성과정을 인지론적으로 파악한 바 있다.[2] 이은하는 이 작품을 P의 그림자로 살아 온 '나'가 P를 만나고 오는 여로형 소설로 규정하며, 예상치 못한 P의 파멸을 보고 내적 자아가 붕괴되는 이야기라 분석했다.[3] 이은하의 논문은 르네 지라르와 라캉의 욕망이론을 원용하고 있어 필자와 부분적으로 견해를 같이하지만 전체적 작품 해석에

---

2) 김원희, 「문학교육을 위한 정미경 〈밤이여, 나눠어라〉의 인지론적 연구」, 『인문학연구』40, 조선대학교 인문학연구소, 2010, 31-58면.
3) 이은하, 「정미경의 「밤이여, 나눠어라」에 나타난 욕망의 서사구조 연구」, 『한국문예비평연구』52, 한국문예비평학회, 2016, 263-285면.

서는 견해가 달라 이 글을 쓰는 것이다.

2. 나의 욕망은 타자의 욕망이다

소설의 화자이자 일인칭 주인공(주체)인 나는 독일 함부르크에서의 자신의 영화 시사회 일정 끝에 십여 년 전에 마지막으로 본 P를 만나기 위해서 노르웨이의 오슬로 시사회 일정을 연결하여 그를 만난다. 이 소설에서 삼각형의 욕망은 화자인 '나'는 주체, P는 중개자이지만 욕망의 대상은 고정되어 있지 않고 늘 변화한다. 왜냐하면 나의 욕망은 자발적인 욕망이 아니라 P라는 중개자를 통해서 추동된 모방욕망이기 때문에 P가 욕망하는 대상이 바뀌면 나의 욕망의 대상도 바뀔 수밖에 없다. 가령, P가 늘 1등을 차지하던 학교 성적, P가 원한 의과대학 진학과 의사라는 직업, P의 아내가 된 M 등 나의 욕망의 대상은 한 대상에 고정되어 있지 않고 P가 원한 것들이 그때그때 나의 욕망의 대상으로 전이되곤 했다. 이처럼 욕망의 주체는 특정한 대상을 욕망한다기보다는 욕망을 매개하는 중개자가 욕망한 것을 욕망하는 모방욕망을 가질 뿐이다. 따라서 P는 고등학교 시절부터의 가까운 친구지만 단순히 친구라는 의미를 넘어선 욕망의 중개자이자 경쟁자이다.

내게 P는 라이벌이었을까. 그러지 못했다. 라이벌이란, 강을 사이에 두고 강변의 양안을 달리는 자, 에서 어원을 가져왔다 했던가. 서로의 모습을 곁눈질하며, 터질 듯한 심장과 경련을 일으키는 다리를 질질 끌고라도 기어이 나를 달리게 하는 자. 그러나 나는 한 번도 P와 나란히 달려보지 못했다. P의 뒤에서 늘 숨이 찼다. 강 저쪽에서 아득한 앞에서나마 그의 모습이 완전히 사라지자 나는 바로 길을 잃었다. 그가 사라졌을 때의 좌절이 그가 있을 때의 좌절보다 크게 다가온 것은 예기치 못한 감정이었다. P는 내 인생의 내비게이션이었고, 보이긴 하지만 거리를 좁힐 수 없는 무지개였다. 이즈음도 가끔 꿈을 꾼다. 안개 짙은 강변, 푸르스름한 안개 저편 강가에 차갑고도 단정한 프로필로 달려가는 한 청년의 모습이 보인다. 그는 결코 나를 돌아보지 않는다.[4]

일인칭 화자인 나는 P라는 중개자에 대해서 감히 라이벌이라는 단어조차 사용하지 못한다. P는 라이벌이라기보다는 자신에게 인생의 내비게이션이자 무지개와 같은 존재로 인식한다. 말하자면 P는 나에게 경쟁이나 질투의 대상이라기보다 부러움과 선망의 대상이다. 따라서 P가 한국을 떠나 미국으로 사라지자 나는 곧바로 길을 잃는다. 그리고 그가 사라졌을 때의 좌절이 그가 있을 때의 좌절보다 더 크게 다가온다. 왜일까? P라는 중개자를 통해서만, 즉 그의 욕망을 모방함으로써만 나의 욕망이 존재할 수 있기 때문이다. 따라서 P가 사라진다는 것은 단순히 중개자가 사라진다는 의미가 아니라 나의 욕망의 대상도 함께 사라진다는 의미이다. P가 옆에 있을 때는 그와의 경쟁에서 내가 이길 수 없다는 좌절감 때문에 절망했지만 P라는 중개자가 사라지자 이제부터 나는 무엇을 욕망해야 할지 그 대상마저 사라졌기 때문에 길을 잃고 더 크게 좌절할 수밖에 없는 것이다.

P를 라이벌이 아니라 자기 인생의 내비게이션이자 무지개로 인식할

---

4) 정미경, 「밤이여, 나뉘어라」, 정미경 외, 『2006년 이상문학상 작품집-밤이여, 나뉘어라 외』, 문학사상, 2006, 20면.

때 P는 먼 거리에 존재하는 외적 매개(외면적 간접화)처럼 보인다. 하지만 그는 너무나 가까이에 존재하는 내적 매개이다. 내적 매개(내면적 간접화)는 주체와 중개자가 근접해 있으며 주체가 중개자의 위상을 자신의 것으로 만들려는 경우이다. 이때 주체에게 중개자는 더 이상 무조건적인 존경의 대상이 아니며 같은 대상을 사이에 둔 경쟁자가 된다.[5]

　고등학생 때 P가 1등을 할 때 나는 2등을 했고, 같이 지망한 의과대학에 P가 수석으로 합격을 할 때 나는 몇 등인지 모르지만 아무튼 합격은 했다. 이러한 결과에 대해 나는 "어쩌면 한번이라도 P를 이겨보려던 나의 눈물겨운 노력이 가져다 준 열매였을 것"으로 인식한다. 그만큼 P는 너무 가까이 존재하는 내적 매개로서 늘 나의 욕망을 추동해온 존재였다는 솔직한 고백이다.

　그것은 고등학생 시절 나의 첫사랑의 대상이던, 지금은 P의 아내가 되어 있는 M에 대해서도 마찬가지이다. 나는 M의 교복 아래 보이는 하얀 팔을 한 번 쓸어보길 원했지만 말 한마디 자신의 감정을 표현하지 못한다. 하지만 그녀도 분명 내게 호감을 가지고 있었을 것이라고 생각하던 M이 P와 함께 서클룸에 들어섰을 때 "나는 불안과 분노와 체념을 동시에 느꼈다. M에게 가장 합당한 연인은 P, 외에 있을 수 없다는 생각 때문은 아니었다. P와 나란히 들어서는 M의 표정에서 나는 사랑, 이라는 추상을 그린 그림문자를 읽고 있었다"[6]처럼 P와 나는 M이란 대상을 두고도 경쟁관계에 있었다. 하지만 나는 본격적인 경쟁을 하기도 전에 불안, 분노, 체념과 같은 열패감에 휩싸이며 그녀를 포기하고 만다. 경쟁도 해

5) 김치수, 「르네 지라르의 삼각형의 욕망」, 르네 지라르, 김치수 · 송의경 역, 앞의 책, 28면.
6) 정미경 외, 앞의 책, 34면.

보기 전에 포기해버린 외적인 나의 태도와는 달리 나의 내면 깊은 곳에는 P에 대한 박탈감과 패배의식이 깊숙이 자리 잡고 있었고, 그만큼 경쟁의식도 치열하게 잠재해 있었다고 해야 할 것이다.

지라르는 모든 욕망을 중개자에 의해 매개된 것으로 파악했다. 주체는 스스로 어떤 대상을 욕망한다고 생각하지만 실은 그것은 모방된 욕망에 불과하다. 그리고 모방의 근간은 타인과 같아지거나 그 이상이 되려는 것이다. 모방욕망에서 라이벌은 핵심적 존재이다. 주체가 대상을 욕망하는 이유는 라이벌이 그것을 욕망하기 때문이다.

P는 나의 인생에서 걸어 다니는 신화, 불가능이란 없는, 신의 은총이 당연해 보이도록 하는 재능까지 갖춘 존재로서 박탈감과 매혹을 동시에 느끼게 하는 양가적 존재이다. 박탈감과 매혹을 동시에 느끼게 해주는 존재인 P는 중개자이자 경쟁자이면서 동시에 나도 그처럼 되려고 하는 욕망의 대상이다. 어쩌면 대상은 단지 중개자에게 도달하기 위한 수단에 불과하다. 주체의 욕망이 겨냥하는 것은 바로 중개자의 존재이다. 타인이 되고자 하는 욕망, 중개자의 존재를 흡수하려는, 욕망하는 주체는 중개자를 통해 대상이 되려하기보다는 결국 중개자가 되기를 원한다.[7]

P가 모교의 대학병원에 남을 것을 결정하는 논문 발표장에서 아무런 준비물도 없이 너무 간결하면서도 핵심을 정확히 드러내는, 그리고 탁월한 독창성을 드러내는 논문 발표를 하게 되자 심사위원들의 평가가 엇갈려 결국 P는 심사를 통과하지 못한다. 그렇지만 P는 한국을 떠나 미국 서부 최고의 의과대학에 들어가 확고한 터를 잡고, 대학병원 외과 팀

---

7) 김치수, 앞의 글, 103-104면.

의 캡이 되었고, 태평양 바닷가에 훌륭한 저택을 샀다. 이와 같은 P의 소식을 실시간으로 듣는 동안 나의 머릿속에 P에 대한 의식의 부피는 더 크고 생생하게 부풀어 올랐으며, 그가 곁에서 사라지고 없음에도 나는 그를 마음에서 진정 떠나보내지 못하고 있었다.

P가 떠난 후 나는 의사의 길을 포기하고, 대신 영혼의 내부에 카메라를 들이대는 영화감독이 된다. 즉 P라는 중개자이자 경쟁자가 사라지자 모방욕망에 불과했던 의사라는 나의 욕망의 대상도 사라졌기 때문에 영화감독이라는 새로운 욕망의 대상을 나는 P라는 중개자와 상관없이 설정할 수 있었던 것이다.

그런데 의사에서 영화감독으로 욕망의 대상을 바꾸었다고 해서 P에 대한 나의 경쟁심까지 사라진 것은 아니었다. "P야, 네가 바람 부는 강변을 달리겠다 하면 나는 길 없는 들판을 달려보겠다. 그렇게 멀리 있는 P와 나 사이에 보이지 않는 강은 계속 흘러왔다. 언젠가는, 너는 할 수 없었지만 내가 해낸 것을 그 앞에 내밀고 싶었다"[8]처럼 P에 대한 나의 경쟁심은 대상과 방법을 달리하여 지속되고 있었던 것이다.

즉 욕망의 대상은 달라졌지만 나는 여전히 P를 의식하며 십여 년의 세월을 살아왔던 것이다. 나는 P가 떠난 미국으로 1년 늦게 영화를 공부하기 위해 유학을 갔지만 그를 만나지 않았다. 내가 P를 의식하며 살아왔다는 것은 여전히 P처럼 최고의 재능을 갖춘 신화적 존재가 되고 싶다는 욕망이 내 안에서 강렬히 추동하고 있었다는 뜻이다. P가 나의 곁을 떠난 후 나의 욕망의 대상은 의사나 영화감독 같은 구체적 직업이 아니라 P처럼 되고 싶다는 것, 즉 어느 분야에서든 최고의 능력을 갖춘 신

---

8) 정미경 외, 앞의 책, 21면.

화적 존재가 되고 싶다는 욕망이라고 할 수 있다. 이때 P는 더 이상 중개자가 아니라 욕망의 대상 바로 그 자체다.

3. 인정욕구와 인정투쟁

P가 한국을 떠난 후 나는 영화판에 뛰어들어 작가주의 감독이라는 평가를 얻었고, 팬들이 선망하는 영화감독으로 성공하게 된다. 그리고 국내뿐만 아니라 유럽에서도 좋은 평판을 얻게 된다. 독일 함부르크와 노르웨이 오슬로에서 나를 시사회에 초청작가로 선정한 것도 내가 작가로서 국제적 명성을 얻어가고 있다는 것을 단적으로 말해주는 것이다.

내가 함부르크에서의 시사회 일정에 굳이 오슬로를 연결한 이유도 "너는 할 수 없었지만 내가 해낸 것을 그 앞에 내밀고 싶었다"처럼 영화감독으로 성공한 모습을 P에게 보여줌으로써 P로부터 인정받고 싶은 인정욕구 때문이었다고 할 수 있다. P가 미국으로 떠나간 후 나는 동일한 대상을 목표로 한 삼각형의 경쟁적 욕망 대신 그와는 전혀 다른 길을 선택함으로써 다른 분야에서 최고의 존재가 되어 그와 경쟁하고 싶었을 뿐만 아니라 그로부터 나의 성공을 인정받고 싶은 강렬한 인정욕구를 갖게 된다. 나의 인정욕구는 그가 떠남으로써 새롭게 생긴 것이 아니라 어쩌면 P와의 경쟁에서 늘 패배해온 고등학교 시절부터 나의 무의식 속에 뿌리 깊게 자라 온 것이었다고 할 수 있을 것이다.

헤겔(Hegel)에 의하면 "인간은 정신적으로 인정하고 인정받는 활동성 자체이기 때문에 타자와의 관계를 인정으로 시작한다."[9] 개체가 타자와의 첫 사회적 관계를 인정투쟁으로 시작하는 이유는 바로 그 개체가 의식 이론적으로 총체적 의식을 지닌 자립적인 개체의 단계에 도달해 있다는 데에 있다. 아무도 다른 사람이 자신의 물건 하나를 빼앗았다고 해서 목숨을 걸고 싸우지는 않는다. 그러나 이러한 일이 인정투쟁 이론에서는 기본적으로 일어난다. 왜냐하면 총체성이란 개체의 부분이 '그의 전체 본질과 매듭지어져' 있는 온전한 단일 전체성을 의미하기 때문이다.[10] 인정투쟁은 한마디로 모순적인 소유를 둘러싸고 총체적 의식을 지닌 자립적인 개체가 벌이는 첨예한 갈등이다. 이 투쟁은 근본적으로 보면 유한자의 존재론적인 모순에 근거한다. 각 개체는 자신의 미미한 소유물일지라도 침해당한다면 의식 이론상 필연적으로 생사를 건 투쟁을 감행한다. 투쟁의 이러한 의식 이론적 필연성은 단순한 사고 유형으로만 머무는 것이 아니다. 언제나 투쟁으로 첨예화되진 않는다 해도 사회 속에서는 사실 소유를 둘러싼 분쟁이 빈번히 실재로(realiter) 일어난다.[11] 헤겔은 『정신현상학』에서 이제 하나의 자기의식에 대하여 또 하나의 자기의식이 있다고 했다. 양자는 우선 직접적으로는 타자 대 타자의 관계에 있다. 자아는 그 타자가 나를 자립적인 가치로 인정해 주기를 욕망하며, 그가 나의 가치를 자신의 가치로 인정해 주기를 욕망한다. 여기에는 인정에 대한 욕구가 근저에 자리 잡고 있다. 헤겔은 인정 과정은 투쟁, 그것도 생사를 건 투쟁이라고 했다.

나는 고등학생 이래 자신이 욕망한 대상이 학교 성적이든 의과대학의

---

9) 남기호, 「헤겔 인정 이론의 구조」, 『사회와 철학』18, 사회와 철학연구회, 2009, 224면.
10) 위의 논문, 230-231면.
11) 위의 논문, 232-233면.

수석합격이든 사랑하는 여자 M이든 한 번도 경쟁에서 P를 이겨본 적이 없다. 하지만 이제 동일한 대상을 사이에 둔 경쟁이 아니라 아예 P와는 다른 분야, 즉 영화감독으로서 최고가 되어 P와 경쟁하고 싶었고, 오랜 경쟁 대상이었던 그로부터 영화감독으로서의 나의 성공을 인정받음으로써 상호인정을 통해 대등한 친구관계를 회복하고 싶은 욕망을 갖고 있었기에 오슬로 외곽에 살고 있는 P를 방문했던 것이다.

P는 만나자 마자 "시사회는 어땠어"라는 질문을 해온다.

> "음, 성황이었어. 변방에서 온 예술가를, 우리라면 제3세계 작가를 이
> 렇게 대접해 줄까 생각이 들 만큼 진지하게 접근하더라."
> "그 이상은 아니지. 오래 살수록 느끼게 되는데, 그뿐이야. 결코, 진정
> 으로 받아들이지 않는다는 거야."
> "그럴까?"
> "하긴 영화감독도 괜찮은 직업이라고 봐. 영화를 만드는 동안은 자기
> 가 신인 줄 착각할 수 있잖아."
> "이게 P지. P는 여전하다. 그의 몇 마디가, 함부르크에서의 며칠 동안
> 내가 빠져 있던 들뜬 기분에서 바로 깨어나게 한다. 내가 알고 싶은 건 P
> 의 근황이다."[12]

나는 자신의 시사회가 성황이었으며 변방에서 온 제3세계 작가를 그들이 진지하게 대접해주었다는 분위기를 전달함으로써 나의 성공을 알리고자 하지만 P는 서양 사람들은 진정으로 동양의 예술가를 받아들이지 않는다는 것, 영화감독은 영화를 만드는 동안은 자기를 신인 줄 착각

---

12) 정미경 외, 앞의 책, 13-14면.

하는 존재라는 등의 말로써 나의 인정욕구에 찬물을 끼얹으며 나의 성공을 무참히 짓밟아버린다. 즉 서양의 예술가들은 진정으로 동양의 예술가를 받아들이지 않는다는 일반화의 논리를 통해서 나의 시사회가 성황이었다는 것을 인정하지 않을 뿐만 아니라 영화감독을 자신이 신인 줄 착각하는 존재로 폄하함으로써 나의 감독으로서의 직업적 성공을 인정하지 않았던 것이다. 나는 P로부터 인정욕구를 거부당한 심정을 "함부르크에서의 며칠 동안 내가 빠져 있던 들뜬 기분에서 바로 깨어나게 한다"라고 표현한다. 즉 P는 영화감독으로서의 나의 성공을 인정하지 않는 것으로 자신의 우월감을 과시했고, 나를 경쟁자로 대우하지 않음으로써 자신의 우월한 위치를 계속 견지하고자 했던 것이다.

뿐만 아니라 P는 다음날의 시사회 일정에도 같이 갈 수 없다며 그의 집에서 나의 필름을 보자고 하는데, 나는 "내 작품을 시스템이 제대로 갖춰진 곳에서 P에게 보여주고 싶었다. 그의 것보단 작지만, 갈채와 영광 속에 서 있는 나를 보여주고 싶었다"[13]처럼 실망감을 표출한다. P는 영화를 보는 내내 영화에 집중하지 않은 채 다른 이야기를 하거나 자신의 신약 프로젝트에 대해서 말하는 등 나를 거듭 실망시킨다. 그리고 "나는 영화를 좋아하지 않아. 영화는 삶의 표면만을 보여줄 뿐이야. 한번 보고, 네가 제대로 영화를 만들 수 있을 것 같으면, 내가 시나리오를 하나 써주지. 영화는 시나리오가 절반이야"[14]라는 말로 영화 자체의 가치를 인정하지 않거나 내가 만든 영화를 한번 보고난 후, 즉 나의 감독으로서의 능력을 인정할 수 있으면 그때 영화의 절반을 차지할 만큼 중

---

13) 위의 책, 26면.
14) 위의 책, 27면.

요한 시나리오를 자신이 써줄 수 있다는 말로 계속 나를 주눅 들게 한다. P는 이미 고등학생 시절에 포르노소설을 써서 친구들로부터 굉장한 인기를 끌었던 만큼 나는 그것이 불가능한 일은 아니라고 생각한다. 그뿐만이 아니다. P는 내가 만든 영화가 작가의 욕망만이 도드라져 보이고, 집착만이 선명하고, 친절하고 빤하고 지루하다는 부정적 평가로 시종일관함으로써 그로부터 인정받고 싶었던 나의 인정욕구는 끝내 성취되지 못한다. 그가 나의 가치를, 나의 성과를 인정해주기를 바래 먼 길을 찾아왔건만 예전이나 지금이나 P는 나를 인정하는 데 인색했던 것이다. 경쟁자로부터 인정받지 못한 나는 P에게 뒤통수를 가격당한 느낌마저 받는다.

내가 십년 만에 P를 찾은 것은 다만 필름만을 보여주려던 게 아니었던 것이다. 오슬로에서 내 필름이 상영되는 것을, 평론가와 언론의 주목을 받는 나를, 그동안의 나의 영화가 실린 보도 자료를 보여줌으로써 그로부터 대등한 경쟁자로 최고가 되었다는 인정을 받고 싶은 인정욕구 때문이었다. 나는 "너의 손은 코리언 퀼트일지 모르지만 죽었다 깨나도 저런 영화는 만들지 못해"라는 독백으로 자존감을 가까스로 유지한다. 어쨌거나 나는 P와의 인정투쟁에서 패배하고 만다.

4. 중개자의 추락과 주체의 환멸

나는 잘나가던 외과의였던 P가 왜 병원 현장을 그만두고 노르웨이 시골에 연구의로 옮겨왔는지 궁금해 하며 그에게 요즘은 뭘 하는지 묻는다. 그는 영혼의 면역, 기억에 대한 면역, 다시 말해 약물로 뇌의 특정 부

분에 있는 기억(사랑) 메커니즘을 해제할 수 있는 연구를 하고 있다고
대답한다. 나는 그의 대답이 터무니없다고 생각하면서도 "만나자마자
나를 빨아들이기 시작한다. 듣고 있는 사이, 그러면 가능할 수도 있다는
생각이 든다. 상상력에 관한 한 P를 대적할 인간은 없을 것이니"라고 늘
그래왔듯이 그의 상상력과 재능을 높게 인정하게 된다. 그만큼 나는 습
관처럼 P의 천재성을 신뢰하고 있었고, 그를 인정하고 있었던 것이다.

하지만 다른 한편에서는 뇌의 특정 부위에 작용해서 몸과 정신을 동
시에 조절할 수 있는 자신의 획기적인 신약 프로젝트를 P는 러브피아
라고 칭했는데, 이에 화자는 "P, 답지 않다. 누가 들어도 러브와 유토피
아라는 단어의 조잡한 합성에 불과한 그 단어는, 편의점에서 제목만 읽
어도 내용물을 짐작할 수 있게 하는 콘돔 상표명처럼 들린다"[15]라고 부
정적으로 반응한다. 한편, "누가 그 약을 사 먹을까"라고 스스로 반문하
는가 하면, "P의 얘기는, 풍경만큼이나 낯설고 환상적이다"라는 등 그의
말에 그다지 신뢰를 보이지 않는다. 과거에 P의 인생에 불가능은 없다고
그를 신화적 존재로 평가했던 것과 달리 현재의 나는 반신반의하는 심
정으로 그의 말을 듣고 있다.

그러나 나를 맞으러 P가 타고 온, 군데군데 칠이 벗겨져 마치 설치예
술처럼 보이는 경차조차 최신 유행의 그라피티(graffiti)[16]로 생각할 만큼
나는 아직도 P의 모든 것에 대해서 경외감을 갖고 있다. 심지어 P의 성
공과는 전혀 어울리지 않는 스칸디나비아 반도의 운자 크레보라는 시
골마을의 조촐하고 아담한 그의 농가주택과 오랫동안 손질을 하지 않

---

15) 위의 책, 17면.
16) 그라피티는 길거리 벽면에 낙서처럼 그리거나 페이트를 분무기로 내뿜어서 그리는
그림이다.

은 채 방치된 황량한 뜰에 대해서조차 초현실주의 화풍의 아름다운 뜰이라고 반응한다. 그리고 P의 모든 행위, 모든 소유물들을 경외를 본질로 하는 오만한 존재감, 즉 아우라를 획득하고 있다고 여기며 나는 P라는 존재에 대해 여전히 선망을 나타낸다.

> 초현실주의 화풍의 그림 같은 풍경 앞에서 나는 잠시 말을 잃는다. 황량하면서도 또 지독하게 아름다운 뜰이다. 내겐 그렇게 보인다. 어쩌면, 그가 가진 모든 것에 대해 나는 받아들여 왔다. 아름다운 것은 아름다운 대로, 추한 것은 추한 그대로, P의 아우라 아래서는 모든 것이 경외를 본질로 하는 오만한 존재감을 획득하곤 했다. 거친 칼 맛마저 숭고한 고통으로 보이는 목판의 이콘처럼[17]

이번 여행의 목적 가운데 하나는 P의 아내가 된 M을 만나기 위한 것이었다. M은 나의 첫사랑이다. M(마돈나)이라는 동일한 욕망의 대상을 사이에 두고도 P와 나 사이에는 삼각형의 경쟁관계가 형성되어 있었다고 할 수 있다. P의 아내가 된 M을 십 년 만에 만났을 때 나는 "M은 변하지 않았고, 그리고 많이 달라졌다. 변하지 않은 부분은 알겠는데 변한 부분은 어딘지는 알 수가 없다"라고 생각한다. 변하지 않은 것은 아마 그녀의 외면일지 모른다. 무엇이 그녀를 변하게 했는가는 P의 집에서 머무는 동안 점차 정체가 드러난다. P의 집이 위치한 장소를 "천국처럼 아름다운 곳"이라는 나의 말에 M은 갑자기 돌을 던지듯 "천국? 난, 서울이 그리워. 돌아가고 싶어"라고 반응한다. 그녀의 말에 내재된 의미를 해독

---

17) 정미경 외, 앞의 책, 22면.

할 수 없는 나는 그동안의 시공간의 거리 때문이라 생각할 뿐이다.

둘째 날 오슬로의 시사회에 참석하기 위해 M과 둘이서 길을 나선 나는 뭉크미술관에서 뭉크의 〈절규〉에 대해서 다음과 같은 대화를 나눈다.

> "가끔 여기 와서 시간을 보낼 때가 있어. ……이 남자, 뭉크. 그림을 보면, 일찌감치 자살이라도 한 줄 알았는데, 팔십이 될 때까지 살았더라구."
>
> "배신감이야?"
>
> M은 희미하게 웃는다.
>
> "위로 같은 거지. 가족력인 폐결핵에 대한 공포, 이상성격자였던 아버지에 대한 두려움, 끊임없었던 정신 병력에도 불구하고, 그토록 오래 살다니. 가혹한 현실이 오히려 그를 붙들어주었다고 생각하면, 위로가 돼."
>
> M의 목소리가 고즈넉하다. 무슨 말을 하고 싶은 걸까.
>
> "나 대신 누군가가, 혹은 나 아닌 누군가도, 들리지 않는 비명을 지르고 있구나, 그런 위안."
>
> M. 네게도 위로가 필요한가. 삶에 있어 불가능을 모르는 너의 남자, 천국과도 같은 운자 크레보의 집, 그리그의 음악 같은 풍광 속의 일상, 젊은 나이에 이미 이루었던 부. 무엇이 더 필요하니.[18]

뭉크가 가혹한 집안의 내력과 정신 병력에도 불구하고 자살을 하지 않고 팔십이 될 때까지 살았다는 데 대해 위안을 느낀다는 M의 말을 나는 이해하지 못한다. 이미 모든 것을 이루어 부족할 것이 없는 그녀가 무엇이 더 필요해서 그런 말을 하는지 이해할 수 없었던 것이다. 어젯밤

---

18) 위의 책, 36-37면.

서울로 돌아가고 싶다는 말을 해독하지 못하고 암호처럼 느꼈듯이….

하지만 시사회를 마치고 P의 집으로 돌아가는 자동차 안에서 나는 M으로부터 P의 프로젝트의 불가능성, 생존 모드로 살아가야 하는 경제적 어려움, 알코올중독자가 되어버린 P의 모든 상황을 듣게 된다. 다시 P의 집으로 돌아왔을 때 전날과는 달리 "황량한 아름다움의 극치로 보였던 뜰은 하루 만에 빛을 잃었다. 가장자리 관목에, 몇 년 동안 정리하지 않은 넝쿨식물의 마른 줄기가 켜켜이 엉긴 걸 나는 쓰라린 마음으로 쳐다본다. 쓰라림은 P가 아니라 M 때문이다"[19]처럼 느낀다. P에 대해 느끼던 아우라가 사라지자 풍경마저 빛을 잃어버리고 만 것이다. 그리고 M이 어젯밤에 천국이라는 나의 표현에 냉소적으로 반응하고, 서울로 돌아가고 싶다고 했던 해독되지 않았던 의미들이 비로소 분명하게 해석된다. 뭉크의 절규는 바로 M이 지르고 싶었던 절규였다. 그래서 뭉크가 자살을 하지 않고 팔십까지 산 데 대해 M은 위안을 느낀다고 말했던 것이다.

저녁식사 자리에서 P는 술에 취해 "네가 왔는데 난 줄 게 없어. 마누라밖엔. 똑같아. 절정에 이르면 똑같은 표정을 짓는다니까. 네겐 줄 건, 마돈나밖에 없어"라고 횡설수설하자 나는 P에게 주먹을 날린다. P는 사랑하는 여자 M을 경쟁자(그는 나를 경쟁자로 인정하지 않았지만)인 나에게 밀어 보냄으로써 나로 하여금 M을 욕망의 대상으로 삼게 한 후에 욕망의 경쟁에서 승리하겠다는 의도인가? 하지만 나의 주먹질은 P의 명백한 추락을 확인한 데 대한 참을 수 없는 분노 때문이었다.

강의 저쪽에서 끊임없이 질주하며 나를 유혹하던 너의 등. 그 뒷모습

을 응시하며 휴가를 반납할 수 있었고, 바닷물에 몸 한 번 담그지 않고 청춘을 보냈으며, 주전자 가득 커피를 끓여놓고 밤을 샐 수 있었는데. 비굴과 모멸을 비타민처럼 기꺼이 받아 삼켰는데. 어쩌면 나의 지난 생은 너의 삶의 그림자였다. 나는 너를 따라잡고 싶었고 겹쳐지고 싶었고 한 번만이라도 너를 밟고 지나가고 싶었다. 모든 걸 잃은 건 P가 아니라 나인 것처럼, 그가 일순 내가 이룬 모든 것들을 무의미한 것으로 만들어버린 것처럼, 짓밟힌 모래집처럼, 나는 의자에 푹 주저앉았다. 사실이라니까? 주절거리는 그의 목소리는 천진난만하다. 소파 위에 비슷이 드러누운 채 입을 동그랗게 벌리고 귀를 손바닥으로 막고는 끝도 없이 주절거린다.

"마돈나 맞아. 감은 눈을 뜨면, 눈빛이 노래져. 저 여자, 내겐 천사야. 천사하고는 섹스를 할 수 없잖아."[20]

M으로부터 P가 삶의 정점에서 술을 마시기 시작하여 알코올중독에 빠져 결국은 병원을 그만둘 수밖에 없었고, 사설연구소를 차려 모든 걸 쏟아부었으나 그건 예비된 추락의 도정을 밟아가는 것에 불과했다는 저간의 사정을 다 들은 나는 P가 무엇이 부족해서 알코홀릭이 되었느냐고 묻지만 M은 고개를 저으며 "저 사람은, 그림자를 찾고 싶어 하는 거라고 생각해"라는 대답을 들을 수 있을 뿐이었다. P의 그림자는 바로 자신이 아닌가. 결국 P도 욕망의 삼각형 속에서 화자인 '나'를 경쟁자(겉으로는 그림자라고 말했지만)로 의식하며 살아왔다는 말인가? 놀라운 반전인 셈이다. 즉 P는 '나'라는 경쟁자가 사라지자 삶의 긴장감을 놓아버리고 알코올중독에 빠져들었다는 것인가.

둘째 날 밤에 택시를 불러 호텔로 돌아온 나는 다음날 강연회 일정을

---

20) 위의 책, 42면.

모두 마치고 잠에 빠져 든 상황에서 바에서 걸려온 전화를 받는다. 내용인즉 P라고 생각되는 사내가 술에 취해 술값을 계산해줄 것을 요구했다는 것이다. 나는 모르는 사람이라고 냉정하게 대답하며 수화기를 내려놓고 "오슬로에서의 사흘을 나는 내 인생에서 지워버리기로 한다."

> 오슬로에는 오지 말았어야 했다. P는, 내 안의 불꽃이었다. 그가 사라지면, 나 역시 불의 그림자처럼 희미하게 사그라지고 말 것을 나는 알고 있다. P를 모른다 한 것은, P를 잃지 않기 위해서다. (중략)
> 나는 P를 만나지 못한 지 오래 되었다, 고.[21]

알코홀릭이 되어 의사로서의 명성도 부도 모두 잃어버리고 러브피아란 허황한 프로젝트를 쫓는 중개자 P의 추락은 나의 인정욕구의 좌절보다도 더 큰 좌절을 나에게 불러일으킨다. 중개자를 잃는다는 것은 중개자를 매개로 한 나의 욕망의 대상을 잃어버린다는 의미이다. 이때 중개자와 욕망의 대상은 구분할 수 없을 만큼 거리가 가까워졌고, 그를 모른다고 부인한 것은 결국 내 안의 불꽃, 즉 욕망의 대상이 사그라지는 것을 원치 않았기 때문일 것이다. P가 사라진다는 것은 바로 중개자와 분리할 수 없이 하나가 된 나의 욕망의 대상이 사라진다는 것을 의미하는 것이다. 즉 그동안 그를 경쟁자로 여기며 살아온 나의 삶을 온통 무의미한 것으로 만들어버리기 때문인 것이다.

어쩌면 나에게는 그동안 나의 욕망이 중개자에 의해 암시된 모방욕망에 불과했다는 것을 깨닫고 자발적이고 자율적인 인간으로 거듭 날 수

---

21) 위의 책, 48면.

있는 기회가 마지막 순간에 주어졌다고 할 수 있다. 그럼에도 나는 중개자의 추락을 인정하길 거부하며, 가짜의 모방욕망의 회로 속에서 빠져나올 수 있는 기회, 중개자에 종속된 삶으로부터 해방될 수 있는 기회를 거부하고 만다. 자신의 모방욕망을 추동해온 중개자의 허구성을 모두 다 알아챘음에도 진정한 욕망과 가치를 추구할 수 있는 마지막 순간의 전향(conversion)을 나 스스로 거부하고 만 것은 무슨 이유 때문인가.

그것은 주체와 중개자 사이에는 다툼이 일어날 뿐만 아니라 때로는 서로가 서로를 모방하기 때문에 주체와 중개자의 구분이 애매해지기 때문이다. 즉 P의 추락과 패배의 인정은 다름 아닌 나 자신의 패배와 추락을 의미하는 것이기 때문이다. 결국 주체와 중개자 사이의 완벽한 동일시가 현실의 객관적 패배와 추락의 인정을 방해한 것이다. 그동안 P의 그림자로서 비굴과 모멸마저 견디며 "그를 따라잡고 싶었고 겹쳐지고 싶었고 한 번만이라도 너를 밟고 지나가고 싶었던" 경쟁심으로 살아온 나의 삶을 송두리째 무의미하게 만들어버리기 때문인 것이다.

작가 정미경은 신화적 인간의 아우라에 싸여 있던 이상적인 중개자 P의 추락과 그를 오랫동안 선망해온 나의 모방욕망과 인정욕구의 좌절을 그려냄으로써 욕망의 덧없음과 모방하는 인간의 환멸을 말하고 있다. 지라르는 자신의 욕망이 모방된 욕망이 아니라 자발적이고 독자적인 욕망이라 주장하는 경우를 '낭만적 거짓'으로, 욕망의 비자발성을 인정하고 그 실상을 있는 그대로 드러낸 작품들은 '소설적 진실'을 보여준 것이라 했다. 정미경은 낭만적 거짓을 인정하기를 거부하는 모방하는 인간의 환멸을 통해 소설적 진실을 보여주고자 의도했던 것일까.

(『문학도시』 2021년 9월호, 부산문인협회)

5. 살아남은 자의 죄책감과 사회적 도덕 감정

📖

– 한강의 『소년이 온다』

1. 서론

최근 보수 정치인들은 자신의 극우보수라는 이미지를 탈피하고 정치적으로 중도 확장성과 호남 민심을 얻기 위해 광주를 찾는다. 그만큼 5·18광주민주화운동은 정치적 사건이 되었고, 이 사건의 희생자들이 묻힌 묘역은 정치적 공간이 되고 있다. 5·18광주민주화운동의 진정한 역사적 가치를 확립하고, 희생자들에게 머리 숙여 사죄하기보다는 자신들의 정치적 입지를 위한 공간으로 변질시키고 있는 것이다. 올(2020) 제헌절에 광주를 찾아 헌법가치 수호를 주장한 윤석열의 메시지를 보며 새삼 느낀 생각이다.

5·18광주민주화운동이 일어난 지 41년의 세월을 건너오는 동안 임철우의 『봄날』(1997-1998)을 비롯하여 정찬의 『길, 저쪽』(2015) 등 수많은 소설들과 〈꽃잎〉, 〈화려한 휴가〉, 〈택시운전사〉 등 여러 영화들이 제작되었다. 회화, 음악, 연극, 뮤지컬과 같은 예술 장르에서도 작품들이

창작될 만큼 5·18광주민주화운동은 예술가들의 창작욕을 자극했고, 우리 현대사에 결코 잊을 수 없는 집단적 상흔을 남겼다.

이 글은 한강의 『소년이 온다』를 중심으로 친구의 죽음으로부터 도망친 십대 소년의 죄책감, 수치심 같은 도덕 감정과 5·18광주민주화운동에서 살아남은 생존자들의 죄책감과 외상 후 스트레스 장애를 통해 작가가 국가폭력에 대한 공동체의 사회적 도덕 감정을 어떻게 환기하는가의 문제를 생각해보고자 한다.

한강은 『채식주의자』(2007)로 맨부커상 인터내셔널 부문(2016)을 수상한 후 최근 국제적 주목을 가장 많이 받고 있는 작가이다. 그녀는 근래 비평과 연구의 대상으로 가장 많이 언급되는 문제적 작품들을 계속 발표하고 있다. 『소년이 온다』(2014)에 관한 논문도 항쟁 주체의 문제와 공동체의 정치학[1], 폭력, 죽음, 분노, 치욕, 애도, 공감, 치유와 같은 감정의 문제를 분석한 논문들[2], 서술전략에 관한 연구[3], 국내외 작품들

---

1) 심영의, 「5·18소설에서 항쟁 주체의 문제 -한강 소설 『소년이 온다』의 경우-」, 『민주주의와 인권』 15(1), 전남대학교 5·18연구소, 2015, 39-68면. ; 정의진, 「문학적 픽션과 공동체의 정치학, 한강의 『소년이 온다』 -'쇼아'의 담론화에 대한 논의와의 비교분석을 매개로」, 『비교한국학』 27, 국제비교한국학회, 2019, 121-163면.

2) 양진영, 「한강 소설에 나타난 애도와 원한 연구 -장편소설 『소년이 온다』(2014)를 중심으로-」, 『한국문학이론과 비평』 23(3), 한국문학이론과비평학회, 2019, 239-260면. ; 한정훈, 「5·18 당시 아들을 잃은 어머니들의 삶과 치유의 공감장 -어머니들의 구술생애담을 대상으로-」, 『문학치료연구』 52, 한국문학치료학회, 2019, 149-192면. ; 김소륜, 「한강 소설에 나타난 '분노의 정동' 연구 -장편소설 『소년이 온다』(2014)를 중심으로」, 『이화어문논집』 44, 이화어문학회, 2018, 5-21면. ; 조성희, 「한강의 『소년이 온다』와 홀로코스트 문학 -고통과 치욕의 증언과 원한의 윤리를 중심으로」, 『세계문학비교연구』 62, 세계문학비교학회, 2018, 5-28면. ; 김미정, 「'기억-정동' 전쟁의 시대와 문학적 항쟁 - 한강의 『소년이 온다』(2014)가 놓인 자리 -」, 『인문학연구』 54, 인문학연구원, 2017, 249-278면. ; 최윤경, 「소설이 '오월-죽음'을 사유하는 방식: 한강의 '소년이 온다'를 중심으로」, 『민주주의와 인권』 16, 전남대학교 5·18연구소, 2016, 173-197면. ; 정미숙, 「정동과 기억의 관계시학 -한강 『소년이 온다』를 중심

과의 비교연구[4], 최근에는 영역본에 관한 연구[5]까지 다각도로 시도되고
있다. 5·18광주민주화운동이 한국현대사에서 차지하는 중요성뿐만 아
니라 작가 한강에 대한 관심의 차원에서도 연구는 계속될 것이다. 이 글
은 지금까지 접근한 바 없는 사회적 도덕 감정이라는 관점에서 소년의
죽음과 생존자들의 고통에 대해서 분석하고자 한다.

2. 5·18광주민주화운동과 국가폭력

5·18광주민주화운동은 발발 당시에는 극소수 불순분자와 폭도들
의 난동(광주사태)으로 오도되었다. 그러다가 제6공화국 출범 이후인
1988년 4월 1일 민주화추진위원회에서 '5·18광주민주화운동'으로 정
식 명칭이 규정되었지만 그 후에도 실체적 진실은 다 밝혀지지 않았다.
왜냐하면 그것이 최고 권력자에 의해서 자행된 국가폭력이었기 때문이
다.

으로-」,『현대소설연구』64, 한국현대소설학회, 2016, 105-138면. ; 김종엽, 「공감의
시련: 한강의 『소년이 온다』에 대해」,『기억과 전망』33, 한국민주주의연구소, 2015,
191-223면; 이숙, 「예술가의 사회적 책무: 폭력의 기억과 인간의 본질 -한강의 『소년
이 온다』를 중심으로」,『현대문학이론연구』60, 현대문학이론학회, 2014, 439-462면.

3) 김경민, 「2인칭 서술로 구현되는 기억 · 윤리 · 공감의 서사」,『한국문학이론과 비평』
81, 한국문학이론과비평학회, 2018, 203-227면.

4) 신혜정, 「토니 모리슨의 『비러비드』와 한강의 『소년이 온다』에 나타난 유령의 양상」,
『동서비교문학저널』49, 한국동서비교문학학회, 2019, 155-182면. ; 조연정, 「'광주'를
현재화하는 일 -권여선의 『레가토』(2012)와 한강의 『소년이 온다』(2014)를 중심으
로」,『대중서사연구』20-3, 대중서사학회, 2014, 101-138면.

5) 신상범, 「한강의 『소년이 온다』의 영역본 Human Acts 번역전략 연구」,『통번역교육연
구』18-1, 통일번역교육학회, 2020, 137-160면.

국가폭력(national violence)이란 국가 권력을 장악한 집단이 권력 유지의 수단으로 개인과 집단의 생명과 기본권을 위협하며, 인권을 유린하는 모든 행위를 가리킨다. 국가폭력은 권력을 가진 자로부터 의도적으로 자행되며, 수단과 방법이 치명적이고 조직적인 특성을 갖고 있다. 그리고 대상이 광범위하여 피해자가 대량으로 양산되지만 권력자나 권력기관은 그들의 행위를 은폐하기 위해 다양한 방식으로 그 정당성을 포장하게 된다.[6]

막스 베버(Max Weber)에 의하면 폭력과 권력은 절대 불가분의 관계에 놓여 있다.[7] 그는 권력의 본성은 폭력으로서 국가의 권력은 폭력 수단에 기초를 두는 인간에 대한 인간의 지배로 파악했다. 폭력은 정치와 긴밀한 관계를 가지며, 정치를 폭력 중심으로 규정할 수 있다고 했다. 폭력은 정치의 필요조건이며, 국가가 행사하는 물리적 폭력은 권력이 된다. 현실 속에서 권력과 폭력은 아주 깊숙이 결탁되어 있으며, 권력의 논리와 폭력의 논리가 불가분하게 결합되어 있다.[8]

우리나라 현대사에서 국가폭력은 과거 독재정권 하에서 권력 수호와 정권 연장의 차원에서 무고한 국민을 대상으로 수도 없이 가해졌다. 제주4·3사건, 여순사건, 거창양민학살사건, 가까이는 용산참사에 이르기까지 명칭조차 제대로 부여받지 못한 사건들은 실로 국가폭력이었다. 수많은 국가폭력 가운데 5·18광주민주화운동만이 그나마 제대로 명칭을 부여받고, 역사적 평가를 받은 것을 다행으로 여겨야 할지 모른다.

---

6) 김석웅, 「국가폭력 가해자 불처벌이 유가족의 심리상태에 미치는 영향: 5·18민주화운동을 중심으로」, 『민주주의와 인권』 19-2, 전남대학교 5·18연구소, 2019, 38면.
7) 막스 베버, 전성우 역, 『막스 베버 사회과학방법론 선집』, 나남, 2011, 293면.
8) 신진욱, 「근대와 폭력-다원적 복잡성과 역사적 불확정성의 사회이론」, 『한국사회학』 38-4, 한국사회학회, 2004, 19면.

2000년 이전에는 국가폭력이란 용어를 사용하는 데에도 큰 어려움이 있었다. 왜냐하면 그것은 독재정권하에서 국가 통치란 명분하에 자행된 권력화된 폭력이었기 때문이다. 40년이 넘는 세월이 흘렀는데도 5·18 광주민주화운동의 진상 규명이 제대로 이루어지지 않고 있는 이유도 그것이 전두환 등 신군부 독재 권력자에 의해 자행된 권력화된 국가폭력이었기 때문이다.

3. 소년의 죄책감을 통해 사회적 도덕 감정을 환기하다

한강은 『소년이 온다』에서 1980년 광주의 국가폭력에 희생된 '소년'들을 소환한다. 그들은 5·18광주민주화운동의 희생자들 중 가장 나이가 어린 세대이다. 이 나이 어린 소년들이 왜 5·18광주민주화운동에 참여하게 되었으며, 그들은 어떻게 죽어갔고, 그들을 향해서 총부리를 겨눈 무장한 군인들과 그들에게 발포 명령을 내린 자는 누구인가에 대해서 역사는 제대로 응답해야 한다는 당위의식과 이 국가폭력을 제대로 규명해야 한다는 절대적 소명의식을 갖고 작가는 작품을 썼을 것이다.

그런데 작가는 '소년'의 행동에 초점을 맞추어서 국가폭력의 문제를 제기하면서도 거대서사의 관점에서 이를 다루지는 않고 있다. 이 작품의 영어 번역명을 'Human Acts'(인간의 행위)라고 한 것은 많은 것을 시사해준다. 즉 인간이라면 당연히 이렇게 행동해야 한다는 것이다. 그러나 1980년의 국가폭력은 인간으로서는 결코 하지 말아야 할 잔혹하고 반도덕적인 행위를 광주시민에게 자행했다는 작가의 비판적 의도를 영어 제목에서 읽지 않을 수 없다.

소설의 주요인물은 동호, 정대 같은 죽은 소년들과 은숙, 선주, 교육대학 복학생과 진수 같은 청년들과 동호의 어머니이다. 이들은 모두 도청 상무관에서 시신 수습의 일을 거들던 동호와 연관된 인물들로서 5·18 광주민주화운동의 현장에서 죽었거나 살아남았지만 외상 후 스트레스 장애에 시달리며 삶이 파괴된 인물들이다. 이러한 인물 설정을 통해 작가는 1980년 5월의 광주에선 어떻게 인간을 죽였고, 그 후 살아남은 자들의 삶을 어떻게 파괴해왔는지를 보여주고 있다.

『소년이 온다』는 모두 7개의 장으로 구성되어 있으며, 각 장은 초점화자가 다른 서술적 다양화를 시도함으로써 5·18광주민주화운동 과정에서 죽은 희생자들과 생존자들의 파괴된 삶에 대해 다각적인 조망을 보여주고 있다. 제1장은 동호라는 15세 소년을 이인칭으로 호명하는 서술, 제2장은 동호의 문간방에 세 들어 살던 친구 정대의 죽은 혼령이 일인칭 영혼서술자로, 제3장은 도청의 마지막 밤에 집으로 귀가해 살아남은 당시 고3이었던 은숙(현재는 출판사에 근무)을 초점화자로 한 삼인칭 서술로, 제4장은 도청에서 연행된 교대 복학생이었던 시민군이 일인칭 서술자로, 제5장은 도청에서 연행된 미싱사이자 노조활동을 했던 선주를 '당신'으로 호명하는 이인칭 서술로, 제6장은 죽은 동호 어머니의 일인칭 서술로 이야기가 전개된다. 그리고 제7장에서는 작가가 된 일인칭 서술자가 그녀의 옛집에서 살았던 어린 중학생들의 이야기, 즉 5·18 광주민주화운동의 피해자들의 이야기를 쓰기 위해서 광주로 향한다.

제1장인 〈어린 새〉와 제2장인 〈검은 숨〉은 1980년 광주에서 죽은 15세 소년들의 이야기이다. 제1장에서 당시 중학교 3학년생이던 동호는 자기 집 문간채에 누나와 함께 세 들어 살던 친구 정대의 처참한 죽음을 목격하고도 두려워서 도망쳐버린 자신에 대해 괴로워하며 도청 상무관

에서 시신들을 관리하는 일을 돕게 된다. 그는 친구 정대와 그 누나인 정미의 시신을 찾기 위해 도청에 자발적으로 찾아가 병원의 영안실에서 다 수용하지 못해 합동분향소가 있는 상무관으로 들어오는 시신들을 수습하는 일을 거들었던 것이다. 그 일이 어린 소년에게 얼마나 힘들었는지는 다음의 인용문이 생생하게 증언하고 있다.

> 냄새를 견디며 너는 강당에 들어선다. …(중략)…
>
> 여자의 이마부터 왼쪽 눈과 광대뼈와 턱, 맨살이 드러난 왼쪽 가슴과 옆구리에는 수차례 대검으로 그은 자상이 있다. 곤봉으로 맞은 듯한 오른쪽 두개골은 움푹 함몰돼 뇌수가 보인다. 눈에 띄는 그 상처들이 가장 먼저 썩었다. 타박상을 입은 상처의 피멍들이 뒤따라 부패했다. 발톱에 투명한 매니큐어를 바른 발가락들은 외상이 없어 깨끗하지만 시간이 흐르며 생강 덩어리들처럼 굵고 거무스레해졌다. 정강이를 넉넉히 덮었던 물방울무늬 주름치마는 이제 부풀어 오른 무릎을 다 덮지 못한다.[9]

이십대 초반 여자 시체의 두개골 함몰과 같은 처참한 모습과 부패해 가면서 부풀어 오르는 몸, 그리고 견딜 수 없는 시취, 그리고 마치 죽은 혼령들과 같이 있는 듯한 상황을 어린 소년으로서 감당한다는 것이 얼마나 고통스러웠을지 충분히 짐작되고도 남는다.

동호는 갑작스런 자신의 죽음에 놀랐을 상무관 시체들의 혼령들을 생각하다 살아있는 은숙 누나의 검고 우묵해진 눈언저리를 보며 사람이 죽으면 빠져 나가는 '어린 새'는 살았을 때는 몸 어디에 있을까를 생각한다. 즉 살아 있는 사람의 몸에 깃든 넋과 죽어 몸을 빠져 나간 혼(혼

---

9) 한강, 『소년이 온다』, 창비, 2014, 11-12면.

령)들의 차이를 생각한다. 그만큼 상무관에서 동호와 은숙 등이 체험한 시간들은 산 자의 넋과 죽은 자의 혼이 뒤섞였고, 삶과 죽음의 거리는 실종되었다. 그와 같은 생지옥의 시간들을 1980년 5월의 광주는 어린 소년으로 하여금 경험토록 하였던 것이다.

동호는 무서운 꿈보다 더 무서운 생시 속에서 끔찍한 고통과 환각에 시달린다.

> 기억할 수 없는 무서운 꿈에 퍼뜩 눈을 떴다. 꿈보다 무서운 생시가 너를 기다리고 있었다. …(중략)… 연한 하늘색 체육복 바지가 꿈틀거리던 모습을 기억한 순간, 불덩어리가 명치를 막은 것같이 숨이 쉬어지지 않았다. …(중략)… 고통이 느껴지는 가슴뼈 가운데 오목한 곳을 주먹으로 눌렀다.[10]

> 총검이 네 얼굴을, 가슴을 베고 찌르는 환각에 몸을 뒤틀었다. 너는 앞장서서 모서리의 사람을 향해 걷는다. 거대한 자석 같은 게 힘껏 밀어내는 것처럼, 자신도 모르게 네 몸이 뒷걸음질 치려한다.[11]

명치끝을 압박하는 고통과 총검이 얼굴과 가슴을 베고 찌르는 환각에 시달리며 동호는 죽은 정대를 외면하고 도망쳐버린 데 대한 죄책감과 그런 자신을 용서할 수 없는 수치심과 같은 도덕 감정으로부터 결코 자유로울 수가 없었다. 동호가 시체 수습을 거드는 끔찍한 일을 자청한 것, 남아 있다가는 죽는다는 것을 알면서도 상무관에 끝까지 남아 있었던

---

10) 위의 책, 34-36면.
11) 위의 책, 44-45면.

것도 바로 이 도덕 감정 때문이었다.

죄책감은 자신의 도덕적 잘못과 관계되어 있다. 수치심은 자신과 다른 사람들의 이상에 따라 행동하지 못했다는 것이다. 인간은 도덕적 규범을 어길 때는 죄책감을 경험하고, 개인적 이상에 따라 행동하지 못했을 때는 수치심을 느낀다. 죄책감과 수치심을 경험하려면 자신을 평가할 내적 기준인 양심이나 정신분석학에서 말하는 슈퍼에고를 가지고 있어야 한다.[12]

임홍빈은 수치와 죄의 감정에 대한 탐색은 '나는 누구인가'라는 근원적 물음과 깊이 관련된다고 했다. 그는 '자기 안의 타자'를 지각하고 체험하는 수치와 죄의 감정은 근본적인 의미에서 이것들이 사회적 감정이라는 것을 가리키는 것이라고도 했다. 여기서 사회적이라는 의미는 수치와 죄의 감정 자체가 형성되는 과정에서 이미 사회성(sociality)이 구성적인 계기임을 의미한다. 수치와 죄의 감정은 자기의식을 수반하지만 자기의식의 생성과정은 사회적 타자, 즉 타자와 함께하는 공공 존재인 한에서 설명될 수 있다고 했다.[13]

그런데 수치 감정이 자아정체성 형성에서 지니는 근본적인 중요성에도 불구하고, 실제의 삶 속에서 죄책감은 수치 감정을 촉발시키는 선행조건으로 작용할 수 있다. 잘못된 행위나 타인에게 입힌 상처 등에 대한 죄책감은, 그 같은 결함이나 실수를 야기한 자신에 대한 수치심을 촉발시키기도 한다.[14]

---

12) 리처드 래저러스 · 버니스 래저러스, 정영목 역, 『감정과 이성』, 문예출판사, 1997, 65면.
13) 임홍빈, 『수치심과 죄책감』, 바다출판사, 2014, 368-369면.
14) 위의 책, 375면.

동호는 도청으로 찾아온 어머니와 형에게 집으로 돌아가겠다고 약속했지만 결국 집으로 돌아가지 않았다. 현장의 대학생 형과 누나들의 거듭된 설득도 듣지 않고 끝내 도청에 남아 있었다. 그리고 손을 들고 투항했음에도 진압군의 총에 죽고 만다.

왜 그렇게 했을까. 동호는 아무리 자신을 합리화해 보아도 "아무것도 용서하지 않을 거다. 나 자신까지도"라는 양심의 목소리로부터 결코 자유로울 수가 없었던 것이다. 누가 이 어린 소년에게 친구의 죽음을 목격하고도 달아날 수밖에 없는 공포를 야기했고, 도망쳐버린 자신에 대한 죄책감으로 고통받게 했고, 이탤릭체로 표현했듯이 그 자신까지도 용서할 수 없는 수치심과 양심의 가책에 사로잡히게 만들었던 것인가 작가는 질문한다.

죄책감과 수치심 같은 도덕 감정은 공포, 분노, 슬픔, 기쁨, 좋음, 싫음, 공감과 같은 기본감정과는 달리 복합감정이다. 타자 공감을 출발로 하여 스스로를 수치스러워하고, 죄스러워하고, 경멸하고 분노하는 감정이다. '도덕 감정은 타자지향의 공동체 의식을 바탕으로 형성된 복합감정이기에 자신과 타자를 제삼자의 입장에서 성찰하는 공감, 배려, 호혜 등 사회연대의 기초를 이루는 사회적 감정이다.'[15]

15세의 어린 소년이 가졌던 죄책감과 수치심이라는 타자지향의 도덕 감정, 즉 자신과 타자를 제삼자의 입장에서 성찰하는 공감, 배려, 호혜 등 사회연대의 기초를 이루는 사회적 감정을 작가 한강은 사유하면서 죄책감과 수치심을 가져야 할 사람들은 정작 누구인가라는 질문을

---

15) 김왕배, 「도덕 감정: 부채의식과 감사, 죄책감의 연대」, 『사회와 이론 통권』 23, 한국이론사회학회, 2013, 137면.

독자에게 던진다. 그리고 그 자신이 피해자이면서도 죄책감과 수치심을 가졌던 동호 같은 어린 소년들조차 무자비하게 총으로 쏴 죽인 진압군과 그들에게 발포 명령을 내렸던 자들에게 죄책감과 수치심이라는 사회적 도덕 감정을 가질 것을 촉구한다. 이것이 작가가 소년을 소환한 진정한 이유일 것이다.

도덕 감정, 양심의 문제는 제4장 〈쇠와 피〉에서 다시 한 번 제기된다.

> 군인들이 압도적으로 강하다는 걸 모르지 않았습니다. 다만 이상한 건, 그들의 힘만큼이나 강렬한 무엇인가가 나를 압도하고 있었다는 것입니다.
>
> 양심.
>
> 그래요, 양심.
>
> 세상에서 제일 무서운 게 그겁니다. 군인들이 쏘아 죽인 사람들의 시신을 리어카에 실어 앞세우고 수십만의 사람들과 함께 총구 앞에 섰던 날, 느닷없이 발견한 내 안의 깨끗한 무엇에 나는 놀랐습니다. 더 이상 두렵지 않다는 느낌, 지금 죽어도 좋다는 느낌, 수십만 사람들의 피가 모여 거대한 혈관을 이룬 것 같았던 생생한 느낌을 기억합니다. 그 혈관에 흐르며 고동치는, 세상에서 가장 거대하고 숭고한 심장의 맥박을 나는 느꼈습니다. 감히 내가 그것의 일부가 되었다고 느꼈습니다.[16]

1980년 5월 광주에서 23세의 교대 복학생이었던 일인칭 서술자가 느꼈던 양심도 결코 개인적 도덕 감정은 아니었다. 여기서 일인칭 주인공 서술은 동호의 죽음에 대한 해석과 서술자의 고통받는 내면을 보여주

---

16) 한강, 앞의 책, 114면.

기에 가장 적합한 서술 형태이다. 서술자가 느낀, 광주 시민들과 함께 진 압군들의 총구 앞에 서서 느꼈던 깨끗한 무엇, 두렵지 않다는 느낌, 지 금 죽어도 좋다는 느낌, 수십만의 피가 모여 거대한 혈관을 이룬 것 같 은 생생한 느낌, 그 혈관에 흐르며 고동치는 세상에서 가장 거대하고 숭 고한 심장의 맥박을 느끼며, 그것의 일부가 되었다고 느낀 내 안의 감정 이란 광주의 시민공동체를 외면할 수 없다는 양심, 바로 강렬한 사회적 도덕 감정이라고 할 수 있을 것이다. 수많은 광주시민들이 자발적으로 거리로 나와 진압군의 총구 앞에 서서 목숨 걸고 항쟁할 수 있었던 것은 바로 시민공동체의 일원으로서의 사회적 도덕 감정을 공유했기 때문이 었다.

제4장의 서술자는 "그날 도청에 남아 있던 어린 친구들도 아마 비슷 한 경험을 했을 겁니다. 그 양심의 보석을 죽음과 맞바꿔도 좋다고 판단 했을 겁니다"[17]라고 말한다. 그는 소년 동호가 친구에 대한 개인적 죄책 감과 수치심을 넘어서서 공동체의 사회적 도덕 감정을 갖고 도청에 남 아 있었을 것이란 판단을 하면서도 대체 그 어린 아이들이 죽음에 대해 서 뭘 알고 그런 선택을 했겠느냐고 반문한다. 동호가 도청을 제 발로 찾아온 것은 친구 정대에 대한 개인적 도덕 감정 때문이었지만 마지막 날 현장의 누나와 형들의 설득에도 집으로 돌아가지 않고 남아 있었던 것은 시민공동체의 일원으로서 느꼈던 공동체적 양심과 사회적 도덕 감정을 공유했기 때문이라고 진술하고 있는 것이다. 동호는 상무관에서 시체 수습을 거드는 일을 하는 며칠 동안 시민공동체로서의 고동치는 양심의 맥박을 공유하게 됨으로써 도청에 남아 있다 희생자가 되었다

---

17) 위의 책, 116면.

는 해석이다. 작가의 가치를 반영하는 서술이 아닐 수 없다.

작가는 동호와 5·18광주민주화운동에 참여한 광주 시민들이 가졌던 공동체로서의 사회적 도덕 감정을 사유하면서 무고한 광주시민을 총으로 쏴 죽인 자들이야말로 죄책감과 수치심 같은 도덕 감정을 가져야 할 것이 아닌가라는 질문을 독자에게 던진다. 하지만 그들은 아직까지도 사과도 사죄도 하지 않은 채 진실을 외면하고 있다.

4. 이해할 수 없는 5월, 그리고 외상 후 스트레스 장애

진압군의 총격으로 사망한 시신들을 도청 상무관에서 보관하였다가 합동추도식을 치르는데, 동호는 이해할 수 없는 장면들을 목격한다. 즉 추도식에서 애국가를 부르는 것, 관 위에 태극기를 펴고 끈으로 묶는 장면들이다. 그것은 마치 그들이 나라를 위해서 싸우다 죽은 사람들이며, 마치 나라가 그들을 죽인 것이 아니라는 듯한 이상한 추도의식을 그는 목격했던 것이다.

그 과정에서 네가 이해할 수 없었던 한 가지 일은, 입관을 마친 뒤 약식으로 치르는 짧은 추도식에서 유족들이 애국가를 부른다는 것이었다. 관 위에 태극기를 반듯이 펴고 친친 끈으로 묶어 놓는 것도 이상했다. 군인들이 죽인 사람들에게 왜 애국가를 불러주는 걸까. 왜 태극기로 관을 감싸는 걸까. 마치 나라가 그들을 죽인 게 아니라는 듯이.

조심스럽게 네가 물었을 때, 은숙 누나는 동그란 눈을 더 크게 뜨며 대답했다.

군인들이 반란을 일으킨 거잖아, 권력을 잡으려고. 너도 봤을 거 아
냐. 한낮에 사람들을 때리고 찌르고, 그래도 안 되니까 총을 쐈잖아, 그렇
게 하라고 그들이 명령한 거야. 그 사람들을 어떻게 나라라고 부를 수 있
어.[18]

도저히 이해할 수 없는 추도식의 장면들에 대한 동호의 질문에 은숙
은 5·18은 군인들이 권력을 잡기 위해 일으킨 반란이며, 그 과정에서 무
고한 시민들을 적으로 삼아 때리고, 찌르고, 총을 쏴서 죽인 국가폭력이
라고 대답한다. 그리고 어떻게 무고한 시민을 향해 발포 명령을 한 나라
를 나라라고 할 수 있는지 반문한다. 이상한 추도의식도, 은숙의 답변도
어린 동호로서는 제대로 이해할 수 없었을 것이다. 그 모든 것을 이해하
지 못하는 채로 그는 5·18광주민주화운동에 참여했고, 죄책감과 수치
심에 시달렸고, 끝내는 총격의 희생자가 되었던 것이다.

이십 년의 세월이 지난 뒤, 현장에 같이 있던 제5장의 선주는 애국가
를 부르고 태극기로 시신을 감싼 것에 대해 "우린 도륙된 고깃덩어리들
이 아니어야 하니까, 필사적으로 묵념을 하고 애국가를 부른 거야"[19]라
고 이상했던 추도식 장면에 의미를 부여한다. 즉 진압군은 시체들을 도
륙된 고깃덩어리로 취급했지만 도청의 시민군은 그들을 존엄한 인간으
로 대우하기 위해서 애국가를 부르고 태극기로 시신을 감쌌다는 것이
다.

이인칭 서술이란 서술자가 자신의 말을 듣는 수화자를 '당신/너'라
는 이인칭 대명사로 부르며 쓴 소설, 또는 주인공이 이인칭 대명사로 불

---

18) 위의 책, 17면.
19) 위의 책, 173면.

리면서 서사의 대상이 되는 소설이다.[20] 제1장은 주인공 동호가 이인칭 (너) 대명사로 불리면서 서사의 대상이 되며, 제5장은 도청에서 연행된 미싱사로서 노조활동을 했던 선주가 '당신'으로 호명되는 이인칭 서술 이다. 이인칭 서술과 관련하여 김경민[21], 김춘규[22], 한은주[23] 등은 여러 해석을 내놓은 바 있다.

5월의 광주를 목격하고 경험했음에도 도대체 그와 같은 일이 왜 일어 났는지 그 정확한 진실을 일인칭의 주체로서 판단하고 해석할 수 있는 능력이 없는 어린 소년의 상황을 삼인칭의 객관적 거리보다는 가까운 이인칭의 증언을 통해 독자 스스로 사건을 적극적으로 해석하고 판단 하라는 작가의 의도가 반영된 서술이 제1장이다. 그리고 제5장은 선주 가 여성으로서 받은 참혹한 성고문을 직접 진술할 수 없는 딜레마를 이 인칭의 서술을 통해 돌파한 것으로 해석된다.

제2장 〈검은 숨〉은 총에 맞은 후 다른 시신들과 트럭에 실려 간 '정대'

---

20) 제럴드 프린스, 이기우·김용재 역, 『서사학사전』, 민지사, 1992, 232면.

21) 낯선 이인칭 대명사 '당신/너'는 자연스럽게 '너'와 대응되는 '나'라는 인물의 존재를 부각시키며 그 둘을 보다 특별하고 긴밀한 관계 속에 놓이게 함으로써 둘이 공존하 는 상황을 연출한다. 그리고 동호가 '너'로 불림으로써 그는 사십 여 전에 죽은 과거 의 인물이 아니라 여전히 수많은 '나'와 함께 살고 있는 현재의 존재가 된다고 이인 칭 서술을 해석했다.: 김경민, 「2인칭 서술로 구현되는 기억·윤리·공감의 서사」, 『한국문학이론과 비평』 81, 한국문학이론과비평학회, 2018, 211면.

22) 작품의 증언할 수 없는 사람들(죽은 자, 살았지만 말할 수 없는 자)의 증언은 누군가 가 대신 증언할 수 있는 것이 아니다. 증언되어야 하지만 증언될 수 없다는 딜레마를 작가 한강은 이인칭 서사 형식을 통해 돌파해 나간다고 해석했다.: 김춘규, 「이인칭 서사 형식 연구」, 『한국현대문학연구』 60, 한국현대문학이론학회, 2020, 533-565면.

23) 이인칭 시점은 동호의 심리 안에서 모든 현상과 사건이 일어나고 있음을 인식하 다가 어느 사이 '동호=너=나'가 되는 몰입을 일어나게 하며, 동호의 기억이 우리의 기억이 되는 것이라고 해석했다.: 한은주, 「오늘도 반복되는 지워지고 왜곡된 5 월의 기억 -한강, 『소년이 온다』 (2014, 창비)」, 『가톨릭 평론』 9, 우리신학연구소, 2017.05, 110-119면.

가 영혼 서술자[24]로 등장한다. 마치 『내 이름은 빨강』[25]의 서술자처럼 죽은 자의 영혼이 서술자가 된 것이다. 장노현은 서사적 장치에 의존하지 않은 죽은 몸의 서술자를 '영혼서술자'라는 용어로 지칭하는데, 영혼서술자는 행동을 통해 서사적 사건에 영향을 미치지는 못 하지만, 지각하고 생각할 수 있는 존재이다. 영혼서술자는 삶과 죽음의 중간지대(회색지대)에 위치하는 존재로, 죽은 상태이면서 살아있는 것과 같다.[26] 그 존재는 갑자기 죽어 자신의 죽음을 미처 수용하지 못하고 자신의 주검을 떠나지 못하는 혼령이다. 정대는 자신이 왜 갑자기 죽었는지 전혀 이해하지 못한 채로 자신의 주검을 바라보지만 그 어떤 행동도 할 수 없어 무력감에 사로잡혀 있다.

고요한 낮과 밤들이 지나고 썩어가는 육신들을 군인들이 트럭에 싣자 정대는 검은 숨이 된다. '검은 숨'이란 죽은 육체를 빠져 나간 혼령을 의미한다. 동호는 그 혼령을 '어린 새'로 호명했지만 새처럼 자유롭게 날지 못하고 단지 '검은 숨'에 불과했던 것이다. 서술자는 자신이 도대체 왜 죽었는지, 왜 군용트럭에 열십자로 겹겹이 포개져서 곡물자루처럼 실려 가는지 갑작스런 죽음에 영문도 모르는 채 자신의 주검에 낯설어하는, 어디에도 갈 수가 없는 무력한 존재이다. 그처럼 진압군은 살아있는 사람을 무차별적으로 죽였고, 시체도 인간으로서의 존엄성을 훼손하며 함

---

24) '영혼서술(자)'은 전통적인 서술자에게 덧입혀졌던 복잡한 서사적 장치와 구속을 벗어버리고 홀가분한 상태에서 이야기하는 죽은 몸의 서술자이다. 영혼서술자는 살아 있는 사람(것들) 입장에서 세계를 바라보는 데서 벗어나 죽은 자, 즉 삶의 저편에 서서 이쪽을 바라보고자 하는 특징을 갖는다. : 장노현, 「다중서술의 변화와 영혼서술자의 등장」, 『대중서사연구』 17, 대중서사학회, 2007, 187-208면.
25) 2006년 노벨문학상 수상작가 오르한 파묵의 소설.
26) 장노현, 앞의 논문, 208면.

부로 취급했다.

동호는 도청 상무관에서 정대의 시체를 찾을 수 있기를 바랐지만 정대의 시체를 실은 군용트럭은 시가지를 벗어나 어둑한 벌판을 지나고 참나무들이 우거진 낮은 언덕길을 올라 철문을 지나 단층 콘크리트 건물과 참나무 숲 공터 뒤의 덤불숲에 이르렀다. 그리고 군인들은 시체들을 열십자로 차곡차곡 쌓아올렸다. 아래에서 두 번째에 끼여 납작하게 짓눌려진 정대의 몸은 "맨 위에 놓인 남자의 몸에다 그들이 가마니를 덮자, 이제 몸들의 탑은 수십 개의 다리를 지닌 거대한 짐승의 사체"[27]와 같은 상태의 비체(卑體, abject)가 된다. 시간이 지나면서 정대의 혼령은 햇빛을 받아 썩기 시작하는 자신의 몸, 쇠파리들과 날파리 떼가 날아와 앉은 부패해가는 자신의 몸을 지켜본다. 그리고 "누가 나를 죽였을까, 누가 누나를 죽였을까, 왜 죽였을까", "나를 죽인 사람과 누나를 죽인 사람은 지금 어디 있을까", "왜 나를 죽였지, 왜 누나를 죽였지, 어떻게 죽였지"를 골똘히 생각한다. 목이 터지라고 애국가를 부른 것밖에 없는데, 우리 군대가 총을 쏴 그의 몸에 탄환을 박아 넣었던 기억을 떠올린다. 동호가 자신에게 일어난 일을 실감할 수도, 이상한 추도식을 이해할 수도 없었듯이 정대의 혼령 역시 자신에게 일어난 죽음을 실감할 수도, 우리 군대가 자신에게 총을 쐈던 국가폭력을 아무리 생각해도 이해할 수 없다.

광주 시민들이 당한 국가폭력을 이해할 수 없었던 것은 어린 소년들만이 아니다. 제4장의 당시 23세의 교대 복학생도 마찬가지였다. 현장에서 죽지 않고 살아남은 그와 대학생 김진수는 군법재판소에서 취조

---

27) 한강, 앞의 책, 48면.

를 받으며 비인간적인 고문을 당하는데, 그들은 자신들이 당하는 고문의 이유를 전혀 이해할 수 없다. 그렇다. 누구라서 1980년 광주에서 일어난 학살을 이해할 수 있으며, 그 연장선상에서 일어난, 살아남은 자들에게 비녀 꽂기, 통닭구이, 물고문, 전기 고문, 성고문 등을 가하며 거짓 자백을 강요하는 그 잔혹한 고문을 이해할 수 있을까?

> 생각하고 또 생각했습니다.
> 이해하고 싶었기 때문입니다.
> 어떻게든 내가 겪은 일들을 이해해야 했기 때문입니다.
> 묽은 진물과 진득한 고름, 냄새나는 침, 피, 눈물과 콧물, 속옷에 지린 오줌과 똥, 그것들이 내가 가진 전부였습니다. 아니, 그것들 자체가 바로 나였습니다. 그것들 속에서 썩어가는 살덩어리가 나였습니다.
> 지금도 나는 여름을 견디지 못합니다. 벌레 같은 땀이 스멀스멀 가슴팍과 등으로 흘러내리면, 내가 살덩어리였던 순간들의 기억이 고스란히 돌아와 있는 걸 느끼며 깊은 숨을 쉽니다. 이를 악물고 더 깊은 숨을 쉽니다.[28]

아무리 생각해 보아도, 이해하고 싶어도 이해할 수 없는 상황에서 그는 고문으로 망가진 자신의 몸을 "묽은 진물과 진득한 고름, 냄새나는 침, 피, 눈물과 콧물, 속옷에 지린 오줌과 똥"을 가진 썩어가는 살덩어리였다고 기억한다. 인간으로서의 존엄을 잃어버리고 혐오스런 살덩어리로 비체화(卑體化)된 자신에 대한 지독한 혐오에 빠지게 된 것이다. 진물, 고름, 침, 피, 눈물과 콧물, 오줌과 똥은 "동일성의 외부로부터 온 위

---

28) 위의 책, 120-121면.

험을 표상한다. 즉 비자아로부터 위협당하는 자아, 외부환경으로부터 위협받는 사회, 죽음으로부터 위협받는 삶"[29]을 표상한다. 마치 제2장의 정대가 점점 부패해 가는 몸들의 높은 탑 아래 짐승처럼 끼어 악취를 풍기며 썩어가는 자신이 몸에 대해 부끄럽고 증오스럽다고 혐오감정에 빠졌던 것처럼……. 이처럼 고문은 인간 주체의 존엄성을 위협하며 고문받는 사람을 자기혐오에 빠지게 만들었던 것이다.

그래서 그는 자신에게 김진수의 자살에 대해서 인터뷰를 원하는 선생에게 도리어 질문한다. 인간은 근본적으로 잔인한 존재인가라고. 그리고 "우리는 존엄하다는 착각 속에 살고 있을 뿐, 언제든 아무것도 아닌 것, 벌레, 짐승, 고름과 진물의 덩어리로 변할 수 있는 겁니까? 굴욕당하고 훼손되고 살해되는 것, 그것이 역사 속에서 증명된 인간의 본질입니까?"라고 되묻는다. 인간으로서의 존엄성을 훼손당한 채 지독한 고문의 기억만 남아 모든 것이 서서히 마모되는, 어쩌면 죽음만이 유일한 탈출구가 되어줄, 살아 있다는 치욕과 날마다 싸우는 외상 후 스트레스 장애로 그는 지독한 고통을 받고 있으며, 진수는 자살로 도피하고, 영재는 정신병원으로 보내졌던 것이다.

제3장의 5·18 당시 고3이었던 은숙도 처음부터 살아남으려고 한 것은 아니었지만 살아남았다. 대학을 중퇴한 그녀는 출판사 직원이 되어 수배자의 번역서 출판 업무를 맡고 있다. 그녀는 5·18의 전력 때문에 공안당국으로부터 수배자의 연락처를 대라고 뺨을 일곱 대나 맞는 치욕을 당한다. 그녀는 마지막까지 도청에 남았던 동호의 무서워서 떨리던 눈꺼풀을 잊지 못하며, 살아남았다는 죄책감에 시달려 왔다. "네가 죽은

---

29) 줄리아 크리스티바, 서민원 역, 『공포의 권력』, 동문선, 2001, 116면.

뒤 장례식을 치르지 못해, 내 삶이 장례식이 되었다"처럼 그녀의 영혼은 그날 이후 부서져버리고 말았던 것이다. 즉 동호의 끔직한 죽음을 목격한 후 외상 후 스트레스 장애에 계속 시달리며 살아왔던 것이다.

제5장의 〈밤의 눈동자〉의 주인공은 청계피복노조운동을 했던 미싱사 선주다. 그녀는 노조운동을 했고 5·18 당시에 총기를 소지했다는 이유로 보안부대로 이송되어 빨갱이년으로 불리며 지독한 고문-나무 자로 자궁을 후벼 파는 지독한 성고문-을 당해 임신할 수 없는 몸이 되고 마는데, 그 잔혹한 경험을 차마 증언할 수 없다. 그녀가 죽지 않고 살게 만든 힘은 바로 분노였다. 그녀는 도청 안마당에 총격으로 끔찍하게 뒤틀린 모습으로 죽어 있는 동호의 시체를 보았다. "*그러니까 그 여름에 넌 죽어 있었어, 내 몸이 끝없이 피를 쏟아낼 때, 네 몸은 땅속에서 맹렬하게 썩어가고 있었어. //그 순간 네가 날 살렸어. 삽시간에 내 피를 끓게 해 펄펄 되살게 했어. 심장이 터질 것 같은 고통의 힘, 분노의 힘으로*"[30] 처럼 그녀는 어린 동호를 잔인하게 죽였고, 자신을 성고문했던 자들에 대한 분노의 힘으로 살아남아 반원전 환경단체에서 일하며 겨우 삶을 지탱하고 있다.

제6장의 동호 어머니와 형들처럼 남겨진 가족들도 마찬가지다. 동호 어머니와 형들도 절대적 피해자였지만 살아남은 자신을 가해자로 인식하는 자책과 회한의 고통 속에서 살아간다. 어머니는 유족회에 가담하여 투쟁을 하기도 하고, 삼십 년의 세월이 흘렀어도 어제의 일인 듯 아들을 잃은 아픔은 아직도 생생하다.

이처럼 은숙, 진수, 복학생, 선주, 동호의 가족 등 살아남은 생존자들

---

30) 한강, 앞의 책, 173면.

은 끔찍한 기억들과 죄책감에 고통받는다. 즉 외상 후 스트레스 장애에 시달린다. '외상 후 스트레스 장애'는 사람이 전쟁, 고문, 자연재해, 사고 등 심각한 사건을 경험한 후 지속적인 재경험을 통해 고통을 느끼며 거기에서 벗어나기 위해 에너지를 소비하고 정상적인 사회생활에 부정적인 영향을 끼치게 되는 질환이다.[31]

1980년의 광주에서 죽지 않고 살아남은 생존자들은 제3, 4, 5, 6장에서 보았듯이 살아남았다는 것을 치욕으로 여기며 그 어느 누구도 정상적인 삶을 영위할 수 없었다. 1980년 광주의 잔혹한 국가폭력의 기억뿐만 아니라 그 후 군법재판소에 끌려가 받았던 고문(성고문)과 정상적인 사회인이 될 수 없게 만드는 독재정권의 탄압 속에서 외상 후 스트레스 장애에 시달리며 유리 조각같이 산산이 부서진 영혼을 되살릴 방도가 없이 망가져 갔던 것이다.

5. 결론

제6장까지 여러 인물들을 그려낸 후 작가는 마지막 장에서 "그들을 희생자라고 생각했던 것은 내 오해였다. 그들은 희생자가 되기를 원하지 않았기 때문에 거기 남아 있었다"[32]라고 결론 내린다. 그들은 인간으로서의 양심과 존엄을 지켜내는 사회적 도덕 감정으로 5·18광주민주화운동에 가담하여 동호처럼 죽었고, 광주의 끔찍한 기억으로 인한 외상

---

31) 이봉건, 『이상심리학』, 시그마프레스, 2005, 113면.
32) 한강, 앞의 책, 213면.

후 스트레스 장애에 시달리면서도 눈을 뜨고 역사를 바로 응시하며 살아가고 있는 윤리적 인간이라는 것이다. 따라서 그들을 희생자라 부르는 것은 너무 단순한 해석이라는 것이다.

작가는 여기에서 그치지 않는다. "이제 당신이 나를 이끌고 가기를 바랍니다. 당신이 나를 밝은 쪽으로, 빛이 비치는 쪽으로, 꽃이 핀 쪽으로 끌고 가기를 바랍니다"라고 그 옛날 동호가 어머니를 밝은 곳으로 이끌었던 것처럼 그들의 희생을 넘어선 인간에 대한 양심과 존엄이 이 시대와 사회를 인도해 가기를 바란다. 그것이 5·18광주민주화운동에 참여하여 죽은 자들에 대한 진정한 애도이며, 살아남은 자들의 고통에 대한 진정한 응답이며, 오늘날 우리가 기억하고 계승해야 할 진정한 5·18광주민주화운동의 정신이라는 것이다.

야스퍼스는 죽음과 불안, 양심과 죄 같은 인간 실존의 한계상황을 알려주는 지표들은 한결같이 삶의 고통과 좌절을 표현하지만 동시에 인간이 살아 있는 생명적 존재임을 확인시켜 준다고 했다. 성숙한 실존적 존재는 이 같은 한계상황을 대면함으로써만 실현되기에 죄와 불안, 심지어 죽음이 단순히 부정적 사태로만 이해될 수 없으며, 오히려 개인과 사회, 문명화의 과정에서 새로운 지평을 열어가는 가능성임을 확인한다고 했다.[33]

우리도 광주에서 일어났던 죽음과 불안, 양심과 죄의 한계상황을 뛰어넘어 새로운 역사를 열어가는 가능성을 찾아야 한다. 그리고 그것으로 5·18광주민주화운동과 우리 사회의 밝은 미래를 열어가야 한다.

-(『한국문학이론과 비평』90, 한국문학이론과비평학회, 2021)

---

33) 임홍빈, 앞의 책, 175면.

제2부

6. 현실과 환각 사이의 긴장

– 윤대녕의 「남쪽 계단을 보라」

1.

　작가 윤대녕(1962–)은 1990년에 『문학사상』으로 등단한 소설가이다. 그는 1994년에 첫 창작집 『은어낚시통신』을 발간하여 문단의 주목을 끌었다. 「남쪽 계단을 보라」(1995)는 『은어낚시통신』에서 보여준 소설적 모티프가 반복되고 있는 작품이다. 『은어낚시통신』의 주 모티프란 무엇인가?

　윤대녕의 소설은 아름답다. 그 아름다움은 비의적(아니 비애적) 아름다움의 일종이라고 말할 수 있을 터인데, 한편으로 그것은 어떤 마성적인 것에 가깝다. 그 마성이 그의 소설을 지배할 때에 드러나는 한쪽은 삶에 대한 운명적인 '결락'의 군상들이며, 드러나지 않는 한쪽은 사람의 신비들을 사고 회전하는 환각에의 탐닉(?)이다. 그러나 윤대녕 소설에서 그 둘은 서로 분리된 것이 아니라 함께 호흡하며 그것이 부딪쳐서 만나는 자리에서 대부분 현실적 삶에 대한 회의가 뒤따른다. 회의의 자장권에는 현실적 삶을 넘어선 그 무엇이 있다.-신철하(『문학정신』 1994년 6월호)

신철하의 평론에서도 알 수 있듯이 그것은 삶의 드러나는 한쪽과 드러나지 않는 한쪽 사이에서 발생하는 긴장의 모티프라고 할 수 있을 것이다. 이쪽과 저쪽은 남진우의 『은어낚시통신』의 해설에 의하면 '표층/심층, 안/밖, 성(聖)의 공간/속(俗)의 공간, 역사적 지평/신화적 지평으로 구분이 가능한 이질적 세계'이다.

필자는 윤대녕 소설의 이쪽과 저쪽을 현실과 환각, 의식과 무의식, 실재와 비실재의 세계, 또는 생의 본능이 지배하는 에로스의 세계와 죽음의 본능이 지배하는 타나토스의 대위법적 세계라고 구분하고 싶다. 작가는 이 두 세계 사이에서 긴장을 겪고 있는 인간을 형상화하고 있다.

『은어낚시통신』에서 '은어(銀魚)'로 표상된, 현실세계와 대위되는 환각의 세계는 「남쪽 계단을 보라」에서는 '남쪽 계단의 하늘색 옷을 입은 여자'로 표상되는 저쪽 세계로 대체되어 있다. 그리고 실재와 비실재의 어긋남은 10분이라는 시간의 차이로 숫자화되어 나타나는데, 이 10분의 시차는 단순히 객관적 물리적 시간에서의 10분의 의미를 갖는 것이 아니다. 그것은 실재와 비실재, 현실과 환각의 차이이며, 나와 세계의 어긋남을 디지털화한 것이라고 할 수 있다. 그리고 10분의 시차는 남쪽 계단의 하늘색 옷을 입은 여인의 세계에 다가갈 수 있는 시간이며, 투명한 유리의 회전문을 밀고 이쪽에서 저쪽의 다른 세계, 낯선 장소, 예외적인 시간의 이질적 경험의 세계로의 진입을 가능케 하는 결정적인 터닝 타임(turning time)이기도 하다.

그러면 이 작품의 주인공이며 일인칭 화자는 이 10분의 시차에 대해서 어떻게 반응하는가?

　　이를테면 그때부터 나는 '세계'의 십 분 앞이거나 십 분 뒤인 곳이 있
　게 되었다고 하는 묘한 강박에 시달리기 시작했다. 그러니까 남들은 아홉
　시에 존재하고 있는데, 나만이 아홉 시 십 분에 존재하게 되었었다고 하
　는 ……. 문제는 앞이거나 뒤가 아니라 '세계'와 '나'의 시간차가 발생했다
　는 것일 터였다.

　위의 인용문에서 보듯이 주인공이 이 시차에 대해서 '강박'관념을 느
끼고, "나는 잔등에 식은땀을 줄줄 흘리고 있었다. 그리고 회의가 시작
되는 동안 나는 저 출근길에 발생한 '시차'를 극복하지 못하고 '낭패다,
낭패다' 하고 속으로 중얼거리며 내내 허둥대고 있었다"와 같은 심리적
긴장을 느끼는가 하면 "나는 지금 제자리로 돌아가야 하는 것이다. 회
전문의 다른 칸에 들어와 있다면 한시 바삐 제 칸을 찾아 돌아가야 하는
것이다"라고 다른 한쪽의 세계에 대해 몹시 불안감을 가지며, 원래의 현
실세계, 실재의 세계인 제자리로 돌아가고자 한다.
　또한 "그야말로 고도 같은 외로움이었다. 나는 그 때문에 눈시울까지
어룽어룽해져 있었던 것이다. 그것은 나만이 정든 세계에서 추방돼 낯
선 어둠 속에 버려져 있다는 참담한 외로움이었다. 지금 눈에 보이는 어
떤 것도 내 손에 만져질 것 같지 않은 저 남극 같은 외로움!"에서 보듯이
세계에서 자신만이 추방되고 내던져진-기투(企投)된- 듯한 단절감과
실존적 고독감을 느끼고 있다. 이러한 절박한 외로움의 한가운데서 나
는 구세주를 찾듯 결혼을 약속한 세희라는 여성에게 전화를 건다. 이때
10분의 시차는 세희와의 시차를 축소했다는 의미라고만 읽혀지지 않

는다. 왜냐하면 그녀마저 주인공이 경험했던 시차의 세계, 그 낯선 경험을 하고 있기 때문이다. 즉 그녀도 이미 시차의 세계에 놓이었다는 데서 숫자상의 차이가 줄어졌을 뿐이다. "그때서야 나는, 오늘 내게 일어났던 일이 비단 나에게뿐만이 아니라 그녀에게도 종종 일어나고 있을지도 모른다는 생각이 들었다. 또한 이 평상의 모든 사람들에게도 마찬가지로 말이다"에서 알 수 있듯이 나와 세희 또는 고교 동창생 곽우길만이 아니라 보편적 인간이 보편적으로 경험하는 경험일 수 있다는 사실을 일인칭의 화자는 암시하고 있다. 자신이 놓인 현실 너머 또 다른 세계를 꿈꾸는 욕망이 어찌 특별한 소수의 인간들만의 것일 수 있겠는가?

「그래야겠지. 하지만 벌써 궤도를 이탈한 상태라면 어떻게 해야 하는 거지? 이미 돌이킬 수 없는 상태라면 말이지. 세희, 우리가 보고 느끼는 대로 세상은 정말 단면이거나 평면이 아닐지도 몰라. 전혀 다른 세계가 가까이에서 끊임없이 우리를 위협하고 또 유혹하고 있다는 생각이 드는 거야.」

「그런 세계를 꿈꿔요? 말하자면 그런 욕망을 갖고 있냐구요.」

「아니, 그렇다면 왜 내가 세희에게 전화를 했겠어.」

「아녜요. 사실은 사람들마다 잠재의식 속에 그런 세계로부터의 유혹을 꿈꾸고 있는지도 몰라요. 다만 우리는 의혹과 망설임이란 제동장치만 갖고 버티고 있을 뿐예요. 꿈꾸지도 않는 한 다른 존재라는 건 존재하지도 눈에 보이지도 않는 법이에요.」

세희와의 대화에서 또 다른 세계에의 환각은 인간의 잠재의식이 만들어내며, 그 잠재의식을 지배하는 것은 인간의 욕망이라는 것이 밝혀지고 있다. 현실의 이쪽에 존재하는 우리가 현실 너머 저쪽을 욕망함으로써 또 다른 세계는 존재 가능하다는 것이다. 이쪽이 성취와 성공만을 추구하는 현실적이고 일상적인 자아(persona)가 지배하는 세계라면, 저쪽은 이쪽이 억압하고 있는 세계이다. 즉 의식의 억압 너머에 존재하는 무의식의 세계라고 할 수 있을 것이다.

즉 현실적인 의식세계와 그로부터 억압되고 있는 무의식의 세계 사이의 부조화와 긴장이 「남쪽 계단을 보라」의 모티프이며, 주인공을 불안하게 만드는 정체이다. 두 세계를 동시에 욕망하면서도 결코 두 세계를 동시에 실현할 수 없기에 접근-접근의 갈등에 빠져 있는 주인공의 모습은 특수적인 것이 아니라 모든 인간의 보편적인 모습일 것이다. 현실세계에서 실패만을 거듭해온 고교 동창생 곽우길이 특별하게 저 너머의 세계에 보다 가깝게 다가서고 있다면, 세희는 이쪽의 세계에 대한 욕망을 더 크게 가지고 있다고 보이며, 나는 유리 회전문의 이쪽에 서서 저쪽을 욕망하면서도 성큼 한발을 내딛지 못하고 어정쩡하게 서있는 모습을 보여주고 있다. 이는 이쪽과 저쪽에 대한 욕망을 모두 버리지 못하고 갈등하는 우리 인간의 이중적 모습이다.

독자는 「남쪽 계단을 보라」에서 이쪽의 세계에 집착하면서도 저쪽의 세계로 벗어나고 싶은 은밀한 욕망에 시달리며 갈등하는 위기에 선 인간의 보편적 모습을 읽을 수 있다. 세희와 만나 그녀의 시계에 나의 시계를 맞추고 이쪽 세계에 속하려는 의지를 재확인하며, 같이 껴안고 밤을 지나지만 다시 새벽녘에 나는 하늘색 옷을 입은 여자의 환각을 뚜렷이 목도하고 불안감에 빠진다.

2.

그러면 과연 이쪽 세계에 속하는 나는 어떤 모습인가?

「…… 창문이 한 뼘쯤 비껴 있었다. 담배연기가 빠져나가도록 전날 밤 일을 시작하기 전에 열어놓았을 것이다. 또한 입을 아, 하고 벌린 감자 모양의 재떨이 속엔 담배연기가 가득 들어차 있었다. 그리고 찌꺼기가 말라붙은 커피 잔, 줄리니가 지휘한 슈베르트의 '미완성 교향곡'이 돌아가고 나서 ON 표시만 빨갛게 남아 있는 오디오 세트, 쉼 없이 깜빡거리고 있는 컴퓨터 화면 속의 커서, 그날 오전 예정돼 있는 신상품 기획회의에 참석하기 위해 밤새 작성한 보고서와 각종자료들, 책상 위에 드리워져 있던 검은 빛 코냑 술병의 기다란 실루엣…… 뭐 이런 것들의 영상이 우선 떠오른다. 그래.」

인용문에서 보듯이 주인공은 밤을 새워 신상품 기획회의의 보고서와 자료를 준비해야 하는 나이 30세의 고단한 샐러리맨이다. 하지만 "남들에 비해 상대적으로 빨랐던 진급 때문에 그렇지 않아도 위아래서 눈여김을 받고 있는 터여서 나는 이제나저제나 긴장된 직장생활을 하고 있"다. 즉 주인공은 출세가 빠르고, 외면적으로 성공하는 인생을 살아가는 듯이 보이지만 그만큼 긴장된 직장생활을 요구당한다. 기획회의 준비에 대비하기 위하여 밤을 꼬박 새우는 과도한 노동과 휴식을 앗아가는 긴장된 삶을 영위한다. 그리고 담배, 커피, 음악, 술은 직장생활의 스트레스를 견디기 위해 필요한 기호품들이다.

화자인 '나'는 외적 세계에서의 성취를 위하여 내적 인격(internal

personality)을 억압하고, 집이란 공간마저 노동의 공간으로 변질시키며, 휴식은 물론이고, 최소한의 수면마저 희생시키고 있다. 나는 일에 사로잡혀 봄이 되어도 진달래를 구경하러 산에 가지 못한다. "여천반도 영추산의 아름다운 진달래 동산을 찍어놓은 사진"을 보며 불현듯 달리 살아보고 싶다는 은밀한 욕망과 휴식과 수면마저 저당잡힘으로써 유지되는 외적 성공은 주인공에게 완전한 행복감을 체감시켜주지 못한다.

> 그러다…… 봄, 서른 살이라는 나이, 과거의 고통스러웠던 젊음과 쓸쓸한 추억, 돌연 낯설게 느껴지는 자신, 혹은 곧 예기치 못했던 일이 벌어질지도 모른다는 막연한 기대와 불안감 같은 것에 사로잡혀 있었다. 그리하여, 지금부터라도 조금은 달리 살아보고 싶다는 은밀한 욕망에 시달리느라 다만 두세 시간도 눈을 붙이지 못하고 그만 밤을 꼬박 세우고 말았던 것이다.

나의 일상이란 6시 30분에 일어나서, 7시 30분에 집을 출발하여 8시 50분에 회사에 도착하는 반복적 삶의 연속이다. 이러한 나에게 유일한 행복감을 불러일으키는 것은 집에서 전철역까지의 단풍나무 길이다. 서울까지 한 시간 남짓한 전원도시로 두 해 전에 이사 온 나는 전철역까지 걸어가는 10분간의 시간 속에서 유일한 행복감을 맛본다. "아침녘의 청남빛 싱그런 공기를 마시며 전철역까지 걸어가는 순간이야말로 하루 중 가장 느꺼운 순간이 아닐까 싶다. 길가에서 봄 이슬을 털고 쑥쑥 올라오고 있는 푸른 풀들을 곁눈질로 훔쳐보며 걷고 있는 순간만큼은 그 갑갑한 양복쟁이라는 생각을 잊어버릴 수 있는 것이다"에서 보듯이 현실적 출세를 추구하며 질주하는 삶의 갈피에서 불현듯 사로잡히게 된,

달리 살아보고 싶다는 은밀한 욕망이란 양복쟁이로 표상되는 샐러리맨의 일상세계, 현실의 세계로부터의 탈출 욕망이다. 하지만 주인공은 집에서 전철역까지의 10분의 산책이 끝나면 여전히 붐비는 전철에 시달리며 출퇴근을 반복해야 하고, 집마저도 일터의 연장으로, 밤새워 노동을 지속해야 하는 세계이다. 결국 보통의 일상적 인간은 저쪽의 비현실적 세계를 욕망하면서도 끝내 일상적 현실세계로 복귀해야만 하는 세계 내의 존재이다.

주인공이 하늘색 옷을 입은 여자의 환각을 바라본 것은 바로 일상적 세계의 틈바구니에서 휴식과 행복을 맛보게 해주는 전철역까지의 출근길에서였다. 예기치 못했던 일이 벌어질지도 모른다는 막연한 기대와 불안감이 교차하고, 달리 살아보고 싶다는 은밀한 욕망에 사로잡혀 있는 날 아침 출근길에서 그녀는 바로 50미터 앞에서 화사한 하늘색의 이미지로 걸어가고 있었다. 그런데 그녀와의 거리가 30미터로 좁혀졌을 때에 나는 밤을 새워 만든 보고서를 집에 놓고 나왔음을 깨닫고 집으로 돌아간다. 10분 후에 다시 전철역으로 가는 길에 섰을 때의 그녀는 환각인 듯 여전히 50미터 앞에서 하늘빛 옷자락을 흔들며 걸어가고 있었던 것이다. 하지만 50미터 저쪽의 세계는 30미터로 줄어들었을 때 다시 사라지고 만다. 즉 30미터의 거리란 일상적 자아로 되돌아가는 거리이다. '하늘색 옷을 입은 여자'는 50미터 밖의 저쪽에 존재하고, 진달래꽃을 보러가고 싶은 욕망도 50미터 밖에서만 허용되며, 30미터로 그 거리가 줄어들었을 때는 다시 현실이 주인공을 지배한다.

3.

하늘빛 옷을 입은 젊은 여자에 대한 호기심은 일상적 현실 너머의 저쪽 세계에 대한 신비감과 호기심을 은유하고 있다. 아직 미혼의 30세 남자가 젊고 아름다운 여인에 대해서 갖는 호기심만큼이나 화자의 저쪽 세계에 대한 관심은 강렬하다. '낯선 장소, 예외적 시간'과 '이질적인 세계에 대한 경험'은 일상 속에 매몰된 화자에게 젊은 여인처럼 유혹적이며, 하늘빛처럼 신비감을 준다. 신비한 하늘빛은 고교 동창생 곽우길에 의해서 더욱 짙은 푸른색인 코발트색으로 반복되는데, 그에 의하면 푸른색은 바다의 빛깔이며, 푸른 바다는 죽음의 세계를 표상한다. "그 고향-시원이 물의 이미지를 동반하는 것은 자연스럽다. 물은 생명의 시발점, 만물의 모태, 죽음과 재생이 이루어지는"(남진우『은어낚시통신』해설에서) 원형적 이미지이기 때문이다. 푸른색의 물과 바다는 죽음을 통한 재생과 창조의 원형으로 제시된 셈이다. 일상적 자아의 죽음과 그 죽음을 통해서 회복되는 창조적인 자아가 푸른빛의 물 이미지를 통해서 제시되었다고 읽을 수 있는 것이다. 또한 푸른 빛깔에의 동경을 통해서 작가는 인간의 내면 속에 잠재되어 있는 죽음에의 본능(thanatos)을 환기시키고 있다. "사랑하는 여자로부터의 배신, 파산, 가까운 자의 때 이른 죽음, 청춘의 기쁨과 희망 같은 건 벌써 사라졌고, 이제는 짊어지기 힘든 것들만 남아 있어……"라고 말하는 현실세계의 열패자인 곽우길은 현실세계의 성공자인 나에 비하여 저쪽의 세계에 훨씬 접근해 있다.

…… 지금 나는 내 불안한 욕망과 타자의 명령 사이, 요컨대 그 중간에 있는 하나의 미끄럼틀 위에 서 있다네. 그리고 이것도 알고 있지. 미끄럼틀을 타고 내려가면 푸른 카펫이 있는 바닥에 떨어진다는 것을.

곽우길은 화자에 비할 때에 이쪽 세계에 대한 불안한 욕망을 가지고 있으며, 저쪽 세계로부터는 거역하지 못할 명령을 받고 있는, 훨씬 더 위기에 선 인간 유형으로 보인다. 하지만 그의 현실적 실패는 화자가 매달리고 있는 출세라는 것이 무의미하다는 것을 증언하며, 그의 대화 속에 등장하는 부안군 위도의 여객선 대형 참사는 우리의 생명이라는 것이 언제 어디서 어떻게 죽음을 맞을지도 모르는 불안하고 허무한 존재임을 일깨워주고 있다. 즉 인간이 이 세상에 내던져진 실존적 존재임을, 유한한 생명을 가진 허무적 존재임을 다시 한 번 확인시켜 준다. 동시에 무한한 상승적 욕망에 사로잡힌 인간 존재의 덧없음도 일깨워준다. 곽우길은 아직 화자가 분명하게 의식하지 못한 채 불안하게 느끼는 저쪽의 미지의 세계에 대한 불안감, 그 그림자의 세계를 보다 선명히 보여주며, 화자의 일상적 삶과 의식 세계의 일방성으로부터 벗어날 것을 촉구하는 의미기능을 띤 존재라고 할 수 있다. 화자가 아직 혼란스럽게 느끼는 그 세계는 불안하면서도 신비로운 세계이며, "천당과 지옥 사이에 존재한다는, 영혼을 더욱 단련시키는 연옥"과도 같은 세계라는 것이다.

10분의 시차가 발생한 하루 동안, 화자는 저쪽 세계에 기울어진 곽우길과 이쪽 세계에 더욱 집착하는 세희 사이를 오가며, 신비감과 불안감의 양가감정 사이에서 갈등을 거듭하는 모습을 보여준다. 산업사회에서 후기산업사회로 변화해 가는 현대사회의 인간(특히 남자)들은 경마장의 경주마처럼 휴식 없는 고단한 삶을 출세라는 마약에 사로잡혀 질주하고 있다. 10분의 시차에서 발생한 불안하면서도 신비한 이질체험은 현실적 자아가 살아가고 있는 이쪽의 세계가 진정한 자아를 실현해주는 세계가 아니라 타자화된 세계임을 각성시키는 계기를 제공한다. 이 작품은 외적 세계와 사회적 존재로서의 페르소나만으로는 진정한 자아

실현, 통합된 자기실현이 어렵다는 것을 말해주고 있다. 경쟁적인 현대 사회에서 자칫 인간은 경쟁에서의 성공을 진정한 자기실현과 동일시하는 맹목성에 빠지기 쉽다. 현대의 자본주의적 사회구조 자체가 그런 분열된 인간형을 요구하고 있는지도 모른다. 바쁘게 질주하는 가운데 내적 인격의 목소리에 귀를 기울이고, 그림자의 세계, 무의식의 저쪽 세계를 깊게 성찰하는 계기를 갖지 못한다면 인간은 자아상실의 나락에서 구원받지 못할지도 모른다. 바로 이 작품은 분열된 두 세계에 대한 통합의 필요성을 촉구하며, 두 세계의 갈피에서 지나친 긴장을 겪고 있는 현대인의 모습을 형상화하고 있다.

인간의 건전한 자아실현은 두 세계를 조화롭게 통합함으로써 가능해지지만 두 세계의 통합은 결코 용이하지 않다. 이쪽과 저쪽 사이에는 단지 투명한 유리 회전문이, 불과 10분의 시차가, 50미터의 공간적 거리가 존재할 뿐이지만 그 문을 밀고 10분 너머의 시간, 50미터 너머의 저쪽 공간으로 나아가는 일은 세계관과 인생관의 혁명적 변화를 요구하는 일이기 때문이다. 어쩌면 우리 인간은 10분의 시간적 여유와 50미터의 공간적 거리가 부재함으로써 통합된 자아를 실현하지 못하고, 분열된 자아, 타자화된 삶 속에서 허우적거리고 있는 것이지도 모른다.

4.

남진우는 윤대녕에 대해 "90년대 젊은 작가들이 대개 그러하듯이 정치나 경제 이데올로기의 문제와 같은 거시적 차원의 쟁점들보다는 거기서 한 발 물러선 개인의 고유한 실존을 탐색하는 데 더 매력을 느끼고 있는 듯하다"라고 말한다. 윤대녕의 소설에서 형상화되고 있는 개인의 실존적 문제는 개인이 경험하는 문제이지만 결코 사적 차원에서 발생하는 문제만은 아니다. 산업사회에서 후기산업사회로 치닫는 대중사회에서 개개인이 겪는 소외와 자기분열은 이미 구조적으로 발생하는 문제이기 때문이다. 윤대녕이 비록 거대서사보다는 미시서사에 관심을 기울인다고 할지라도 그 미시서사란 거대서사에 맞물려 있다. 그리고 신세대 작가들이 공통적으로 관심을 기울이고 있는 포스트모더니즘은 거대서사에 대한 회의와 불신을 나타내는 특징을 가진다. 이 작품이 보여주고 있는 현실과 환각을 넘나드는 다면적 세계인식 내지 균형감각을 비롯하여 미시서사에 대한 관심, 그리고 다분히 허무주의적인 작가의 세계관은 이 작품을 포스트모더니즘이라는 문맥에서 읽히도록 만들고 있음도 지적하지 않을 수 없다.

(『조선문학』, 1994년 8월호)

7. 현대남성의 일상성에 대한 재발견

〔📖〕

- 최윤의 「하나코는 없다」

1. 현대남성의 일상성

　최윤의 「하나코는 없다」는 1994년도 이상문학상 수상작이다. 최윤은 1992년에 「회색 눈사람」으로 동인문학상을 수상하기도 했던 작가로서, 프랑스문학을 전공한 때문인지 그의 작품은 전통적인 한국문학과는 그 분위기나 기법 면에서 다른 개성을 나타낸다. 그러한 개성을 극찬하는 평론가가 있는 반면에 그 가치를 부정하는 독자와 평론가도 공존한다.

　「하나코는 없다」는 도시의 평범한 샐러리맨인 32세의 '그'라는 제한적 삼인칭의 관찰자를 통해서 그(또는 그들)와 하나코라는 별명으로 불리는 동년배 여성과의 관계, 남녀 사이의 우정이라고 할까 사랑이라고 할까 하는 미묘한 감정문제를 그려내고 있다. 그럼으로써 작가는 현대 도시남성이 겪는 일상성과 일상성으로부터의 탈출 욕망을 그려내는 데 성공하고 있다. 어찌 보면 이성친구와의 미묘한 감정적 관계조차도 이십대에서 삼십대의 연령에 이르기까지 겪을 수 있는 평범한 일상적인 사건의 하나에 불과할지 모른다.

그러면 그나 그의 친구들, 도시의 삼십대 초반의 남성들이 겪는 일상성의 정체는 무엇인가? 먼저 작중인물 '그'는 이십대를 거쳐 삼십대에 접어든 도시남성의 전형이다. 어쩌면 그는 현대의 도시적 삶 속에 그의 개성과 주체성을 상실해버린 인물이다. 그가 일상 속에 주체성과 개성을 상실한 측면은 화학 전공자로서 대학시절의 전공과는 달리 모자 관련의 패션 업무에 종사하는 데서 가장 잘 드러난다. 고교시절부터의 친구이며, 사회에서마저 동업자 관계에 있는 그의 친구 역시 그와 별로 다를 바가 없는 인물이다. 그들은 뚜렷한 목적의식이 없이 우연히 전공과도 상관없는 모자 관련의 직업을 선택하여 직장생활을 한다.

화학도 사회학도 모자와는 아무런 관계가 없지만, 대학 졸업 후 한두 회사를 거치면서 그와 K는 각기, 어쩌다가, 아주 우연히 모자 전문가가 되었다. 그것이 고정적으로 만나는 그들 중에서 그와 K를 각별하게 맺어주는 이유였다. 모자에 대해 얘기할 때 그들은 진지했다.

그의 일상적이고 속물적인 삶은 직업에서의 타협만이 아니라 친구와의 교제에서도 적절히 표현되고 있다. 고교시절부터의 친구요, 대학의 친구이기도 한 그들은 한 달에 두어 번 만나면서 직업적인 정보교환을 하기도 하고, 친구끼리, 또는 가족 단위로 습관적으로 만나는 사이이다. 아무도 강제하는 사람이 없는데도 친구와의 교제마저 습관적으로 반복하며, 새로울 것이 전혀 없는 진부한 일상적인 영역이 되어버린 것이다.

그 자신과 K, 그리고 서너 명의 고등학교 동창들은 최소한 한 달에 두어 번은 만나게 되어 있었다. 서로 할 말이 딱히 있지도 않고 그들 중 대부분은 서로 다른 일에 종사하고 있는 데다 꼭 서로를 열렬히 그리워하는 것도 아니지만, 친구니까. 때로는 그들 친구들끼리, 주말에 만날 때면 너나 할 것 없이 아이 한둘을 매단 채, 아내를 데리고. 건강식품에 나오는 이상적인 가족 세트처럼. K가 출장에서 돌아왔다면 어찌 그에게 전화하지 않고 다시 일을 시작하겠는가. 그들은 물론 모자에 대해서 얘기했다. 그들의 사업 종목인 모자에 대해서. 모자에 대해서 얘기하면서 그들은 그 직업적 정보 속에 전달할 만한 것은 대충 다 전달한다. 하다못해 음담패설까지.

프랑스의 사회학자 앙리 르페브르(Henri Lefèbvre)는 『현대세계의 일상성』에서 도시인의 경험적 시간을 직업적인 일을 하는 의무의 시간, 여가의 자유시간, 일 이외의 교통, 교제, 수속 등 강제된 시간이란 세 카테고리로 구분한 바 있다. 르페브르가 강제된 시간은 일상성 속에 자리 잡고, 일상을 강제들의 총화로 규정하려 하고 있다고 했듯이 이 소설에서의 그 역시 직업적 업무를 수행하는 의무의 시간은 물론이며, 친구와의 교제, 즉 강제된 시간까지도 일상성에 깊게 침윤되어 있음을 볼 수 있다. 그들의 만남을 작가는 "그들은 더 이상 젊지 않았고 견고한 사회에서 조금씩 겁을 먹기 시작했고 삶이 즐거울 수 있는 확실한 대책이 없었으며 ……. 그래서 그들은 자주 만났다"라고 30대 초반 남성들의 만남의 습관성, 만남의 공허함, 사회로부터 움츠러든 소외된 모습들의 일상성을 적절히 요약하고 있다.

그러면 사적인 영역이라고 할 수 있는 가정과 결혼은 어떤 모습을 하고 있는가? 현대 자본주의 사회에서 내적 공간인 집은 생산현장인 일터로부터 물러나서 안락함을 느끼는 휴식과 평화의 공간이며 안정의 공간으로 인식된다. 볼노(O.F.Bollnow)의 인간과 집에 대한 고찰에 의하면 인간은 노동과 노력과 생활의 외적 공간과 휴식과 안정의 내적 공간의 상이한 성격을 지닌 두 공간의 상호긴장 속에서 살아가고 있다는 것이다. 그에게 과연 집은 일터의 긴장과 피로를 이완시키고 휴식을 제공하는 여가의 공간이 되고 있는가? 대학을 졸업하고 회사에 취직을 하고, 그럭저럭 나이가 들어가는 30대 초반의 그에겐 결혼한 지 4년이 되며, 두 살짜리 딸아이가 있다.

> 4년이라는 시간이 무색할 정도로. 처음에는 제법 진지한 대화도 있었다. 실존이니, 가치관이니, 공유니 하는 단어들을 섞은 고상한 공방전은 아주 빨리 적나라한 언쟁이 되었다. 시시껄렁한 물건 구입이나 중간부터 치약을 짠다든지, 또는 늘 조금은 연기가 풍기게 담배를 비벼 끄는 그의 습관 같은 사소한 일을 두고 생겨나는 말다툼이 단번에 두 사람의 온 존재를 부정하고 뿌리에서부터 뒤흔든다.
> 모든 단어들이 어디론가 증발해버린 것처럼, 서로가 굳건히 지키는 침묵이 트집이 된, 그들 사이의 마지막 불화는…. 완전한 침묵 전의 고함처럼, 격렬하고도 길게 계속됐다. 그 일이 아니었더라도 얼마든지 찾아질 수 있는 다른 원인들. 서로를 부정하기 위해 필수 불가결한 정기적인 말다툼. 그리고도 세상에 대한 연극은 계속된다. 부부 동반으로 친척을 방문하고, 모임에 참가하며, 극이 끝나면 다시 냉전에 들어가는 나날들.

즉 4년간의 결혼생활에서 아내와의 관계는 진지한 대화로부터 고상한 공방전으로 변화했고, 이어서 적나라한 언쟁으로 발전했으며, 사소한 일상적 습관 때문에 생겨나는 정기적인 말다툼과 상대방에 대한 뿌리 깊은 부정과 침묵 그리고 불화에 빠져 있다. 그러면서도 대외적으로는 화목을 가장하는 냉전상태이다. 누구나의 결혼의 참모습이 요약된 것 같은, 그의 결혼생활은 더 이상 사랑이나 정열, 에로티즘이 아니며, 실망과 환멸이며, 열렬하고 열정적인 사랑 대신에 뿌리 깊은 증오까지를 깔고 있는 일상적 삶의 한 모습일 뿐이다. 결혼생활 어디에도 자유로운 휴식과 여가는 없으며, 일터의 찌든 일상적 모습의 연장에 다름 아닌 것이다. 그를 둘러싼 상황은 직업적인 일이든 친구와의 교제든 심지어 결혼생활까지도 일상성에 깊게 침윤되어 있는 것이다.

"만약 그런 불화가 없었더라도, 아무것도 아닐 수 있는 가장 진부하고 지루한, 서로의 약점이 가장 비화되어 드러나는 그런 불화가 없었더라도 그는 이탈리아 출장을 서둘러 맡았을까"라고 화자는 반문한다. 물론, 부부간의 반복적인 불화가 그로 하여금 하나코와의 만남을 꿈꾸며, 이탈리아 출장을 감행하게 만든 한 원인임에 분명하다. 하지만 그 이전에 반복되는 일상적 업무, 그리고 늘 같은 친구들과 어울려 그렇고 그렇게 보내는 새로울 것 없는 교제에서도 그는 극도의 권태와 무력감을 느끼며 그 상태로부터 벗어나고 싶었던 것이라고 볼 수 있다. 한동안 잊었던 하나코를 그들이 다시 거론하게 된 것도 말하자면 권태 때문이었다. "모자에 대해 얘기할 때 그들은 진지했다. 그들은 이제 달리 할 말이 많지 않았기 때문에 제법 오랫동안 사업 얘기를 했다. 그렇지만 그 얘기가 조금 억지로 길어진다고 생각했던 것은 꼭 그 혼자 감지한 것은 아니었다. 그들은 그 정도로 서로를 잘 알고 있는 것이다. 그리고 K가 갑자기 말했다. 마치 우연히 생각이 났다는 듯이"에서 볼 수 있듯이 새로울 것도 없이 계속되는 업무관계의 대화에 권태를 느낀 순간 그들은 하나코를 아주 우연인 듯 떠올렸던 것이다.

2. 삶의 미로 지나기

'그'가 불현듯 겪는, 그 모든 일상성으로부터 탈출하고 싶은, 폭풍과도 같은 욕망은 업무 출장을 핑계 삼아 그로 하여금 이탈리아까지의 여행을 감행하게 만든다. 그의 이탈리아 여행은 표면적으로 업무관계의 일때문이다. 그러나 로마에서의 일을 끝내고 베네치아에 머무는 이틀간의 시간이 감추고 있는 진짜 목적은 대학시절부터의 친구인 하나코와 만나, 결혼 4년간에 쌓인 아내와의 불화를 비롯하여 일상적인 그 모든 권태로부터 벗어나고 싶은 욕망을 감추고 있다. 로마에서의 업무 수행이 그에게 부여된 현실적 의무요, 직업적 일이라면, 하나코를 만나고자 하는 것은 그러한 현실로부터 벗어나고 싶은 꿈이요, 일탈에의 환상이다. 이 작품에서 현실과 환상의 넘나듦은 로마와 베네치아, 또는 이탈리아와 한국이란 공간적 거리로 표현되고 있다. 또한 일탈에의 욕망에 사로잡혀 베네치아를 헤매는 현재와 일상성에 침윤된 자신을 돌아보는 과거에 대한 회상의 시간적 교차 속에 적절히 표현되고 있다. 말하자면 그에게 하나코는 일상성으로부터의 탈출 욕망을 상징하는 이름인 것이다. 물론, 그것은 하나코의 생각이나 의지와는 아무런 상관도 없는 그의 지극히 편리한 자기중심적 욕망일 따름이다. 대학 시절부터 사회 초년병 시절에 그와 그들이 하나코를 아무런 배려 없이 만났던 것처럼……. 결혼을 하고 삼십대 초반이 된 현재까지도 그에게 하나코는 권태로부터 벗어나고 싶은 순간에 필요한 존재인 것이다.

그들 모임에 분위기 쇄신이 필요할 때라든가, 각자 사귀고 있던 여자와의 까다로운 심리전에 지쳐 있을 때, 또는 그렇고 그런 각자의 얼굴에 조금은 싫증이 나지만 안 볼 수 없는 관성 때문에 만나서 술잔이나 기울이게 되는 그런 모임이 있을 때 그들은 하나코에게 전화를 걸었다. 전화를 받으면 그녀는 늘 흔쾌히 그들과의 만남을 수락했으며, 기억하건대 한 번도 설득되지 않을 만한 이유로 그들의 제안을 거절한 일이 없었다.

하나코는 공기나 혹은 적당한 온기처럼 늘 흔적 없이 존재했지만 어떤 사건 이후로 그와 그들 곁에서 사라져버렸던 것이다. 삼십대 초반이 된 그는 다시 일과 친구 교제와 결혼의 반복되는 일상으로부터 벗어나길 갈망하게 되고, 하나코가 이탈리아에 있다는 소식을 듣게 되며, 이전에 그랬던 것처럼 하나코가 권태로운 일상으로부터 그를 구해줄 것을 기대하고 있는 것이다.

그는 로마에서의 업무를 마치고 베네치아에서 머무는 시간 속에서 하나코에 대한 기억을 강박적으로 떠올리고 있다. 하나코에 대한 기억은 단순히 과거 사실에 대한 회상의 의미만을 가지는 것이 아니라 베네치아에서의 그의 의식을 지배하며, 일탈에의 욕망을 끊임없이 불러일으킨다. 그나 그의 친구인 그들이 조금만 노력하고 배려를 했다면 연인으로 발전하거나 결혼을 했을지도 모를 만큼 가까이 있던 여성인 하나코를 이국의 여행지에서 만나 권태에 찌든 일상성으로부터 탈출하고 싶은 것이다.

이처럼 강박적으로 하나코에 대한 기억이 떠오르는 것은 이상한 일이었다. 강박적 그보다는 고집스럽게라고 말하는 편이 낫겠군, 하고 그는 중얼거렸다. 그녀가 산다는 곳에서 멀지 않은 곳까지 와 있기 때문일까, 아니면 안개와 미로 같은 짧고 좁은 길과, 길을 따라가다 보면 어김없이 한끝이 드러나는 물 때문일까.

그러나 베네치아에서 그는 하나코에게 전화만을 걸었을 뿐이며, 아무런 사건도 일도 일어나지 않았다. 추억과 욕망을 나타내는 문장들이 있었을 뿐 현재형으로 아무 일도 일어나지 않았다. 침착하고 예전과 같으면서도 달라진 그녀의 목소리는 "그때까지 그를 사로잡고 있었던 조심성이 사라짐을 느꼈다"나 "그는 갑자기 힘이 조금 빠지는 것을 느꼈다"에서 보듯이 한순간에 그를 사로잡고 있던 조심성과 긴장감을 사라지게 만들었다. 결국 그는 그녀를 만나는 일이 엄두가 나지 않아 전화만 하고 로마를 거쳐 서울로 돌아와서(그의 친구들이 모두 하나코에게 전화만 한 채 그냥 돌아가고 말았던 것처럼) 예전과 같은 일상 속에 파묻히고, 또한 불화상태의 아내와도 적당히 타협하는 남성으로 살아가게 된다.

그것이 바로 평범한 삶을 살아가는 현대 도시남성의 전형적이고 현실적인 모습일 것이다. 그가 안개와 물, 그리고 미로 투성이의 도시 베네치아의 거리를 헤매는 동안 그의 내면은 하나코를 만나 일상성으로부터 탈출하고 싶은 욕망의 미로를 방황했던 것이다. 그러나 그 불투명한 욕망의 미로는 하나코와의 전화 통화를 통해서 사라지게 된다. "미로 속으로 들어가라. 그것을 두려워할수록 길을 잃으리라"라고 한 발단 첫머리의 예언적 구절이 암시하듯이 절정단계에서 화자가 하나코라는 미로를 찾아 베네치아까지 갔기 때문에 오히려 일상성으로부터 탈출하고 싶은 욕망의 미로를 벗어나 다시 일상성의 세계로 복귀할 수 있었던 것이다.

그가 욕망의 미로에 강렬하게 사로잡혀 있었음에도 일탈을 하지 않은 것은 성숙하고 흔들림 없는 인간 하나코의 반응 때문이었다고 할 수 있다. 그가 전혀 배려하지도 심각하게 사랑하지도 않았던, 마치 그의 사소한 욕망의 배설구처럼 제멋대로 편리하게 이용하던 하나코, 한 번도 진지한 의식 속에 존재하지 않던 하나코는 그러나 그의 자기중심적인 욕망과는 별도로 우뚝 선 성숙한 인간으로 존재했던 것이다. 이 작품의 결말에서 하나코는 그와 그들의 일상성을 비웃기라도 하듯이 높은 자아실현을 추구하는 인물로 그려지고 있다. 세계적인 의자 디자이너로 성공하여 귀국하게 된다는 그녀에 대한 기사를 읽게 되는 작품의 결말은 다분히 작위적이며, 유치한 통속성을 보여주지만 작가는 메시지의 전달을 위해서 다소 유치할 정도의 통속적 자아성취의 장치를 사용한 듯하다.

그나 그의 친구가 현대의 대량생산체계 내의 모자라는 상품을 만드는 일에 종사하는 반면에 하나코는 의자 디자이너로서 신체적인 편안함과 감각적인 미를 동시에 겨냥하는 독특한 디자인을 추구하는 창조적인 일에 종사하는 것으로 그린 것도 주목해보아야 할 점이다. 즉 '그'는 대량생산과 대량소비로 특징지어지는 현대 산업사회의 상품처럼 규격화되고 획일화된 삶 속에 놓임으로써 일상성에 매몰되고 소외된 현대인의 대표적 초상이 된다. 반면에 '하나코'는 의자 디자인이란 일상성을 벗어난 창조적인 일을 통해서 자아실현을 성취하는 주체적 인물이며, 그런 의미에서 "오똑하게 돋아난 코가 더욱 부각되어" 보이는 자존심 높은 인물인 것이다. 즉 객체화되고 소외된 수많은 '그'와는 뚜렷이 대비되는 주체적 인물인 것이다.

일상성을 벗어나기 위해 또 다른 욕망의 미로를 헤매는 '그'는 결국

현대 도시남성의 보편성을 그라는 익명성 속에 숨기는 대명사라고 할 수 있다. 그는 수많은 그들에 다름 아니며, 일상성에 매몰된 채 살아가는, 때로 끊임없이 반복되는 일상성으로부터 탈출하기를 욕망하는 소외된 현대사회 대중의 대명사인 것이다.

3. 거대서사로부터의 탈피

일상성 너머에 잠재된, 인간의 무의식적 욕망은 바로 안개, 물, 미로의 이미지를 가진 '베네치아'로 적절히 상징화되고 있다. 베네치아는 세계적인 관광도시로서 여행자로 하여금 해외여행이 주는 자유로움과 일탈에의 꿈을 안겨주는 장소이다. 작가 최윤은 베네치아를 공간적 배경으로 삼으면서 풍부한 시적 이미지와 은유, 그리고 상징들을 통해서 작품의 분위기 창조에 성공하고 있다.

> 폭풍이 이는 날에는 수로의 난간에 가까이 가는 것을 금하라. 그리고 안개, 특히 겨울 안개에 조심하라……. 그리고 미로 속으로 들어가라. 그 것을 두려워할수록 길을 잃으리라.

작품 모두(冒頭)에서부터 치밀하게 의도된, 잠언과도 같은 위의 인용문은 이 작품을 이해하는 실마리를 제공한다. 폭풍, 수로, 난간, 안개, 미로와 같은 단어는 비현실적이고 환상적인 작품 전체의 분위기를 창조하고 있다. 마치 미로 속을 헤매는 듯한 인간의 일탈에의 욕망은 적절한 시적 이미지와 미묘하고 이중적인 뉘앙스를 갖게 하는 문체적 개성 속에서 적절히 환기되고 있다. 베네치아는 하나코가 가까이 있는 도시로서 그에겐 일탈에의 욕망을 구체적으로 불러일으키는, 욕망의 미로를 상징하는 도시인 것이다. 최윤의 문체는 때로 번역문을 읽는 생소함과 난해함, 그리고 관념성을 느끼게 하지만 이 작품에 있어 까끌까끌하게 읽히는 문체적 특징은 술술 읽히는 유려한 문체와는 달리 독자로 하여금 머물러서 생각하게 만드는 장점으로 작용하는 듯하다.

'하나코는 없다'란 제목은 그(그들)가 욕망하던 하나코는 없다는 의미일 것이다. 이때 하나코는 욕망의 대상으로서의 하나코일 터이다. 그러나 하나코로 표상되는 일탈적인 욕망의 미로는 없다. 왜냐하면, 하나코는 그의 욕망의 대상으로서가 아니라 우뚝 선 주체적 인간으로 존재하고 있었기 때문이다. 그가 명명한 하나코와 지시대상인 실재의 하나코는 무관했음이 결말에서 분명히 드러난다. 시니피앙과 시니피에의 불일치와 분리를 작가는 '하나코는 없다'라는 메타언어를 사용함으로써 비판한 것으로 보인다.

작중의 그가 겪고 있는 일상성이란 가장 지겨워하며 벗어나고 싶은 대상이다. 그것은 삶의 공허감, 무의미성, 권태감과 무료함을 느끼게 하며, 그래서 그것으로부터 벗어나고 싶게 만들지만 정작 그 일상성으로부터 벗어나게 될까봐 전전긍긍하게 만들기도 한다. 그가 하나코에게 전화 통화만 한 채 서울로 돌아오고 마는 데는 하나코의 의연한 반응도 반응이지만 일상성으로부터 벗어나게 될까봐 전전긍긍하는 현대인의 실상을 반영하는 것이다. 그는 일, 교제, 결혼의 지긋지긋하게 반복되는 무의미성과 권태로운 일상성으로부터 벗어나길 갈망했고, 그래서 멀리 이탈리아의 베네치아까지 갔지만 결국은 일상성의 그 권태로운 세계로 복귀하지 않을 수 없었던 것이다. 그것이 바로 일상성의 참모습이다. 반복되는 일상적 삶의 권태와 무력감은 때때로 일탈적인 욕망의 미로 속으로 자신을 방기하고 싶은 충동을 갖게 한다. 그러나 결국 일상성의 세계로 복귀하지 않을 수밖에 없는 것이 현대의 평범한 인간들의 참모습이다. "미로 속으로 들어가라. 그것을 두려워할수록 길을 잃으리라"라고 했듯이 삶에 있어서 일탈적인 욕망의 미로를 회피하기보다는 직시하고 그 한가운데로 가보는 것이 오히려 미로에서 벗어나는 지름길임을 작가는 말하고자 한 것인지도 모른다.

현대사회에서의 일상생활의 중요성을 절감하고 일상성에 대한 철학적 분석을 시도했던 앙리 르페브르는 일상성이란 고도로 발달한 현대사회의 도시적 특징이며 일상성과 현대성은 마치 동전의 앞뒷면처럼 오늘날 우리 사회의 시대정신의 양 측면이라고 말했다. 현대성이 일상성을 후광으로 장식하고, 또 그것을 뒤덮는다. 현대성은 일상성을 비추어주고 또 그것을 슬쩍 감추기도 한다. 일상이란 보잘것없으면서도 견고한 것이고, 당연한 이야기지만 부분과 단편들이 하나의 일과표 속에서 서로 연결되어 있는 어떤 것이다. 일상성과 현대성은 각기 서로를 드러내고 은폐하며 또 서로를 정당화하고 보상한다. 일상성은 하찮음 속에서 반복들로 이루어진다고 보았다. 르페브르는 현대세계 속에서 일상성은 주체이기를 그치고 객체화되었다고 보고, 이러한 일상성을 통한 소외현상의 편재화에 주목했던 것이다. 한편, 이탈리아의 사회학자 프랑코 페라로티(Fraco Feraroti)는 『비역사주의적 역사성』에서 현대에서 주체로서의 거대한 역사는 더 이상 존재하지 않으며, 오히려 일상의 잡다하고 다양한 삶의 이야기들의 역사만이 있을 뿐이라고 했다.

그렇다. 우리나라의 1990년대 소설도 거대서사(grand-narrative)에 대한 수용을 거부하고, 미시서사(micro-narrative)에 대한 관심을 표명한다. 이는 해체주의나 포스트모더니즘 소설의 특징적 측면이기도 하다. 이 작품에서 평범한 현대 도시남성을 주인공으로 삼으며, 부유하는 일상적인 삶의 이야기를 그린 것은 현대사회와 인간의 진실을 일상성 속에서 재발견한 작가의 세계관과 인간관의 반영일 것이다. 특히, 이 작품이 '그'라는 화자이자 주인공에게 이름을 부여하지 않고 '그'라는 대명사를 통해 익명화한 것은 개체로서의 개성을 상실한, 몰개성화된 현대인을 상징한 것이라고 할 수 있다. 즉 일상성에의 함몰은 특별한 개개인의 문제가 아니라 현대인의 보편화된 소외된 삶의 문제임을 말하고자 한 것이다.

1980년대의 한국소설이 거창한 역사사회적 거대서사에만 주목했던 것과는 달리 1990년대 소설은 거대서사에 대한 관심으로부터 벗어나며 일상성에 대한 새로운 관심을 보여주고 있다. 무거운 이데올로기에 경직된 거대서사에 대한 관심으로부터 하찮은, 그러면서도 그 하찮음과 평범성 속에서 1980년대에는 미처 깨닫지 못했던 삶의 진실을 발견하게 된 것은 1990년대적 소설 인식의 변화이다. 이미 1980년대의 우리 시가 도시적 삶의 일상성을 형상화해냈던 것과는 다소 시차를 둔 현상이다. 이처럼 일상성의 세계에 관심과 주목을 표명하게 된 것은 탈이데올로기와 탈중심을 표방하는 포스트모더니즘이 수용된 이후의 세계관의 변화를 반영하는 것이라고 할 수 있다. 일상성에 대한 재발견을 통해 우리 사회는 삶의 구체성을 획득하는 단계로 한 걸음 성숙할 수도 있으며, 이는 정치적 민주화에도 기여할 수 있을 것이다.

(『조선문학』 1995년 1월호)

8. 소설의 장편화 또는 포스트모더니즘화 현상

📖

– 하창수의 「무비로드, 혹은 길의 환상」

1. 월평을 쓸 단편이 없다.

요즘 소설에 관심을 가진 문인과 국문학자들이 모인 자리에서 나오게 되는 화제 중의 하나는 소위 단편의 시대가 가고, 장편의 시대가 도래했다는 것이다. 평론가 오양호는 『현대문학』(1994년 2월호)의 월평란에서 월평을 할 단편조차 없다고 불평한 바 있다.

가령 대표적인 종합문예지인 『현대문학』은 금년(1994) 2월호에서 제 1회 '새로운 작가상' 수상작인 장편소설 오수연의 『난쟁이 나라의 국경일』의 전재 때문이라고는 하지만 단 한편의 단편소설조차 싣고 있지 않다. 이런 현상은 3월호에 와서도 크게 달라지지 않았다. 구효서의 「목신의 오후」란 단편소설을 한 편만 싣고 있기 때문이다. 『현대문학』은 작년까지만 하더라도 다른 문예지에 비하여 단편소설에 가장 많은 지면을 할애해 왔다는 것을 고려하면 이러한 편집 방향의 선회는 주목해야 할 큰 변화라 하지 않을 수 없다.

『문학사상』2월호의 경우에도 윤후명의 「불의 한가운데」, 한수산의 「첼로가 있던 겨울」이란 장편 연재소설과 박영애의 중편 분재인 「지붕 없는 집」 이외에 하창수의 중편소설 「무비로드, 혹은 길의 환상」과 단편소설로는 이성준의 「생고무 사나이」가 유일하게 실리고 있다. 3월호에도 단편소설은 단 두 편만이 실리고 있다. 『조선문학』 역시 장편 연재소설 이종은의 『노라는 섬으로 간다』 외에 단편소설은 이 달의 단편소설란에 단 한편만을 싣고 있다. 격월간으로 발간되는 『한국문학』만이 1·2월호에서 세 편의 단편소설을 싣고 있어 그 중 가장 많은 단편을 게재했다.

이러한 현상은 우리의 소설문학이 장편화되는 현상으로 받아들여야 할 것 같다. 그런데 소설의 장편화 현상을 어떻게 해석해야 할 것인가. 소설문학의 본령이 장편소설에 있다고 생각해보면 단편에서 벗어나 장편화되는 현상은 바람직한 현상으로 받아들일 수 있을 것이다. 그동안 장편소설이 신문 연재와 계간 문예지에서 주로 그 발표지면을 얻었고, 월간 문예지에서 소외되었던 점을 감안한다면 더욱 그렇다. 특히 신문에 연재해야 되는 성격상 장편소설이 대중적 통속적 요소를 배제하지 않을 수 없었던 점을 생각한다면 문예지가 장편소설에 대폭 지면을 할애하기 시작한 것은 반가운 일이다. 그것은 장편소설이 대중화와 통속화의 길을 벗어나 본격적인 예술성을 추구할 수 있는 좋은 기회를 맞은 것이라고 하지 않을 수 없다.

하지만 그것이 굳이 단편소설에 할애하던 지면을 축소시킴으로써 가능했다는 것은 소설이란 장르를 아끼는 독자로서 심히 유감스러운 일이라고 하지 않을 수 없다. 아무튼 갑자기 소설가들이 모두 장편소설 창작으로 전향했을 리는 없고, 이제 단편소설은 발표할 지면을 잃어버린 것은 아닌가 우려가 된다. 더욱이 이러한 현상이 문학 자체 내에서 일어난, 산문정신의 자연스런 장편화에 따른 것이 아니라 소설책의 판매라는 상업주의적 차원에 편승하여 일어난 현상이라면 보통 일이 아니다. 장편소설이라야 팔리고, 이 팔리는 장편소설을 선점하기 위한 방편으로 잡지사가 경쟁적으로 장편소설의 필자를 잡아두자는 것이 혹시 월간 문예지에서 단편소설이 사라지게 만든 원인은 아닌가 염려되는 것이다. 요즘은 처음부터 장편소설을 전작 출판함으로써 아예 등단과정도 거치지 않고 곧바로 소설가로 데뷔하는 일도 비일비재하고, 대개의 장편소설은 단편소설집에 비할 때에 잘 팔리기도 하니까 월간 문예지가 돈도되지 않을 단편소설을 게재하는 일은 경영학적으로 수지타산이 맞지 않는 일일 수 있다. 어쨌든 우리나라의 현대소설사는 유독 단편소설을 통해서 그 예술성과 순수미학을 추구해온 전통을 생각해볼 때에나 단편소설을 읽는 즐거움을 빼앗겼다는 점에서나 독자로서는 여간 섭섭한 일이 아닌 것이다.

앞으로는 소설의 월평란은 당연히 바뀌어야 한다. 연재되는 장편소설은 작품이 끝날 때에 소설평을 쓰면 되니까 이젠 잡지에 실린 작품만을 대상으로 월평을 하던 데서 나아가 그 달에 출판된 장편소설 및 소설집을 대상으로 소설평을 써야 한다. 그렇게 될 경우에 소설평을 쓰는 평론가의 부담은 엄청나게 커지게 마련이다. 그렇지 않아도 이 잡지 저 잡지를 두루 찾아 읽어야 쓸 수 있는 월평은 평론가에게는 별 매력이 없는 글쓰기인데, 이래저래 월평은 달갑지 않은 글쓰기가 되고 말 것이다.

월간 『조선문학』이 다른 잡지와 달리 계절평란을 만든 의도는 어떤 의미에서는 이러한 시대적 흐름과 무관하지 않을 것이다. 월평을 통해서는 일정 기간의 소설적 흐름을 파악하기는 쉽지 않다. 하지만 분기별로 씀으로써 잡지뿐만 아니라 같은 기간 내에 출판된 소설작품들까지도 그 대상에 포함한다면 기존의 월평으로서는 파악할 수 없던 소설문학의 분기별 흐름을 파악할 수 있는 장점이 있다고 생각한다.

2. 포스트모더니즘 소설

『문학사상』2월호(1994.02)에 실린 하창수의 「무비로드, 혹은 길의 환상」은 더이상 소설이란 소설가의 독창적인 상상력에 의하여 창작될 필요가 없는, 상상력의 고갈, 또는 인간의 독창적인 정신세계를 부정하는 막다른 단계에 접어들었음을 보여준다. 20편의 영화를 늘어놓고 이 연속되는 영화(무비)의 길을 따라감으로써 독자가 알아서 실종된 소설가의 의도 내지는 실종인지 자살인지의 여부를 알아내라는, 독자의 참여를 고도로 요구하는 수준을 넘어서서 폭력적으로 독자로 하여금 작가의 의도를 알아차리라고 이 작품은 요구한다. 이 작품을 제대로 이해하고 싶은 독자라면 20편의 영화를 보는 성의쯤은 가지고 있어야 한다. 이 스무 편의 영화는 마치 스무고개의 수수께끼처럼 작중의 모호한 실종사건에 대한 단서들을 제공한다.(작품 속에 제시된 영화가 스무 편이라는 것은 스무고개 수수께끼 놀이를 암시하는 것으로, 작가의 의도가 교묘하게 반영된 것임에 독자는 유의해야 한다.) 작중 화자인 해직교사와 주인공의 실종을 담당하고 있는 형사라는 사람은 영화의 사이사이에 끼어들면서 독자의 상상력을 돕는 또는 방해하는 역할을 하고 있다.

그러면 소설 장르에 영상예술인 영화 장르를 혼합한 혼성모방을 통하여 작가는 무엇을 의도하는가. 작가의 간섭 없이 무비 로드를 따라감으로써 독자 스스로가 알아서 의미를 합성해보라는 뜻일 것이다. 작가의 친절을 기대하지 말고 독자가 제시된 영화들로부터 얻은 힌트들을 가지고 실종사건에 대한 의미를 추구해보라는 뜻일 것이다. 이러한 의미의 열어놓기를 통하여 작가는 저자의 죽음을 말하며, 의미의 다원화를 추구하려는 것인지도 모른다. 포스트모더니즘의 기법 중의 패스티시(pastiche)에 해당되는 방법일 것이다.

알다시피 패스티시는 언어와 절대논리에 대한 불신과 객관적 진실이 모호해지고 그 대신 주관적 진실의 추구가 증가되는 데서 발생된 포스트모더니즘의 핵심적 기법에 해당된다. 리얼리티가 아니라 리얼리티가 달리 드러나는 허구화 과정을 그린 메타픽션(meta-fiction)에서는 소설가에 대한 소설 쓰기로 반영되어 있다. 언어의 심층구조를 잃어버리고 언어의 표층적인 이미지와 기호의 세계에 집착하는 패스티시의 기교는 어떤 면에서는 영화의 영상 이미지와 닮아있다.

MISSING. 감독 콘스탄틴 코스타 가브라스, 잭 레몬. 시싯 스페이섹 출연. 1982년 제작 러닝 타임 122분. 남미의 유혈 쿠테타를 취재하던 중 사라져버린 젊은 미국인 기자와 그의 아버지, 그리고 그의 아내 사이에서 일어나는 일을 그린 정치 드릴러. 별 다섯 개짜리 영화임에도 불구하고 폭력과 과다노출, 신성모독 등으로 R등급.

그가 사라졌다.

아니, 그가 사라졌다고 한다.

왜? 무엇 때문에 그는 사라져버린 것일까?

죽었을까?

사고? 자살?

아니면 잠시 어디로 피신한 것일까?

이것이 이 소설의 도입부이다. 나이 서른넷의 문단경력 7년의, 문화센터에서 주부를 대상으로 문예창작입문 강의를 하는 소설가의 실종은 문화센터의 동료인 해직 영어교사의 시각과 담당형사의 전혀 다른 상반된 시각, 무엇이 진실인지 모를 소설가의 실종에 대한 상반된 이해를 드러내 보여줌으로써 더욱 진실에 대한 이해를 방해하는 결과로 독자를 몰아가고 있다. 어떤 의미에서는 전혀 일치하지 않고, 전혀 엉뚱하기까지 한 두 사람의 상반된 시각을 통하여 객관적인 진실이란 이미 존재하지 않는다는 작가의 포스트모던한 세계관을 반영하는 것일지 모른다. 특히 형사란 사람의 직업적 욕망에 따라 소설가의 실종이 전혀 엉뚱하게 굴절되는 과정을 드러냄으로써 진실이란 아예 부재하며 욕망과 정치성에 물들어 있는 허구만이 존재하는 현실을 작가는 역설적으로 드러내고 있다.

MEPHISTO. 감독 이스트반 자보, 크라우스 마리아 브란다우어, 크리스티나 얀다 주연. 1981년 아카데미 외국어 영화상 수상작품. 예술적 성공을 향한 뒤틀린 욕망, 뒤틀린 사랑, 정치의 광기에 필적하는 인간의 곤혹스런 양심과 병적인 통찰. 그 뒤에 오는 것은 그 뒤에 올 수 있는 것은, 그 뒤에 와야하는 것은 무엇인가? 파멸인가? 파멸이라면, 왜 파멸이어야 하는가? 그리고 그때 그 파멸은, 과연 파멸인가? 이 물음들 속에 던져져서 허우적이는 별 다섯 개짜리 영화. 상영시간 135분.

나는 형사와 헤어져서 집으로 돌아오고 있다.

나는 더 이상 그의 실종에 대해 생각하지 않는다.

그가 만약 떠나고 싶어 했다면, 내가 의문을 가진다고 해서 알아질 수 있는 것이 아닐 것이다. 의문은 반드시 풀려야 한다는 믿음은 이제 바뀌어져야 한다. 더구나 그것을 소설이나 영화 따위가, 혹은 인간의 사소한 삶의 형식이 어떤 식으로든 떠메고 다녀야 한다는 것은 지나친 욕심이다.

작품의 결말 뒷부분의 일부를 인용했다. 스무 번째 영화를 통해서 암시하고자 하는 바는 아마도 소설가의 실종이 "예술적 성공을 향한 뒤틀린 욕망, 뒤틀린 사랑, 정치의 광기에 필적하는 인간의 곤혹스런 양심과 병적인 통찰"과 그 뒤에 오는, 또는 올 수 있는 파멸과 관련된 것이 아니겠는가 하는 것이다.

하지만 다시 소설의 화자는 "의문은 반드시 풀려야 한다는 믿음은 이제 바뀌어져야 한다. 더구나 그것을 소설이나 영화 따위가, 혹은 인간의 사소한 삶의 형식이 어떤 식으로든 떠메고 다녀야 한다는 것은 지나친 욕심이다"라고 결론을 내린다. 이제까지의 소설 쓰기에 대한 완전한 부정이다. 스무 개의 영화를 통하여 조금씩조금씩 소설가의 실종이라는 진실에 접근한 듯하다가 마지막에 가서는 의문은 반드시 풀려야 한다는 믿음 자체가 잘못되었다는 허무주의적 결론에 다다름으로써 지금까지의 써온 소설의 의미를 지워버리고 마는 것이다.

한 소설가의 실종의 의미를 찾는 추리소설적 기법을 동원한 이 소설은 결국 동료인 영어강사의 추리와 형사의 추리의 이중의 굴절을 통하여 진실이란 존재하지 않는다는 것을 보여주는가 하면 어쩌면 결말의 마지막 영화를 통해서 보여준 화자의 외출 또는 가출에의 욕망을 통하여 아예 처음부터 실종된 소설가는 존재하지 않으며, 정작 이 작품이 표현하고자 하는 바는 서술자 자신의 또는 작가의 이 세계로부터 사라지고 싶은, 실종에 대한 욕망, 그 환상적 꿈에 있다는 생각에 독자를 도달하게 만든다. 언어는 존재하지 않으며, "삐유삐융, 억, 큭, 으라샷" 하는 전자음향과 "번득이는 빛과 현란한 색채"의 컴퓨터게임에 열중하는 아이들, 메모를 남기고 외출한 아내, 월수입 80만원이나 100만원의 강사료로 가족을 부양해야 되지만 정작 가족으로부터도 배제된 남성이 집과 불안정한 직장인 문화센터 사이를 왔다 갔다 해야 하는 소외감이 실종 또는 외출에의 환상에 사로잡히게 만들었는가.(이는 가부장적 가족으로부터 소외된 여성을 그린 페미니즘 소설이 여성의 외출이란 모티프를 즐겨 사용하는 것과 매우 닮아 있다.)

환상과 현실의 구분이 의미 없어지는, 무비(환상)의 세계와 길(현실)의 세계의 경계가 무너지는 "자동차를 타고 이 세상으로부터 빠른 속도로 사라지는" 거대한 영상 이미지로 소설의 대단원을 장식함으로써 작가는 소설에 대한 부정, 소설의 죽음, 소설적 언술에 대한 부정과 파국을 역설적으로 드러내고 있는 것은 아닌가 여겨진다. 그 죽음과 부정의 자리에 대치된 것이 영상 이미지인 셈인데, 현실보다 더욱 리얼한 후기산업사회의 하이퍼리얼리즘의 영상에다 언어예술인 소설은 자리를 내주고 말았다는 의미일까? 작중의 실종된 소설가가 소설가이면서도 정작 소설에 대해서가 아니라 영화에 대해서 화제를 삼으며 영화에 대해 애증의 모순된 태도를 보이고 있다는 것도 의미심장하다.

아무튼 요즘의 소설 읽기는 매우 어렵다. 『문학사상』 2월호의 이성준의 「생고무 사나이」도 알레고리 기법으로 쓴 소설로서 알레고리 역시 포스트모더니즘의 한 기법에 해당된다. 제시된 의미 뒤에서 또 다른 의미, 진술된 언술 뒤에 가려진 진짜 의미의 읽기에 독자는 골몰하지 않으면 안 된다.

생소한 첨단적 기법과 실험정신에 집착하는 젊은 소설가들의 의욕은 바람직한 것이고, 90년대에 들어선 소설문학은 눈에 뜨이는 왕성한 실험정신의 와중에 휩싸인 모습을 하고 있다. 대학에서 탄탄히 문학 공부를 한 젊은 작가들이 첨단적인 소설기법들을 창작에 자유자재로 응용할 정도로 우리의 문학창작교육은 이젠 일정한 수준에 도달했음을 요즘의 소설작품에서 느끼게 된다. 이론적으로 무장한 소설가들에 의하여 소설적 기법들이 자유자재로 구사되는 단계에 접어든 한국소설은 이전의 소설사에서 찾아볼 수 없을 만큼 기법적인 면에서, 또한 감각적인 문체면에서 괄목할 만한 성장의 시기를 맞이한 셈이다.

이들은 리얼리즘 소설이 추구하는 거대서사에 매달리지 않는다. 료타르나 푸코의 주장처럼 거대한 것보다는 작은 것, 전반적인 것보다는 국부적인 것, 그리고 총체적인 것보다는 파편적인 것을 더욱 설득력 있는 이론으로 받아들이고 있는 것이다.

그런데 거대서사에 익숙해진 우리 독자의 대부분이 패러디, 패스티시, 알레고리 등 포스트모더니즘의 첨단적 기법과 세련되고 감각적인 문체로 쓴 소설들을 읽고 났을 때에 느끼는 허무감은 그들이 추구하는 포스트모던 기법과 그 세계관에 아직 친숙할 수 없는 문화적 이질감으로부터 발생된다고 생각한다. 익숙하지 않은 것에 대한 낯설음과 작가의 폭력적인 불친절함은 독자들로 하여금 소설 읽기 자체를 포기하도록 만들고 있다는 사실에 작가들은 관심을 기울여야 할 것이다. 새로운 기법과 실험정신에 평론가들이야 첨단적으로 반응을 보이겠지만 일반적인 독자들의 소설 읽기에 대한 기대가 무엇인가를 겸허하게 생각해

본다면 작가는 첨단적 소설기법에 대한 신기성에만 사로잡힐 것이 아니라 독자에 대해서 조금은 친절해져야 할 필요가 있다고 생각한다.

(『조선문학』 1994년 4월호)

9. 세기말의 서사정신, 소설의 전망

1. IMF시대의 소설문학

소설이 현실의 반영이든 굴절이든 또는 새로운 현실의 창조든 현실세계의 역사적 사회적 경험은 특히 소설 장르와 불가분의 관계를 맺지 않을 수 없다. 해방 이후 우리의 소설사는 1945년의 해방과 함께 1950년의 6·25, 그리고 1960년대 초반의 4·19와 5·16, 1970년대의 유신독재, 1980년대의 5·18광주민주화운동과 같은 격동의 역사적 사회적 경험세계와 마주쳐 오지 않을 수 없었다. 그리고 그 역사적 사회적 경험들은 어김없이 반영, 굴절, 창조와 같은 소설미학의 통로를 거쳐 소설적 현실로, 즉 역사적 세계가 소설적 허구의 세계에 영향을 미쳐온 것이 사실이다.

1990년대에 접어들어 우리는 수십 년에 걸친 군부독재를 청산하고 문민정부를 탄생시켰으며, 1997년 말에는 우리의 헌정사상 최초로 선거를 통한 여야의 정권교체를 성취하였다. 하지만 정치적 선진화와 민주화를 성취해 낸 기쁨을 만끽할 틈도 없이 우리에겐 경제대란이라 일 컬어지는 IMF시대가 닥쳐왔다. 일찍이 경험해본 바 없는 IMF시대를 맞 아 우리는 수십 년간 쌓아온 경제 틀을 근본부터 다시 짜게 만드는 개혁 을 요구받고 있으며, 성장만능과 소비만능주의에 빠져 흥청망청 소비를 미덕으로 여겨온 가치관과 생활습관에 근본적 수술을 요구받기에 이르 렀다. 나아가 국민소득 1만 불의 상승가도가 급전직하 6천 불로 하강함 으로써 수많은 실직자가 발생하여 사회적 불안을 야기시키고 있다.

이러한 시대적 분위기는 당연히 문화와 예술의 위축으로 나타나고 있 다. 문화와 예술에 대한 예산 감축이 최우선적으로 고려되고 있으며, 기 업들의 잇단 부도와 경기불황은 문화와 예술에 대한 지원을 불가능하 게 만들고 있다. 특히, 출판사와 대형서점 등 유통사의 연쇄부도와 종이 값 등 제작비 상승, 책 발행 감소 등으로 이어지는 출판 여건의 악화는 그렇지 않아도 만성적자에 허덕이는 문학잡지들의 정간, 폐간, 또는 지 면 축소 등의 여파를 몰고 와 문학계는 IMF의 거센 파고를 실감하고 있 는 상황이다.

1980년대 초반 전두환 신군부가 언론 통폐합를 단행하면서 『창작과 비평』이나 『문학과 지성』과 같은 유수의 문학잡지를 강제로 폐간시킨 바 있었는데, 이제 IMF시대는 정치논리에 따른 강제적 폐간조치가 아니 라 경제논리에 따른 자발적 폐간으로 이어짐으로써 문학의 위축을 초 래하고 있다. 특히, 발표지면의 축소는 시와 같은 짧은 장르보다는 소설 과 같은 긴 장르의 위축을 초래할 가능성을 더욱 커지게 만든다. 1980 년대 초반의 억압적 정치 분위기는 소설문학의 위축으로 나타났는데, 1990년대 후반에 불어 닥친 IMF체제는 어떤 결과를 초래할지 두고 볼 일이다.

이미 1990년대에 접어들면서 우리의 문학잡지는 단편소설을 수록하기 어려운 상황에 빠져 있었다. 왜냐하면 단편소설은 예술성을 추구할 수는 있으나 소설이 중요한 문화상품이 되어 소위 밀리언셀러가 등장하고 있는 상황에서 단편소설을 묶어낸 소설집은 상품가치가 없다고 판단하는 잡지사와 출판사 그리고 작가의 공동인식은 질 높은 단편소설을 읽기 어렵게 만들어 온 것이 사실이다. 이러한 상황은 1990년대 후반에는 더욱 심화될 것으로 보이며, 당연히 전작 장편의 발간 쪽으로 소설의 중심축이 옮겨질 가능성이 더욱 높아진다 하겠다. 1990년대 후반기의 여러 상황은 역량 있는 작가들을 상업성이 있는 장편 대중소설을 쓰도록 내몰 것으로 생각되며, 따라서 문학성 높은 단편소설은 위축될 전망이다. 그리고 문단의 등단절차를 밟지 않은 신인들이 아무런 검증과정 없이 전작 장편소설을 출판함으로써 소설문학의 질적 저하가 우려되는 역기능적 현상도 여전하리라고 생각된다. 결국 1990년대 후반에 순수소설과 상업적인 대중소설의 양극화 현상이 더욱 심화됨으로써 오락성의 대중소설만이 출판시장을 석권하는 현상에서 벗어나기 어려울 것이다.

한편, '국민의 정부'를 자처하는 김대중 정부는 역대의 어느 정권보다 진보적 색채를 띠고 있는 만큼 1980년대 초반 신군부의 억압적 분위기 속에서 초래된 산문정신의 위축에 따른 소설의 위축과 같은 현상은 나타나지 않으리라 생각한다. 소설의 위축은 어디까지나 발표지면의 축소에 따른 위축을 의미하는 것일 뿐 정치적 이유에 따른 문학적 금기가 사라진 자유로운 분위기 속에서 창작 여건은 이전보다 나아질 것으로 보인다.

가령, 1980년대 후반에는 해금조치에 따라 납·월북 문인에 대한 연

구가 활발해지고, 이태의 『남부군』, 조정래의 『태백산맥』과 같은 금기시
되던 이데올로기의 갈등을 다룬 작품이 나올 수 있었다. 그리고 1990년
대 후반에는 정치적 이데올로기적 금기가 사라지고 문화와 예술에 대
해 규제를 완화하겠다는 김대중 대통령의 약속이 있었다. 그에 따른다
면 우리의 소설문학은 그 어느 때보다도 소재를 다루는 자유로움을 한
껏 만끽할 수 있을 것이다.

특히, 그간 후일담소설에서 보듯 주변적으로 다루어져 오던 '5·18광
주 민주화운동'을 본격적인 소재로 다룬 소설들이 다수 나올 수 있을 것
이며, 남북문제 및 통일을 전향적으로 다룬 작품들이 발표된다면 1980
년대의 이병주의 『지리산』(1985), 김원일의 『가까운 골짜기』(1987), 조
정래의 『태백산맥』(1989)의 계보를 이어나갈 수 있을 것으로 전망된다.
이미 임철우는 1980년의 광주를 소재로 한 대하소설 『봄날』(전5권)(문
학과 지성사, 1998)을 완간하여 내놓았다. 그간 광주문제를 다루어 온
한승원, 윤정모, 문순태 등에 이어 임철우의 첫 대하소설 『봄날』은 향후
광주문제를 다양한 시각에서 재조명하도록 영향을 미칠 것이 예상된다.

2. 세기말의 서사정신과 포스트모더니즘

1990년대 말은 단순히 1990년대의 말을 의미하는 시기가 아니다. 내
년의 또 한 해를 넘기면 우리는 2000년을 맞게 되고, 바야흐로 20세기
를 닫고 21세기의 새로운 장을 열게 된다. 그런데 21세기란 새로운 세기
에 대한 희망 어린 정서보다는 세기말의 어두운 그림자가 사회 전반에
짙게 드리워지고 있다.

인간정신의 주아적 퇴폐적 경향, 회의주의, 페시미즘, 물신주의, 방탕적 향락주의 등이 세기말의 시대사조라고 할 때에 IMF시대의 경기위축과 이에 따른 대량해고 사태는 더욱 세기말의 어둡고 회의적인 분위기를 가중시키고 있다. 갑자기 사회의 구성원에서 일탈되어 갈 곳을 잃어버린 실업자가 100만 명을 상회하리라고 하는데, 이들이 겪는 경제적 사회적 실존적 정체성의 위기는 경제적 공황에 이은 인간정신의 공황 상태를 초래하고, 사회는 각종의 범죄와 무질서가 난무하리라 예상된다. 실업자들이 겪는 경제적 정신적 위기, 이들이 몸소 체험할 수밖에 없는, 역사는 발전하고 진보한다는 믿음에 대한 허구성, 자신들이 서 있는 사회의 구성체 및 토대에 대한 뿌리 깊은 불신은 소설문학의 새로운 소재로 다루어질 수 있을 것이다.

세기말과 IMF체제의 암울한 시대 분위기는 1990년대의 문화와 문학을 설명하는 핵심적 개념으로 사용되어온 포스트모더니즘에 어떤 영향을 미칠 것인지가 주목된다. 현재의 시대적 분위기는 포스트모더니즘의 기본정신과 부합되는 측면이 있으므로 이를 강화시킬 수도 있으며, 후기자본주의 시대의 첨단적이고 경박한 문화논리라고 포스트모더니즘을 부정적 차원에서 이해할 때에는 포스트모더니즘의 첨단적 유희정신은 상당부분 퇴색되어질 것으로 예상되기도 한다.

모더니즘의 종말과 더불어 1960년대에 미국에서 발생되어 유럽으로 확산된 포스트모더니즘은 우리나라에 1980년대 중반부터 외국문학자들에 의해 소개되기 시작했다. 그리고 1990년대에 접어들어 포스트모더니즘은 우리의 문학이 나아갈 새로운 방향으로, 우리의 문화현상을 설명하는 중요한 개념으로 사용되어 왔다. 이는 우리의 사회가 20세기 후반으로 오면서 산업사회적 특징을 벗어나 탈산업화된 후기산업사회로 급박하게 변화를 겪고 있기 때문이다. 1980년대 이후, 우리 사회는 탈공업사회, 정보화사회, 탈현대로 불리어지는 사회구성체에 진입함으로써 프레드릭 제임슨이 후기산업사회의 문화논리라고 지목한 포스트모더니즘(post-modernism)이 1990년대 이후의 한국문학에 중요한 영향력을 행사하게 된 것이다. 기성작가들이 포스트모더니즘에 대해서 냉소적이고 부정적이었던 것과는 달리 젊은 작가들은 이를 적극적으로 수용함으로써 자신들의 문학세계를 새롭게 열어 나갔다.

정보화사회로 우리 사회가 급격하게 진입하게 되었을 뿐만 아니라 동구사회의 몰락과 소비에트 공산주의체제의 붕괴 등 냉전체제를 종식하고 탈이데올로기의 시대를 맞은 세계사적 분위기는 남북분단이라는 냉전체제가 우리에게 잔존함에도 불구하고 국내적으로 군사정권의 붕괴와 민간정부의 출현으로 인해 탈이데올로기의 시대적 분위기를 형성하였다. 그리고 이러한 탈이데올로기의 논리는 포스트모더니즘과 맥락을 같이한다.

시대사조로서의 포스트모더니즘의 수용은 1980년대의 마르크시즘과 맥을 대고 있던 일체의 사회운동은 물론이며, 민중문학, 노동문학 등에 대한 논의를 무화시켰으며, 1980년대 후반에는 납·월북 작가에 대한 대대적인 해금조치가 이루어짐으로써 문학연구에서도 이념의 장벽은 크게 완화되었다. 어떤 면에서 보면 우리의 문학을 지배해 오던 리얼리즘과 모더니즘의 양대 산맥, 또는 순수와 참여의 해묵은 논쟁은 1990년대에 접어들어 포스트모더니즘에 자리를 내어주면서 새로운 전환기를 맞게 된 셈이다. 그리고 이러한 경향은 1990년대 후반기의 문학에도 당분간 지속될 전망이다.

포스트모더니즘은 문화적으로 미학적 대중주의, 중심의 분산, 문화생

성물의 깊이 없음, 진정한 정서의 고갈, 해체된 자아에 대한 도착된 행복감, 비판적 거리의 소멸, 그리고 혼성모방을 특징으로 한다. 소설문학에서 포스트모더니즘은 거대서사(meta-narrative)의 허구성을 배격하고 미시서사(micro-narrative)로의 전환을 보여준다. 1990년대의 우리의 소설문학은 거대서사가 빛을 잃고 미시서사가 중요하게 다루어졌다. 1980년대 우리 문단을 강타했던 마르크시즘의 거대논리는 더 이상 찾아볼 수 없으며, 탈정치의 논리와 함께 신경숙 류의 감정의 떨림이나 감각적 문체가 소설 시장의 중요한 상품가치로 떠오른 것도 포스트모더니즘의 맥락에서 이해 가능한 현상이다.

포스트모더니즘 소설은 장르의 해체, 혼합, 확산의 탈장르화 현상 내지 자기반영적 글쓰기인 메타픽션의 경향을 보여주며, 패러디, 패스티시와 같은 새로운 기법과 감수성을 보여준다. 또한 고급의 순수소설과 대중소설의 경계를 파괴하면서 고급예술의 탈신비화, 문화와 예술의 대중주의를 형성한다. 포스트모더니즘의 첨단적 기법 하에 탈역사적이고 허무주의적인 소설이 발표되기도 하는데, 이인화의 『영원한 제국』과 같은 작품에서 우리는 그러한 징후를 발견할 수 있으며, 포스트모더니즘을 수용한 신세대 작가들의 작품은 기법적 첨단성, 감각적 문체와 함께 의식의 가벼움이란 특징을 어느 정도 공유한 것으로 보인다. 김준오는 포스트모더니즘에서 문체는 규범성의 가능성이 소멸되고 그 대신 다양성과 이질성만을 갖게 되며, 독창적 표현보다는 인유, 패러디, 표절, 혼성모방의 표현이 특징이 된다고 했다.

포스트모더니즘의 탈중심의 논의는 주변적이고 부차적으로 취급되어온 신세대 소설, 페미니즘 소설에 대한 새로운 관심으로 이어진다. 1990년대에 접어들어 삼십 세를 전후한 신세대작가가 문단에 대거 출현하여 신세대 문학에 대한 논의에 불을 당겼다. 1980년대의 소설의 침체기를 마감하고, 소설문단에 신선한 활기를 불어넣은 주인공은 이인화, 박일문, 장정일, 이순원, 주인석, 구효서, 박상우, 엄창석, 심상대, 신경숙, 공지영 등이다.

신세대라는 말이 단순히 기성세대와 신세대를 연령으로 구분 짓는 개념이 아니라면 신세대는 미국의 60년대의 히피가 기존체제에 반대하며 일종의 반문화를 형성하고 기성세대의 중심문화를 거부하였듯이 우리 사회의 신세대도 기성세대의 문화나 가치관 그리고 라이프 스타일과는 다른 일종의 반문화(sub-culture)를 형성하는 저항집단이라고 할 수 있다. 이들은 전체주의적 성취지향을 벗어나 개인주의적 행복을 추구하고, 획일적이기보다는 다양성과 개성을 추구하며, 심각하기보다는 쾌락과 향락을 추구하고 탈권위적이고 개방적인 사고지향의 특성을 갖는, 전자통신의 혁명에 의한 컴퓨터와 비디오문화에 익숙한 감각주의 세대를 지칭하는 개념으로도 이해된다. 이들은 총체성을 거부하고 탈중심의 가치의식을 소유한 포스트모던 세대로 이해할 수 있다. 신세대 작가의 일부는 문단의 등단 절차를 생략한 채 전작 장편을 발간함으로써 스스로 작가로 등단하여 제도화된 문단과 기성문인의 권위에 도전한다.

그리고 이들 신세대 문학의 특징의 하나는 성에 대한 태도의 변화이다. 성해방을 급진적으로 주장하는 일부의 작가들은 일반인의 사회적 통념에 배치되고 청소년에게 유해하다고 하여 사법기관의 처벌을 받기도 했다. 마광수, 장정일이 그 대표적 예이지만 이들은 기성세대의 성 모럴과 규범을 해체하는 성해방주의자들로서 결혼과 분리된 성, 사랑과도 분리된 성, 생식과 성기중심에서 벗어난 쾌락중심의 성을 주장한다. 이들은 남성중심의 성, 이성애 중심의 성, 권력중심의 성을 해체하고 여

성과 청소년의 성해방, 동성애의 추구 등 급진성을 보여준다. 따라서 일
부일처제의 결혼제도와 가족주의에 의해서 지탱되던 사회적 규범은 설
자리를 잃게 되는데, 이와 같은 성규범의 변화는 앞으로의 소설문학에
서 더 다양한 양상으로 표출될 것으로 생각된다.

거대이론이나 특정한 주의를 배격하고 기존의 모든 가치와 체계를 해
체하고자 하는 포스트모더니즘은 페미니즘에도 일정한 영향을 미치게
되어 포스트모던 페미니즘을 형성하게 된다. 특히 포스트모더니즘에서
보여준 무, 부재, 변두리, 주변부, 억압당한 자에 잠복하고 있는 가능성
에 대한 새로운 인식은 페미니즘과의 접목을 가능하게 했다.

우리나라에서 페미니즘 문학은 이미 근대문학 초기부터 있어 왔지만
1980년대 이후에 두드러진 문학 현상의 한 흐름을 형성해 왔다고 할 수
있다. 박완서, 이경자, 김향숙, 윤정모 등은 가부장제의 남성중심성을 해
체하고 비판하며 주변적 존재였던 여성의 복권을 소설을 통하여 강력
하게 시도하여 왔다. 그런데 1990년대 후반에 들어서며 페미니즘 소설
은 공지영의 『착한 여자』(1997)나 이남희의 『플라스틱 섹스』(1998)에
서 보듯이 급진주의 페미니즘에서 주장하는 동성애를 남성중심의 이성
애 결혼과 가족제도에 대한 대안으로 제시하는 과격한 급진주의 태도
로의 변화를 나타내고 있다. 이전 세대의 여성작가들이 가족 내에서 피
해자로서의 여성을 그리며, 남녀평등을 주장했다면 이들은 가부장적인
가족을 해체하고 새로운 대안가족으로 동성애적 가족을 제시하는 급진
성을 보여준다.

뿐만 아니라 김별아, 배수아, 송경아, 신이현, 차현숙, 은희경, 서하진,
전경린 등은 여성의 성적 주체성을 과감하게 주장함으로써 남성중심의
성적 보수주의에 도전하는 의식의 급진성을 보여주기도 한다. 이들은

단순히 사회적 존재로서의 젠더(gender)의 평등만을 주장한 것이 아니라 섹슈얼리티(sexuality)의 영역에서의 여성의 자기결정권, 성적 자기결정권을 주장하는 용감한 신세대라고 할 수 있다.

하지만 이러한 페미니즘의 도도한 물결에 저항이라도 하듯 앤티 페미니즘 소설이 쓰여지기도 했는데, 이문열의 『선택』(1997)이 그것이다. 작가는 보수주의적 여성관에 입각하여 여성들로 하여금 사회적 성취를 그만두고 현모양처의 위치로 복귀할 것을 주장하다가 페미니스트들로부터 강한 반발을 샀다.

신세대 작가의 성 모럴의 변화와 페미니즘의 대중화와 연관 지어 논의해야 할 것은 최근 우리 소설의 논의에서 빼어놓을 수 없는 가족의 해체란 테마이다. 1990년대 후반의 통계자료에 의하면 혼인 6쌍이 이루어질 때마다 이혼이 1쌍 꼴로 빈번하게 발생한다고 하는 사회현상을 반영하듯 일부일처제의 가족제도의 문제점은 이미 여성작가들에 의해서 빈번하게 다루어진 테마이다. 대체로 여성작가들이 여성을 피해자의 관점에서 그려냈다면 남성작가인 김원우는 『모노가미의 새 얼굴』(1996)에서 여성의 성적 경제적 지위변화가 일부일처제의 가족제도를 변화시켰다고 보는 남성 피해자의 관점을 채택하고 있다. 페미니스트 여성작가들이 가족 해체의 원인을 여성을 억압하고 차별하는 가부장적 가족 이데올로기에서 찾음으로써 가부장주의를 벗어나 평등을 실현할 때에만 가족 해체의 위기는 극복될 수 있다고 본 것과는 상반된 시각이다.

위에서도 말했듯이 공지영 등은 이혼을 통한 가족의 해체를 긍정적으로 다루며, 여성끼리의 공동체를 새로운 가족의 대안으로 제시하기도 한다. 또한 신이현, 배수아 등의 신세대 여성작가들은 결혼과 가족 그 자체를 억압과 굴레로 인식하며, 가족의 해체를 통한 여성의 자유 추구에 거리낌이 없는 신세대적 가치관을 보여주기도 한다.

최근의 우리 사회가 겪고 있는 남녀의 정체성 혼란과 갈등을 적절히 반영해주는 유행어로 '고개 숙인 남성'이 있다. 사회적 존재인 남성의 사회적 가정적 위축을 고개 숙인 남성이라 표현하는데, 이들의 사회적 문제가 소설문학의 중요한 소재로 다루어질 전망이다. 김정현의 대중소설 『아버지』가 200만 부나 팔린 것은 이와 같은 사회적 분위기를 작품이 민감하게 반영했기 때문이다.

아무튼 성과 사랑, 가족, 결혼, 남녀의 정체성 등에서 나타나는 가치관의 변화와 이에 따른 갈등은 소설문학의 중요한 관심사로 계속 떠오를 것이다.

박완서는 1990년대에 접어들어 『그 많던 싱아는 누가 다 먹었을까』와 『그 산이 정말 거기 있었을까』와 같은 자전적 소설을 통해 자신의 유년과 처녀 시절을 회고하고 있는데, 자전적 성격의 소설은 역사사회적 거대서사가 사라진 소설문학에서 개인서사가 이를 대체하는 성격으로 이해되어진다. 이순원의 『아들과 함께 걷는 길』이나 한때 절필했던 박범신이 복귀작으로 쓴 『흰 소가 끄는 수레』 등도 자전적 성격의 소설이다. 특히 박범신의 『흰 소가 끄는 수레』는 자기반영적 메타소설로 이해된다. 자전적 성격의 소설은 1990년대 후반기의 소설문학에도 계속될 전망이다.

『은어낚시통신』, 『남쪽 계단을 보라』, 『추억의 아주 먼 곳』과 같은 일련의 작품들에서 죽음과 같은 인간의 근원적 문제를 독특한 문체와 미학으로 그려내온 윤대녕의 작품세계는 세기말의 허무주의에 깊게 지배되어 있다. 그는 삶과 죽음의 경계선에 서서 끊임없이 삶 너머의 죽음의 세계를 신비화하고 있다.

일찍이 『압구정동엔 비상구가 없다』(1992)와 같은 소설에서 탁월한 사회학적 상상력을 보여왔던 이순원은 최근 현실로부터 후퇴하여 『수색, 그 물빛 무늬』(1996), 『아들과 함께 걷는 길』(1996), 「은비령」(1996) 등을 통해서 현실에 대한 관심으로부터 멀어지고, 개인사와 우연에 집착하는 경향을 보여주는 것도 세기말의 정신과 관련을 맺고 있는 것 같다.

최근 거대 정치논리에 의하여 가려져 있던 일상생활, 일상성이 인문과학과 사회과학, 그리고 문학의 주요 테마로 부상하고 있다. 프랑스의 사회학자 앙리 르페브르(Henri Lefébvre)를 선두로 하여 미셸 마페졸리(Michel Maffesoli), 이탈리아의 프랑코 페라로티(Franco Ferraroti) 등에 의해서 새롭게 주목되기 시작한 일상성이란 테마는 이미 우리 문학 속에 깊숙이 자리 잡고 있다. 일상성이란 평범한 일상을 탐구하고 거기 숨어 있는 사회문화적 의미를 건져내고 삶의 모습을 생생하게 드러내려는 인간주의적 관점을 의미한다. 일상생활은 우리가 일일이 의식할 필요가 없이 매우 낯익은 것이고 자동적으로 되풀이되는 것이다. 그간 일상성은 진부하고 반복적이며 사소하고 속악한 것으로 취급되었고, 소시민 근성, 삶의 본질을 외면한 트리비얼리즘 등과 동일시되어 그 가치를 부정당해 왔다. 그런데 이제는 일상성이 더 이상 사소하고 진부한 세계만이 아니라 우리들의 구체적 삶의 모습 그 자체로 부각되며, 인문과학과 사회과학의 핵심적 명제로 떠올라 인식적 가치를 획득하고 있다.

더욱이 우리 사회가 직면한 IMF체제는 헤겔의 사회철학과 마르크스의 사회철학에서 주장해온 거대이론, 거대논리, 거대서사를 부정하게 만든다. 즉 역사는 언제나 미래로 뻗어난 직선적인 진보와 진화라는 틀속에서 역사와 사회현상을 낙관적 직선적 발전과 상승으로만 설명해

왔던 발전의 법칙이 한낱 허구에 불과했음을 실감하고 있는 요즘이다. 발전적 미래에 대한 환멸과 한계의식, 실망감은 현재에 대한 관심으로, 보장받지 못한 미래에 대한 허황한 꿈 대신에 우리는 일상의 삶으로 관심의 영역을 돌릴 수밖에 없다. 이와 관련하여 우리의 당면 현실을 반영한 실업이란 사회현상과 실업자의 방황과 그들의 내면세계를 다룬 소설들이 쏟아질 전망이다. 우리는 1997년 말에 돌연히 불어 닥친 IMF체제를 맞아 명예퇴직과 정리해고 등에 따른 대량실업의 시대를 맞고 있다. 이들이 겪는 사회적 존재로서의 박탈감과 소외, 내면적 고뇌와 불안에 대한 사회학적 철학적 실존적 질문들을 소설문학은 진지하게 펼쳐낼 수 있을 것이다.

3. 실버문학과 생태주의 소설

고령화 사회를 맞아 우리 사회는 노년기의 문인들이 증가 추세에 있고, 이에 따라 노년기 문학, 실버문학이 문학의 중요한 한 현상으로 떠오를 전망이다. 더욱이 정부는 1997년 10월 2일에 처음으로 '노인의 날'을 제정함으로써 노인과 노년기에 대한 대사회적 관심을 환기시킨 바 있다. 문학에서도 초보적이긴 하지만 이에 대한 학문적 관심이 제기되고 있다. 이재선은 '노년학적(gerontic) 소설'이란 용어를 사용한 바 있고, 김윤식은 '노인성 문학'이란 용어를 사용하고 있지만, 필자는 '노년기 문학'이란 용어를 사용한 바 있다.

필자는 노년기 문학의 개념을 대체로 노년세대의 문인이 쓴 문학으로, 노년세대가 고유하게 겪는 문제를 다루며, 노년기적 제반 특성이 표현된 문학으로 정의한 바 있다. 그리고 노년기 문학에서는 노인들의 생리적 신체적 기능의 감퇴에 따른 병약과 죽음의 문제, 정년퇴직과 같은 사회환경적 변화에 직면한 노년세대가 겪는 사회적 역할 상실과 경제적 빈곤, 그리고 이에 따른 좌절감, 상실감, 고독감 등의 심리적 변화와 특징 등이 표현되리라고 했다.

노년세대가 된 박완서는 「마른 꽃」(1995)과 같은 작품에서 노년기의 재혼의 문제를 다루었지만 재혼에 대한 그의 시각은 긍정적이 아니다. 사랑과 결혼을 젊은이의 정념과 자녀출산이라는 차원에서 인식함으로써 노년기에도 분명히 존재하는 사랑의 감정을 재혼이란 현실적 문제에 부딪히자 부정해버리는 보수적 태도를 보여주고 있다. 이밖에도 「너무도 쓸쓸한 당신」(1997), 「꽃잎 속의 가시」(1998) 등에서 노년기의 성과 죽음의 문제 등 노년기에 직면한 인생을 다룸으로써 노년기 문학, 실버문학에 대한 관심을 지속시키고 있다. 노년기에 겪게 되는 사회적 경제적 심리적 성적 문제들은 앞으로 소설문학의 중요한 소재를 제공할 수 있을 것이다. 이혜경의 『길 위의 집』(1995)은 치매노인의 과거를 회고함으로써 불안하기만 했던 한 여성의 삶의 족적을 보여준 바 있다.

1960년대 이후 산업화와 경제개발이란 명제하에 무분별한 성장과 개발을 미덕으로 여기던 우리나라도 지난해부터 '지속 가능한 개발'이라는 캐치프레이즈 하에 환경과 생태에 대한 관심을 기울이기 시작했다. 그만큼 환경과 생태 파괴가 심각한 단계에 와 있기 때문일 것이다. '환경과 생태'란 명제는 최근 인문과학 사회과학 자연과학의 가장 중요한 지적 관심사의 하나이며, 나날의 일상생활 속에서 우리가 실천해야만 할 삶의 과제로 떠올랐다.

매연, 소음공해, 농약공해, 공장폐수, 산업폐기물, 원자력 발전소 건설

등에 의해서 오염되고 파괴된 환경의 실상에 대한 소설적 고발은 이미 산업화의 피해가 나타나기 시작한 1970년대부터 부분적으로 이루어지기 시작했다. 하지만 생태주의 문학은 단순히 환경오염의 단순한 실상 묘사나 고발에서 나아가 생태 파괴를 초래한 산업화, 성장만능주의, 자본주의 등의 기존의 사회체제에 대한 비판과 자연과 인간이 공존할 수 있는 새로운 윤리관과 생명관을 토대로 한 생태학적 비전을 보여줄 수 있어야 한다.

생태주의 문학은 시 장르에서 상대적으로 활발한 창작이 이루어지고 있다. 이하석, 김광규, 이형기, 고형렬, 최승호, 하재봉, 유하, 이건청, 정현종, 김지하, 강남주, 이동순, 강은교 등의 시에서 생태학적 상상력을 확인할 수 있으며, 김원일의 『도요새에 관한 명상』, 이균영의 「바다」, 이남희의 『바다로부터의 긴 이별』 등의 소설에서 생태환경의 문제가 다루어졌지만 앞으로 소설문학은 생태주의에 대한 관심을 더욱 기울여야 할 것으로 생각된다.

이밖에 컴퓨터 통신의 급속한 확산에 의해 컴퓨터소설이란 새로운 개념이 생겨난 것은 이미 오래 전의 일이다. 복거일은 기성작가임에도 불구하고 컴퓨터를 통해서 SF소설을 게재한 바 있지만 컴퓨터 소설은 『퇴마록』과 같은 소설에서 보듯 일종의 대중소설이며, 아직 컴퓨터에 소설을 게재하는 단계일 뿐 쌍방향과 하이퍼텍스트의 단계에 진입하지 못했고, 작품의 질적인 수준 역시 높은 단계에 있지 않다.

(『동방문학』 2호, 1998. 04)

제3부

10. 한국해양소설에 재현된 바다의 장소성[1]

📖

– 최근 한국해양문학상 수상작 소설

1. 머리말

지구상에 육지를 제외한, 짠물이 괴어 하나로 이어진 넓고 큰 공간인 바다는 지구 표면의 70.8%를 차지하며 면적은 3억 6100만km²에 이른 다. 우리나라는 3면이 바다로 되어 있는 지리적 위치에도 불구하고 농경 민족이었던 관계로 바다는 생각만큼 친근한 장소는 아니었던 것 같다.

본고에서 최근의 소설을 중심으로 바다의 장소성을 살펴보고자 하는 이유는 문학작품에 재현된 '바다'가 단순히 육지와 대비되는 물리적 이고 객관적인 공간을 넘어서서 인간의 실존이 이루어지는 생활세계로 서의 바다이며, 나아가 인간의 경험과 의식(무의식)이 투영된 장소이기 때문이다. 하비(D. Harvey)가 말했듯이 공간의 개념은 그와 관련된 인

---

[1] 이 글은 〈제25회 한국해양문학 심포지엄〉(부산광역시문인협회, 2020. 08. 07)에서 「최근한국해양문학에 재현된 바다의 장소성」이란 제목의 발제원고임.

간의 실천을 통해 이해된다. 즉 공간의 정의는 다양한 인간의 행위들이 어떻게 공간을 이용하고 특정한 공간개념을 만들어가는가 하는 질문으로 대체되어야 한다.[2]

'인문지리학(human geography), 즉 인간주의 지리학은 기본적으로 인간이라는 존재가 세계와 맺는 방식이자, 인간의 실존이 이루어지는 생활세계를 그 연구대상으로 삼고 있으며, 이 생활세계를 '장소'라는 공간적 범주로서 탐색한다는 특징을 갖고 있다.[3] 사회지리학(social geography)은 광의로는 인문지리학과 같은 말로 쓰이지만 협의로는 여러 사회집단의 생활권 또는 사회적 활동이나 사회제도의 형성에 영향을 주는 경관 또는 지역에 대해 그 성립과정·구조·기능 등을 구명하는 것을 과제로 한다. "공간은 사회적 정체성을 구성하고 재생산하는 데 능동적인 역할을 한다. 또한 사회적 정체성, 의미, 그리고 관계는 물질적, 상징적, 은유적 공간을 생산한다."[4]

우리나라 해양문학에 재현된 바다는 어떤 장소성을 지닌 곳으로 그려졌을까 하는 주제는 단순히 문학적 관심사를 넘어서서 우리 민족의 바다라는 장소에 대한 경험과 인식을 알아볼 수 있는 좋은 기회가 될 것으로 생각된다. 따라서 본고는 인문지리학과 사회지리학의 지식을 원용하며 '바다의 장소성'에 접근해 보겠다.

본고는 부산광역시문인협회가 주관한 최근 5년간(19회-23회, 2015-2019)의 '한국해양문학상 수상작 소설'을 중심으로 '최근 한국해양문학

---

2) 김왕배, 『도시, 공간, 생활세계』, 한울, 2000, 158면.
3) 심승희, 「장소의 진정성과 현대경관(역자해제)」, 에드워드 렐프, 김덕현 외 역, 『장소와 장소상실』, 논형, 2005, 303면.
4) 질 발렌타인, 박경환 역, 『사회지리학』, 논형, 2009, 15면.

에 재현된 바다의 장소성'을 살펴보고자 한다. 이를 위해『한국해양문학상 수상작품집』에 수록된 한국해양문학상 대상과 최우수상[5] 수상작을 분석 대상으로 삼았다. '한국해양문학상'은 19회와 20회의 경우에는 시 장르만이 수상작으로 선정되었다. 21회에 이르러서야 최우수상(당시 명칭 우수상)에 안유환의 중편「생피에르 항의 농무」, 22회에 대상으로 박창주의 장편『성소에 들다』, 최우수상(당시 명칭 우수상)에 안진영의 중편「고래의 노래」, 23회에 대상으로 유연희의 경장편『항해자들』등 5편이 선정되었다. 필자는 본 주제에 적합한 텍스트를 고르기 위해 5편의 소설을 모두 다 읽었다. 하지만 본고가 규명하고자 하는 바다의 장소성이란 주제를 살피기 위한 텍스트로는 박창주의 장편소설『성소에 들다』와 유연희의 경장편『항해자들』2편만이 부합되었다. 따라서 본고는 2편의 작품을 분석 대상으로 삼아 논의를 진행시켜 나가겠다.

2. 도피처로서의 원양 - 박창주의『성소(聖所)에 들다』

사회와 공간을 이분법적으로 개념화한 실증주의 지리학은 1970년대 이후 서양의 지리학계에서 인간주의 지리학과 급진주의 지리학[6]으로

---

5) 과거에 대상, 우수상, 장려상으로 나누던 것을, 23회(2019년)부터 대상, 최우수상, 우수상으로 분류했다. 따라서 23회 이전의 작품도 동일한 분류체계에 따라 명칭을 바꾸어서 호명하였다.

6) 급진주의 지리학, 특히 마르크시즘의 영향을 받은 연구는 공간을 사회적 힘의 산물로 간주한다. 이들은 여러 사회집단이 공간을 어떻게 이용하고 조직하는지 그리고 사회적 차이가 어떻게 불평등한 공간적 패턴으로 나타나는지를 설명한다. : 질 발렌타인, 앞의 책, 13면.

부터 많은 비판을 받기 시작했다. 특히 인간주의 지리학은 객관성에 대한 실증주의 지리학의 배타적, 허위적 태도를 거부하고 앎의 주관적 양식이 중요하다는 점을 주장하였다. 이들에게 지리적 공간은 단순한 객관적 구조가 아니라 다양한 사회적 의미들이 얽혀 있는 사회적 경험으로 간주되었다. 인간주의 지리학자들은 물리적, 객관적 공간이 아닌 사회적 공간을 연구 대상으로 삼았다.[7] 물리적 객관적 공간이 사회적 행위와 사건으로부터 완전히 추상된 공간이라면, 사회적 공간은 사회행위의 영역으로서 다양한 사회적 실천을 통해 만들어진 공간이다. 사회적 공간은 절대적 공간(물리적 공간) 속에 존재하는 상대적 공간이다. 절대적이고 물리적인 공간을 자연의 공간, 또는 '제1의 자연'이라 한다면 사회적 공간은 그 위에 만들어진 '제2의 자연'이다.[8] 앙리 르페브르(Henri Lefébvre)는 공간에는 자연적 공간, 정신적 공간, 그리고 사회적 공간 등 다양한 범주가 있음을 주장하며, 인간 주체들의 실천이 어떻게 2차적 특성을 지니는 사회공간을 만들어내는가를 그의 저서 『공간의 생산』에서 설명하고 있다.

 일상생활에서 장소(place)는 위치나 외관으로 간단하게 기술될 수 있는, 독립적이고 명확하게 규정되는 실체로 경험되는 것이 아니다. 오히려 장소는 환경·경관·의식·일상적인 일·다른 사람들·개인적인 체험·가정에 대한 배려와 같은 것들이 뒤섞인 데서, 그리고 다른 장소들과의 맥락 속에서 느껴진다.[9] 장소성(placeness)은 집단적 생활을 영위하는 과정에서 특정사회의 구성원들이 그 생활의 배경이 되는 장소

---

7) 위의 책, 13면.
8) 김왕배, 앞의 책, 41면.
9) 에드워드 렐프, 앞의 책, 2005, 77면.

에 대해 가지는 사회적 의식을 말한다. 장소성 형성 요소로는 특정 장소 내에 유형의 실체로 존재하는 물리적 요소, 인간이 공간과의 상호작용을 통해 만들어내는 무형의 요소인 사회문화적 요인, 인간이 장소를 인지하여 부여하게 되는 느낌과 정체감을 통해 생성되는 요소인 장소적 의미 요소의 3가지가 있다.[10] 본고에서는 작가가 자신의 소설에서 그려 낸 바다라는 장소에 대한 사회적 인식과 장소의 의미 요소, 그리고 바다에 투영된 한국인의 의식(무의식) 등을 통해 장소성을 고찰할 것이다.[11]

박창주의 장편소설 「성소(聖所)에 들다」의 주인공 윤강우는 원양어선 영해호 1갑원 신분으로서 IMF라는 경제 위기에 내몰린 아버지의 부도와 자살, 그리고 어머니의 죽음이라는 부정적 상황 속에서 꽁치봉수망 배를 타고 쿠릴열도 시코탄 섬 북동쪽 200해리 영해 밖의 북태평양 바다 위에 떠 있다. 작품의 서두는 다음과 같이 시작된다.

1999년 5월 28일 쿠릴열도 시코탄 섬 북동쪽 200해리 영해 밖의 북태평양 날씨는 음산했다. 시도 때도 없이 진눈깨비는 휘날렸고, 산더미 같은 파도는 꽁치봉수망 배를 들이받았다. 투망도 하기 전에 그물을 잃을까 봐 염려해야 할 정도였다. 그렇다고 해서 손 놓고 놀아라, 할 선장이 아니었다. 하루하루가 돈으로 계산되기 때문이다. 적자를 눈곱만큼이라도 면하려면 한 마리라도 고기를 더 잡아 올려야 한다. 어획에 눈이 뒤집힌 선

---

10) 백선혜, 「소도시 문화예술축제 도입과 장소성의 인위적 형성」, 『대한지리학회지』 39-6, 대한지리학회, 2004, 892-893면.

11) 인문지리학자 이-푸 투안은 낯설고 추상적 공간(abstract space)과 의미로 가득 찬 구체적 장소(concrete place)로 공간과 장소를 구분했지만 다른 학자들의 경우 둘을 구분하지 않았고 렐프는 '장소'를, 르페브르나 하비는 '공간'이란 단어를 사용했다. 따라서 본고는 투안이 구분했던 공간과 장소가 명확히 구분되는 경우에는 둘을 달리 사용하겠지만 그렇지 않은 경우 공간과 장소를 구분하지 않겠다.

장이었다.[12]

서두부터 소설은 주인공이 떠 있는 바다의 위치와 1999년이라는 시간을 제시하며 시도 때도 없이 진눈깨비가 휘날리는 음산한 날씨, 산더미 같은 파도 등을 묘사함으로써 위기를 고조시킨다. 무엇보다도 주인공이 육지가 아니라 바다에 떠 있다는 것은 편안하고 정지된 장소가 아니라 위기의 공간 속에 그가 내던져져 있음을 말해준다. 즉 공간(space)은 이동(movement)이며, 장소(place)는 정지(pause)된 것으로 이해했던, 중국 출신의 인문지리학자 이-푸 투안(Yi-Fu Tuan)을 떠올리지 않을 수가 없는데, 그는 "인간이란 자유와 구속 사이에서 방황하는 존재"라고 『공간과 장소』에서 말했다. 자유와 구속 사이에서 방황하는 주인공 윤강우가 영해호의 갑판원이 되어 바다로 나온 것은 진정한 자유를 찾기 위해서라기보다는 일종의 도피행위라고 할 수 있을 것이다. 그에게 바다는 진정한 자유를 추구할 수 있는 공간이라기보다는 육지에서 그를 얽매고 있던 여러 굴레로부터 벗어날 도피처이다. 즉 아버지의 부도와 자살, 갑작스럽게 은혜가 사라진 데 대한 쇼크로 돌아가신 어머니, 그리고 은혜와의 결별……. 그는 육지의 복잡한 상황으로부터 벗어나기 위해서 원양어선을 타고 바다로 나왔다. 바다를 도피처로 삼은 강우의 도피적 의식은 "하루빨리 바다로 떠나고 싶었다. 저 대양의 바다로 나가면 다 잊을 수 있다. 어머니에 대한 생각도 잊을 수 있었던 곳이 바다였다. 은혜에 대한 그리움까지도 때로는 내려놓을 수 있었던 바다……."[13]

12) 박창주, 「성소에 들다」, 부산광역시문인협회, 『제22회 한국해양문학상 수상작품집』, 2018, 13면.
13) 위의 소설, 137면.

와 같은 대목에서 잘 확인할 수 있다.

하지만 육지의 복잡한 상황으로부터 벗어나기 위한 도피처로서의 바다는 그에게 진정한 자유를 안겨주기보다는 새롭고 힘든 시련에 직면케 한다. 그를 비롯하여 영해호 선원들에게 가장 큰 스트레스는 음산한 날씨와 풍랑 같은 자연적인 기후조건보다도 어획고를 올려야 한다는 절대명제이다. 어획고에 눈이 뒤집힌 선장의 채근에 영해호는 마침내 공해를 넘어서 러시아 영해를 침범하는, 소위 담치기를 하고 만다. '담치기'란 러시아의 배타적 경제수역(EEZ) 안으로 들어간다는 뜻이다.

배타적 경제수역은 자국 연안으로부터 200해리까지의 모든 자원에 대해 독점적 권리를 행사할 수 있는 유엔 국제해양법상의 수역을 의미한다. 타국 어선이 배타적 경제수역 안에서 조업을 하기 위해서는 연안국의 허가를 받아야 하며, 이를 위반했을 때는 나포되어 처벌을 받는다. 배타적 경제수역을 설정한 국제적 규약은 바다라는 공간에 경계를 긋고 한 국가의 권력이 바다라는 물리적 공간을 어떻게 점유하고 권력을 행사하는지를 잘 보여준다. 즉 쿠릴열도 공해상의 바다와 러시아 배타적 경제수역 안의 바다는 정치적으로 결코 동일하지 않다. 이와 같은 공간의 차이는 정치적 권력관계를 생산한다. 즉 배제와 탄압의 근거가 된다.

영해호가 떠 있는 북태평양 쿠릴열도의 바다는 1차적으로 음산한 날씨와 산더미 같은 풍랑에 휩싸여 있다. 하지만 그 바다는 단순히 물리적 자연조건의 위협에 처해 있는 것만이 아니다. 즉 영해호가 담치기를 하는 순간 어획고는 올릴 수 있었지만 새로운 적대적 상황이 그들을 기다리고 있다. 영해호가 연안국인 러시아의 허가를 받지 않은 채 배타적 경제수역 안으로 들어갔기 때문이다. 이 담치기 행위는 "첫 승선인 강우는 오싹 겁이 나곤 했다. 긴장하기는 그만이 아니었다. 선내 한국인 선원들

역시 선장 눈치 살피기 바빴다. 영해 침범이란 말이 가져오는 긴장감 때문이었다"[14]처럼 엄청난 스트레스를 야기한다. 왜냐하면 담치기는 영해호가 러시아 경비정에 나포될 수도 있는 매우 위험한 일이기 때문이다. 담치기란 다른 나라의 배타적 경제수역 안으로 들어가서 하는 일종의 불법조업이다. 그것을 잘 알고 있음에도 영해호는 어획고를 올려야 한다는 절박함 때문에 50해리도 더 넘게 러시아 배타적 경제수역 안으로 들어가 조업을 하던 중 마침내 러시아 경비정에 나포되고 만다.

1970년대부터 세계 각국은 앞을 다투어 배타적 경제수역(EEZ)을 선포함으로써 세계 주요 어장의 대부분이 연안국의 배타적 경제수역으로 편입되었다. 배타적 경제수역 제도가 1982년 5월 국제연합해양법회의에서 채택한 해양법 협약에 의해 최초로 국제법화되며 확산됨에 따라 한국의 원양어업은 큰 타격을 받게 된다. 영해호의 담치기도 이러한 현실적 사정을 반영한 것이다.

앙리 르페브르의 지적처럼 공간은 매우 정치적이다.[15] 동일한 바다임에도 불구하고 배타적 경제수역이라는 해양 관할권의 선이 그어지는 순간 바다는 물리적이고 자연적인 공간으로부터 벗어나 권력이 행사되는, 사회적이고 정치적인 공간으로 변모한다. 즉 자연적 물리적으로는 동일한 바다일지라도 공해에서의 조업과 다른 나라의 배타적 경제수역 안에서의 조업은 그 성격이 달라진다. 다시 말해 자연적으로는 같은 바다에서의 조업일지라도 공해상의 조업은 합법이 되지만 다른 나라의 배타적 경제수역 안에서의 조업은 불법이 되는 것이다. 따라서 불법조

14) 앞의 소설, 14면.
15) 앙리 르페브르, 양영란 역, 『공간의 생산』, 에코, 2011, 15면.

업을 한 영해호는 러시아 경비정에 나포되고, 선원들은 시코탄 감옥에 투옥된다. 작품은 발단단계에서부터 1999년 한국의 원양어업이 처한 상황을 생동감 있게 전달하고 있다.

그런데 시코탄 감옥에서 풀려나길 기다리는 동안 강우는 부잣집 아들 행세를 하며 사할린의 가난한 집안 출신의 여자간수 카롤린을 사랑한다고 유혹하여 감옥생활을 편안하게 한다. 강우가 준 미화 5백 달러로 뇌물을 쓴 카롤린은 그가 풀려나기도 전에 고향인 사할린으로 전출을 가고, 한 달 보름 후엔 강우도 시코틴 감옥에서 풀려난다. 하지만 그는 떠나는 날 감옥으로 걸려온 카롤린의 텔레폰을 받지 않음으로써 카롤린과의 사랑을 일시적인 유희로 만들어버리고 만다. "그날도 새벽부터 눈보라가 몰아쳤다. 카롤린이 눈물을 뿌리며 걸어간 길로 걸어가며, 그날을 머릿속에 떠올리고 있었다. 이별의 안타까움에 몸부림치던 그녀, 가슴이 시려왔다."[16] 한국의 복잡한 상황을 떠나 북태평양 바다로 도피했던 강우는, 시코틴 감옥소의 석 달 이십일 간의 구금에서 풀려나 영해호로 다시 돌아오지만 이 과정에서 카롤린과의 사랑에 대해 책임을 지지 않고 다시 한 번 도피를 감행한 것이다.

돌아온 부산의 감천항에는 뜻밖에도 결별했던 은혜가 마중 나와 있었다. 같은 대학에 지원했지만 그녀는 법학과를 지원하여 전체수석으로 합격했고, 그는 미달학과에 지원했다. 그녀는 고3 때 그가 승선했던 영해호 선주의 아들인 친구 집에서 만난 첫사랑이었다. 친구의 고종사촌이었던 은혜는 일찍 어머니를 여의고 아버지와 함께 산동네에서 사는 가난한 여고생이었다. 강우의 어머니는 그가 데려온 은혜를 딸처럼 여

---

16) 박창주, 앞의 소설, 107면.

기며 예뻐하고 의지했다. 강우는 군 입대하기 전 날 은혜에게 결별 선언
을 한다. 그가 군대에서 첫 휴가를 나왔을 때 은혜는 아예 종적을 감추
고 사라졌다. 그것이 그의 결별 선언 때문이라고 생각하며 "강우는 처음
엔 원한을 품었다. 그 다음에는 저주였다. 그리고 그 다음엔 회한이었다.
더 시간이 흐르면서 그리움이었다. 인생은 왜 퇴고할 수 없나……? 자책
하면서 다시 인연이 이어지길 간절히 바랐다."[17] 그의 원한, 저주, 회한,
그리움 등이 뒤섞인 감정은 영해호에서 하선한 후에도 한동안 정리되
지 못했다. 그가 원양어선을 타게 된 결정적 동기도 부모의 갑작스런 죽
음에 대한 충격도 충격이거니와 은혜에 대한 정리되지 않은 감정으로
부터 도피하기 위해서였다고 할 수 있다.

강우는 은혜로부터 그녀가 종적을 감추었던 이유를 비로소 듣게 된
다. 그것은 그의 결별 선언 때문이 아니라 홀로 그녀를 금지옥엽 길러오
시던 아버지가 갑작스럽게 교통사고로 돌아가시자 세상을 등지고 절로
들어가 죽도록 공부를 하기 위해서였다는 것이다. 은혜는 3년을 공부
하여 첫해는 낙방하였으나 지난해 1차 시험을 통과했고, 올해는 면접시
험을 보고 결과를 기다리는 중이었다. 은혜는 두 사람의 관계를 '육친의
한 사람, 남매 같은 관계'로 재설정하고 강우 역시 그것을 받아들인다.
강우는 두 번째 출항 시에 기본급 수령인 및 연대책임을 져야 할 연대보
증인으로 은혜를 지정한다.

그런데 영해호 사무실로 카롤린이 국제전화를 걸어옴으로써 그녀의
존재를 알게 된 은혜는 사할린으로 가서 그녀를 데려올 것을 종용하며
책임 회피를 하지 말라고 충고한다. 은혜의 종용으로 카롤린과 통화한

---

17) 위의 소설, 127면.

강우는 그녀가 임신했으며 자신이 곧 쌍둥이 아버지가 될 것이라는 사실을 알게 된다. 은혜에게 한국에 올 카롤린과 태어날 아이를 부탁하고 그는 30개월 승선계약으로 공해호의 1갑원이 되어 남극해로 떠난다.

공해호는 이빨고기의 심해 연승조업을 하는 원양어선이다. 이빨고기 조업은 심해의 해류에 밀릴 수도 있고, 용승류에 떠올려져 허탕이 될 수도 있는, 조업 자체가 안전사고의 위험성이 매우 크다. 이빨고기는 편서풍과 극동풍이 만나면서 풍부한 먹이사슬이 형성되기에 공해호는 편서풍과 극동풍 사이를 오르내리며 해류를 타야만 했고 유빙과 유빙 사이를 곡예하듯이 피해가면서 노련한 기술로 조업을 해야만 했다.

> 특히 파타고니아 이빨고기는 퀸즈랜드 대륙붕이 숨어 있는 바다 속에 자주 모습을 나타내 보였다. 대륙붕이란 바다 속 산맥이나 다름없다. 해류의 흐름을 일정하게 흐르도록 내버려 두지 않는다. 물굽이가 솟구치기도 하고 꼬꾸라지기도 한다. 지형에 따라 물은 흐를 수밖에 없다. 뜻하지 않은 소용돌이가 있는가 하면, 심해 용승류가 메인라인을 엉킨 실타래처럼 헝클어 놓기도 했다. (중략) 물속 지형을 읽었다 해도 용승류는 알아내기가 쉽지 않았다. 많은 경험자여도 낭패를 당할 때도 있었다. 휴화산이 어느 날 갑자기 활화산으로 탈바꿈하는 거와 같은 이치였다. 샘솟듯이 계속해서 물이 솟아오르는 용승류가 있는가 하면, 가만히 멈추고 있던 용승류가 고래의 분기공이 물을 내뿜듯이, 갑작스럽게 치솟아 오르기도 했다. 노련한 선장이었지만 그렇게 한번 당했었다. 하루 조업을 망치는 것은 당연한 거였다. 조업만 공치는 것이 아니었다. 안전사고의 원인이 되기 십상이었다.[18]

---

18) 위의 소설, 232-233면.

작품은 이빨고기 조업의 안전사고 위험성을 길게 서술할 뿐만 아니라 공해호를 위기로 몰아넣곤 하는 남극해의 변덕스런 날씨도 빈번하게 묘사한다. 험난한 기상조건으로 인해 선원들은 점차 꼼짝달싹 못 하고 지쳐갔다.

> 산더미 같은 파도의 등에 업혀 치솟았다가 바닥으로 떨어질 때마다 공해호는 아프다고 비명을 내지르며, 머리를 치켜들고 흔들어댔다. 그래도 강풍과 노호하는 파도는 용서해 주지 않았다. 미치광이 널뛰듯이 파도의 꼭짓점까지 올라갔던 공해호 머리가 꺾이며 파도의 골짜기로 푹 처박혔다. 바닷물을 흠뻑 뒤집어쓰고 나서야 머리를 부르르 털며 정신이 돌아오는지 치켜들었다. 그러면 다시 파도가 공해호 등짝을 칵, 짓밟았다.[19]

강우가 남극해에서 이빨고기 조업을 하는 동안 은혜는 한국에 들어온 카롤린의 보호자가 되어 그녀를 돌보고 있었다. 카롤린이 재생불량성빈혈로 아기와 산모가 위험한 상황이란 소식을 듣고 강우는 조업 종료 신청을 했지만 그 사이 카롤린은 남매를 낳고 세상을 떠나고 만다. 부모의 자살과 죽음 이후 외상 후 스트레스 증후군에 시달려온 강우는 카롤린이 죽음으로써 황량한 세상에서 의지할 수 있는 언덕을 잃었다는 상실감과 공황장애에 시달리게 된다.

> 황량한 세상에 의지할 수 있었던 언덕을 잃었다는 상실감도 엄청났지만, 그보다 죽음이란 말이 몰아온 공황장애가 그의 의지를 깔아뭉개고 있었다. 어떻게든 정신을 수습해야 했지만 쉽지 않았다. 믿을 수 없는 죽음

---

19) 위의 소설, 255면.

이란 말이 성난 파도보다 더 두려웠던 것이다. (중략) 카롤린에 대한 죄책감만 가슴이 터질 듯이 밀려왔다. 나눈 사랑이라곤 고작 한 달 반이었으나, 이 세상 그 어느 사랑보다 깊었었고 따뜻했었다. 그런 사람을 마음 고생만 시켰다. 그리고 끝내는 목숨까지 잃게 했다는 자책감으로 가슴이 미어지고 있었다. 울고 싶어도 마음대로 울 수 없는 곳이 고깃배다.[20]

카롤린의 죽음으로 마음의 갈피를 잡지 못하고 절망에 빠져 있던 강우는 며칠간 식음을 전폐하다시피 한 상황에서 공해호는 변덕스런 날씨에 "시계 제로의 화이트아웃까지 당하면서 브리지는 초비상 상태에 빠졌다." 설상가상으로 기온조차 영하 20도로 곤두박질친 상황에서 조선족 선원의 어창 문을 잠그지 않은 실수로 배가 총체적 위기에 처해진 것이다. 풍속 50미터의 강풍 속에서 강우는 자신의 목숨 따위를 생각하지 않고 갑판으로 나가 어창 시건을 잠그고 돌아오겠다는 강한 의지를 표명한다.

손끝에 만져지는 안쪽 문은 다행히 온전했다. 서둘러 바깥쪽 문을 두 사람이 힘을 합쳐 간신히 닫았다. 자물쇠를 채우고 나서야 안도의 한숨이 나왔다. 강우가 먼저 갑판장을 선실 쪽으로 밀었다. 뒤이어 강우가 몸을 굴리려고 했을 때 파도가 덮쳤다. 몸이 가볍게 공중으로 떠올랐다. 물에 잠겨 떠오르면서 라이프라인 줄이 비틀비틀 돌고 있는 레이더 안테나에 걸려 싹둑 끊어졌다. 엄마의 몸과 연결되어 있던 탯줄이 끊어진 격이었다. 새로운 세상에 새 생명으로 태어나는 순간이었다. 자신의 몸이 한없이 가볍고 편안하게 느껴졌다. 어디든 날아갈 수 있을 것 같았다.

---

20) 위의 소설, 264면.

"하니!"

머리 위에서 카롤린의 부르는 소리가 들려왔다.

"기다려, 카롤린!"[21]

작품은 빈번하게 불량한 날씨를 묘사했는데, 결국 그 날씨가 변덕을 부리면서 어창의 문을 제대로 잠그지 않은 위기상황이 발생하자 강우는 자청하여 배의 위기를 해결했던 것이다. 하지만 그는 연리빙산 속으로 실종되고 만다. 여기서 실종은 죽음을 의미하지만 작가는 "새로운 세상에 새 생명으로 태어나는 순간이었다. 자신의 몸이 한없이 가볍고 편안하게 느껴졌다"라고 주관적 해석을 하고 있다. 즉 강우의 죽음을 새로운 세상에서 새 생명으로 태어나는 환상적인 의미로 해석했던 것이다. 즉 강우를 죽음으로 몰아넣은 라이프라인이 레이더 안테나에 걸려 싹둑 끊어지는 순간을 탯줄을 끊고 새 생명으로 태어나는 순간이라 그렸던 것이다. 따라서 이 소설의 제목처럼 그의 죽음은 '성소(聖所)에 들다'가 된 것이다. 즉 남극해 퀸즈랜드 대륙붕을 주인공이 새 생명으로 태어나는 '성소(聖所)'라는 은유적 장소로 작가는 의미화하였다. 마치 강우의 죽음을 전적으로 다른 질서에 속하는 무엇, 즉 우리 세계에 속하지 않는 신성한 무언가로 의미화했으며, 그가 실종된 바다도 새 생명이 태어나는 신성한 장소로 의미화하였다. 하지만 냉정한 이성의 눈으로 볼 때에 작품의 결말은 카롤린의 죽음으로 공황장애에 시달리던 강우가 그녀를 뒤따라 이 세상에서 저 세상으로 건너간 것이다.

강우는 두 번째로 승선한 남극해의 바다에서 불량한 날씨와 위험한

---

21) 위의 소설, 271면

조업이라는 외적 조건에 시달리면서도 내적으로는 카롤린에 대한 사랑을 키워나갔다. 그는 늘 도피하기만 했던 무책임성에서 벗어나 카롤린과 태어날 쌍둥이 아이에 대해서 처음으로 책임을 지고자 하였다. 하지만 카롤린이 목숨을 걸고 아이를 낳은 후 사망하자 더 이상 그녀에 대한 사랑을 현실에서 실현할 수 없다는 데 절망한 그는 자청하여 공해호를 위기로부터 구하고 카롤린과의 환상적인 재결합을 위하여 저 세상으로 건너간 것이다. 물론 강우가 자살을 한 것은 아니다. 작가는 강우의 죽음을 신성화하며 새 생명의 탄생이라는 환상적인 의미를 부여했다. 강우는 남극해의 바다에서 위험한 조업을 하는 동안 "새 세상 속으로 나아가는 길이라도 있는가? 다시 태어나고 다시 살아가는 세상이 있다면, 오욕으로 점철된 자신의 몸을 던지고 싶었다. 순수해서 금강 같은 여자, 사내 하나 잘 못 만나 불쌍한 카롤린"[22]이라며 그녀와의 진실한 사랑을 내적으로 키워갔다. 하지만 그녀의 죽음으로 그 사랑을 현실에서 실현할 수 없게 되자 환상적인 방법, 즉 죽음으로써 그 사랑을 구현하고자 했던 것이다.

박창주는 작품의 전반부와 후반부의 두 개의 바다를 통해서 바다에 대한 두 개의 의미를 제시하였다. 전반부에서 강우가 육지의 복잡함으로부터 도피했던 북태평양의 바다는 러시아의 배타적 경제수역 안으로 담치기를 함으로써 러시아 경비정에 나포되어 구금되는 정치적 권력이 행사되는 장소로 그려냈다. 반면, 후반부 남극해의 바다는 이빨고기 조업의 위험성과 자연적 기상조건의 악화 속에서 주인공이 목숨을 잃었음에도 카롤린과의 진실한 사랑을 환상적으로 완성하는 정신적 장소로

---

22) 위의 소설, 220면.

의미화하였다.

　박창주의 소설에서 제시된 바다는 원양어업이라는 생활세계를 넘어서서 정치적 의미와 정신적 의미 기능을 띤 장소로 그려졌다. 육지의 갈등 상황으로부터 벗어나기 위해 도피한 두 개의 바다는 모두 인간을 위험에 빠뜨린다. 전반부의 바다에서 주인공은 선박회사가 러시아에 배상금을 지불함으로써 위험한 상황으로부터 벗어나지만 후반부의 바다에서 주인공은 불량한 날씨라는 자연조건을 극복하지 못하고 죽고 만다. 대신 작가는 바다를 주인공 강우와 카롤린의 사랑을 환상적으로 완성시키는 정신적 의미를 띤 성소로 자리매김했다.

　소설 속의 바다는 배타적 경제수역 안에서의 불법조업의 정치적 위험성뿐만 아니라 자연적 물리적 공간으로서도 인간을 한계상황에 몰아넣는 위험한 공간으로 그려졌다. 인간은 바다에서 일어난 정치적 위기상황은 해결할 수 있었지만 자연적 물리적 위기상황은 결코 극복할 수 없었다. 결국 주인공은 죽음에 투항할 수밖에 없었다. 이는 한국인에게 바다는 안전과 안정을 주는 장소가 아니라 목숨을 앗아갈 수도 있는 위험한 공간이라는 무의식이 잠재되어 있음을 보여주는 것이라고 해석할 수 있을 것이다.

3. 역사 탐사의 장으로서의 바다 ― 유연희의 「항해자들」

　공간의 개념은 그와 관련된 인간의 실천을 통해 이해된다고 한 영국의 사회주의적 지리학자인 데이비드 하비(David Harvey)의 말처럼 바다에 대한 공간 개념도 거기에 관여하는 인간들의 행위들이 어떻게 그

공간을 이용하고 특정한 공간개념으로 만들어 가는가 하는 것과 관계된다. 유연희의 경장편 「항해자들」(2019)은 심사평에서 "천금성 이후 반복되어온 원양 서사 중심의 해양 서사를 확장하였다"라는 평가를 받았다. 심사위원들의 논평처럼 「항해자들」에서 주인공들의 항해 목적은 원양어업을 하기 위해서가 아니다. 따라서 주인공들도 원양어업을 하는 선원이 아니라 어업협정 문제를 두고 한일 간에 분쟁을 빚던 시기를 배경으로 독도가 우리 땅이라는 것을 세계에 알리고, 일본에 항의를 하기 위한 애국적 목적을 가진 한국해양대학교 출신의 젊은 탐사대원들이다. 이 작품의 시대적 배경은 정확히 명시되어 있지 않지만 1998년 이후로 짐작된다. 왜냐하면 한일어업협정으로 한일 간에 갈등을 빚던 시기를 시대적 배경으로 삼고 있기 때문이다.

> 정국이 한일어업협정으로 뒤숭숭했다. 요트부에서는 대한해협에서 요트 항의 시위를 하자고 결의했다. (중략) 일본의 독도 망언과 중국의 동북공정에 학생들은 촉각을 세웠다. 해양주권을 둘러싼 주변 강대국의 암투가 컴퓨터 게임처럼 노골적으로 되어간다고 성토하는 고성도 불거져 나왔다.
>
> 정치적인 입장 때문에 정부가 전면적으로 나서기 곤란하다면, 민간단체나 재야단체가 문화적인 코드로 적극적 해법을 찾아야 한다고 술렁거리는 학생들의 수가 나날이 늘어갔다.[23]

인용문은 한일어업협정, 독도 영유권 문제 등 한일 간 해양주권 분쟁

---

23) 유연희, 「항해자들」, 부산광역시문인협회, 『제23회 한국해양문학상 수상작품집』, 2019, 95-96면.

과 중국의 동북공정의 역사 왜곡 등과 연관되어 정치적으로 예민해 있던 시기의 우리나라의 갈등적 시대상황을 전달하고 있다. 1965년 6월에 한일 양국 간에 체결된 어업협정은 1998년 1월 23일에 일본의 일방적 파기 선언으로 무효화되었다. 일본이 파기 선언을 한 이유는 독도 문제, 배타적 경제수역 문제 등과 복잡하게 맞물려 있다. 하지만 근본 원인은 1965년에 체결된 어업협정 제4조의 기국주의를 연안국주의로 바꾸기 위한 것이었다. 기국주의는 공해의 선박은 그 선박의 소속국, 즉 그 선박이 등록되고 그 국기를 걸고 있는 나라만이 관할권을 갖는다는 것이다. 이와 반대로 연안국주의는 연안국의 배타적 경제수역 내에서 발생하는 불법어로 등의 행위에 대한 처벌권은 그 선박의 소속국이 아닌 연안국이 갖는다는 원칙이다. 1998년에 어업협정 파기를 선언한 일본은 연안국주의를 적용해 일본 근해에서 조업하는 우리 어선들을 나포해 법정에 세우기 시작했다. 이에 한일 양국은 협상을 거쳐 1998년 11월에 서명하여 1999년 1월 22일부터 신한일어업협정이 발효되었다. 신한일어업협정의 주요 내용은 배타적 경제수역 설정, 동해 중간수역 설정, 제주도 남부수역 설정, 전통적 어업 실적 보장 및 불법 조업 단속, 어업공동위원회 설치 등이다. 하지만 한국 정부는 독도를 EEZ의 기점으로 삼는다고 명시하지 않았고, 이로 인해 독도 해역이 중간지역으로 포함되면서 일본이 독도 영유권을 주장하는 빌미를 제공하게 되었다.[24]

 "일본의 독도 망언? 간단해. 지금이라도 누군가 뗏목을 타고 동해로 나가면 되잖아. 독도 인근의 해류는 우리나라 동해를 타고 흐르잖아. 그걸

24) pmg 지식엔진연구소, 『시사상식사전』, 박문각, 2017.

항해로 직접 보여주면 되지. 바닷물이 그쪽으로 흐르지 않는데 어찌 독도가 일본 땅이 될 수 있어? 옛날 배들은 동력이 없어 모두 해류나 조류, 바람으로 움직였는데 말이야. 물길이 일본으로 가지도 않는데 자기 땅이라고 우기는 건 웃기는 소리지, 일본은 태평양 전쟁 때부터 남의 나라를 강제로 빼앗더니, 그게 본래 자기 땅이었다고 착각하는가 봐. 착각도 그 정도면 병이지 병이야."[25]

인용문은 고대 발해의 뱃길을 재현함으로써 궁극적으로는 독도 망언을 반복하는 일본에 독도가 우리 땅이라고 주장할 목적으로, 즉 탐사대의 항해가 바다 영유권 분쟁과 역사 왜곡에 항의하기 위한 시위의 성격을 띠고 기획되었다는 것을 알려준다.

"한국의 젊은이들이 이 바다를 지키고 있고, 무엇이건 할 의지가 충만하다는 걸 주변국에 보여주"[26]기 위해 기록을 담당한 장대수 대장, 항해와 통신을 담당한 박현규, 조리 겸 사진을 담당한 갑판장 김창완(로사), 이갑수 선장이 총괄하는 탐사대는 자비를 털어 자발적으로 조직되었다. 이들은 동해상의 옛 발해의 뱃길 재현을 위해 뗏목을 만들었다. 그리고 러시아의 블라디보스토크에서 울릉도를 거쳐 제주 성산포까지 항해함으로써 우리와 갈등을 빚는 일본 등 주변국에 주권국가로서 대한민국의 위상을 알리자는 순수한 애국적 의도에서 항해를 시작했다. 그들의 동해 탐사가 1300년 전 발해의 해상루트를 재현한다는 의미에서 뗏목의 이름도 '발해1300호'로 지었다.

발해는 고구려가 멸망한 지 30년이 지난 뒤인 698년에 건국되어 926

---

25) 유연희, 앞의 소설, 96면.
26) 위의 소설, 97면.

년까지 한반도 북부와 만주 · 연해주에 존속하며 남북국을 이루었던 고대국가이다. 탐사대가 굳이 발해에 집착하며 러시아의 블라디보스토크에서 항해를 시작한 것은 만주 · 연해주 지역도 과거 우리의 땅이었다는 것이며, 중국의 동북공정과도 연관된다.

동북공정은 중국 동북 3성(헤이룽장 성, 지린 성, 랴오닝 성)에서 일어난 과거 역사와 그로 인해 파생되어 나온 현대사와 미래사가 주요 연구 대상이다. 중국의 실질적 연구 목적은 향후 한반도에서 예상되는 정세 변화가 중국 동북지역에 미칠 정치적 · 사회적 영향과 충격을 미리 차단해서 동북지역을 안정화시키고, 동북아 국제질서에 적극 대처하기 위한 것이다. 이를 위해 중국은 국가주의 역사관, 특히 각 민족의 단결을 강조하는 '통일적 다민족 국가론'을 동북지역에 적용하여 중국의 역사적 정체성을 완결하려고 했다. 동시에 조선족이 중국 국민으로서의 정체성을 확고히 가져 동요하거나 이탈하지 못하도록 사전에 방지하려한 것이 목적이다.[27] 2002년부터 중국은 동북지역의 역사를 연구한다는 목적 하에 우리나라의 고조선, 고구려, 발해가 중국이라는 거대한 나라의 일부분이었던 것처럼 잘못된 주장을 펼치기 위한 역사 왜곡 프로젝트를 진행했다. 한마디로 한반도와 중국 동북지역 사이의 역사적 관련성을 부정하기 위한 것이 동북공정이다.

따라서 필자가 앞에서 소설의 시대적 배경을 신한일어업협정이 체결되었던 1998년 이후로 해석했지만 중국이 동북공정을 시작한 것은 2002년이기 때문에 시대적 배경은 좀 더 늦은 시기인 2002년 이후일지도 모른다. 일본의 독도 망언은 오늘날까지도 계속 반복되어 왔으며, 소

---

27) pmg 지식엔진연구소, 앞의 책.

설은 신한일어업협정과 동북공정 문제가 뒤섞여 혼란이 야기됨으로써 정확한 시기를 특정하기 어려운 것이 사실이다. 소설은 항해의 목적을 블라디보스토크를 출항지로 삼아 해상왕국 발해의 업적을 알리는 발해 뱃길 탐사라고 했다가 독도 주권 문제를 다시 들고 나오는 등 혼란을 야기한다. 그런데 두 문제는 직접 연결된 사안은 아니다.

> "발해 탐사대는 대한민국 청년들의 의지와 기상을 보여주기 위해 얼어붙은 동해를 항해중입니다. 동해는 언제부턴가 주변 강대국의 바다 영토 분쟁의 각축장이 되고 있습니다. 일본은 독도망언을 일삼더니 이제는 한일어업협정까지 들먹이고, 중국은 동북공정, 러시아는 북극항로를 선점, 아니 독점하려 공세를 펴고 있습니다.
>
> 우리는 우리의 소중한 바다가 파워 게임의 각축장이 아니라 서로 공존하고 상생하는 바다가 되기를 원합니다. 그런 메시지를 전하기 위해 발해 탐사대가 발족하였고 대원들은 1300년 전, 발해의 선조들이 항해했던 뱃길을 당시 그대로 재현하기로 결의했습니다.
>
> 발해시절, 동해는 바다의 고속도로였습니다. 우리의 선조들은 바람과 해류를 이용해 엔진도 없는 배로 일본과 중국 등을 오가며 교류하고 교역하며 삶을 풍부하게 이루어 냈습니다.
>
> 탐사대는 주변 강대국에 항의하고, 발해 선조들의 이념을 되새기고자 발해 루트를 재현하고 있습니다. 뛰어난 해양 선조들의 후예로서 바다에 대한 사랑과 기상, 기개를 세상에 드러내고자 합니다."[28]

아무튼 이들 탐사대가 항해에서 부딪힌 가장 큰 갈등은 당연히 태풍

---

[28] 유연희, 앞의 소설, 31면.

과 거친 파도 같은 기상조건이었다. "험한 한겨울의 동해를 뚫고 블라디
보스토크에서 이곳 후포까지 18일간을 항해해 내려"[29]오는 동안 발해
1300호가 갖춘 현대적인 장비라고는 노트북과 GPS, 무전기가 전부였
다. 작품의 서두는 지원단이 발해1300호를 눈앞에 두고도 신호조차 보
내지 못하는 위기상황에서 시작된다. 태풍주의보가 발령된 기상조건에
서 발해1300호의 지원단장을 자청한 이 선장의 친구 손 단장과 해양경
찰의 경비정마저도 무사히 돌아갈 수 있을지 알 수 없을 정도로 기상조
건은 대단히 악화되어 있었다.

　　새벽 두 시까지 바다를 뒤져도 발해1300호는 보이지 않았다. 바다는
　　넓고 파도는 끝없는 계곡을 만들어 경비정을 위협했다. 무전은 여전히 불
　　통이고, 그나마 경비정의 해경들이 포기하지 않고 도와준 것이 행운이었
　　다. 발밑의 죽음을 딛고 한 배를 타고, 목숨을 건 동질감이 군사처럼 서로
　　를 엮어 주는 곳이 바다이다.[30]

하지만 지원단의 지원을 받은 후 발해1300호는 항로를 울릉도에서
제주도가 아니라 부산에서 제주도로 바꾸었음에도 항해 24일 만에 자
연과의 싸움을 극복하지 못한 채 표류하여 일본 오키제도 도고섬 앞에
서 전복되고 만다. "총 672해리(1238Km)항로로, 블라디보스토크를 출
발, 울릉도를 거쳐 제주 성산포를 지나 24일간 항해하여 발해와 신라의
교역로를 알릴 계획이었"[31]던 발해 탐사대의 항해는 결국 기상조건의

---

29) 위의 소설, 13면.
30) 위의 소설, 65-66면.
31) 위의 소설, 133면.

악화라는 자연의 위력 앞에서 실패로 돌아갔다. 「항해자들」은 발해시대의 동해항로 탐사를 통해 독도가 우리 땅이라는 것을 만방에 알리고, 일본에 항의하려 한 젊은이들의 애국적인 뗏목 항해를 그려냈다. 그런데 작품은 이들의 항해 준비과정, 기상조건과 싸우는 고난의 역정, 마침내 자연과의 싸움에서 굴복하고 마는 비극적 결말로 끝났다.

> 그런데 배가 일본으로 흐르는 것이다. 그럴 수는 없다. 독도가 우리 땅이라는 걸 알리려, 일본에 항의하려 시작한 항해이다. 물길이 일본 쪽이면 안 된다. 입국 비자도 없고 심사 등 여러 가지로 복잡해진다. 이게 바로 말로만 들어온, 밑에서 올라오는 쿠로시오 난류인 모양이다.[32]

원래 의도한 항로를 벗어나서 하필 일본 오키제도의 도고섬 앞에서 뗏목이 전복하여 전원이 사망하였다는 결말은 일본이 독도 영유권을 주장하는 망언의 와중에서 우리나라가 해양주권을 지켜내는 일의 지난함을 상징적으로 암시하고자 한 것이었을까?

「항해자들」에서의 바다 역시 단순히 자연적인 바다는 아니었다. 앙리 르페브르가 공간을 매우 정치적이라고 했듯이 주인공들은 한국의 동해를 일본, 중국, 러시아의 정치적 각축장으로 인식하며 그들의 항해를 통해서 한국의 해양주권을 만방에 과시하고자 하였다. 특히 젊은이들은 뗏목으로 발해의 동해 루트를 재현함으로써 독도 망언을 계속하는 일본에 항의하고자 하였다.

베네딕트 앤더슨(Benedict Anderson)은 『상상의 공동체』라는 저서에

---

32) 위의 소설, 115면.

서 공동체는 사실이나 영역에 기반하는 것이 아니라 상상의 정신적 산물이며, 민족은 상상의 공동체(imagined communities)라고 주장했다.[33] 발해1300호 탐사대원들은 발해가 우리 민족이 세운 국가라는 것을 의심치 않는 민족의식을 갖고 있다. 일본의 독도 망언과 중국의 동북공정이라는 외부와의 갈등이 그들로 하여금 민족이라는 공동체 의식과 민족정체성을 일깨웠다고 할 수 있다. 즉 그들은 발해인에 대해서 역사책에서 배운 것을 제외하고는 전혀 알거나, 만나본 적도 없음에도 긴 역사를 뛰어넘어 같은 민족이라는 이미지, 즉 상상의 공동체 의식을 갖고 있다. 따라서 대한민국의 해양주권을 침해하는 일본의 독도 망언에 시위하기 위한 낭만적 애국심으로 목숨을 건, 위험하기 짝이 없는 항해를 계속하다가 기상조건의 악화로 조난을 당해 사망했다. 이들 탐사대원들에게 동해는 상상의 공동체 의식을 투사한, 민족적 의미를 지닌 장소로 받아들여졌다. 즉 일본의 독도 망언을 규탄하며 영토주권을 주장하기 위한 정치적 장소로 바다가 의미화되었다.

에드워드 렐프(Edward Relph)는 공동체와 장소 사이의 관계는 사실 매우 밀접해서 공동체가 장소의 정체성을, 장소가 공동체의 정체성을 강화시키며, 이 관계 속에서 경관은 공통된 믿음과 가치의 표출이자, 개인 상호간의 관계맺음의 표현[34]이라고 했다. 장소와 공동체와의 관계에서 장소의식은 같은 장소 출신의 사람들에게 그 장소 자체가 지닌 본질적으로 동일한 정체성을 부여하며, 그 역도 성립한다[35]는 것을 확인시키기에 「항해자들」이라는 소설은 충분했다.

---

33) 베네딕트 앤더슨, 윤형숙 역, 『상상의 공동체』, 나남, 2003.
34) 에드워드 렐프, 앞의 책, 86면.
35) 위의 책, 87면.

한국인들에게 독도는 우리의 영토이고, 동해는 우리가 해양주권을 행사해야 할 영해이다. 그런데 일본은 독도를 죽도(마츠시마)라고 부르고, 동해를 일본해라고 하는 망언을 반복하며 역사 교과서를 왜곡하고, 2019년에는 일본 극우파 젊은 국회의원이 전쟁으로 독도를 되찾자는 주장까지 했다. 이처럼 독도와 동해는 한일 간의 영토분쟁과 동해의 해상주권을 두고 각축을 벌이는 정치적 장소이다.

젊은이들은 이와 같은 상황에서 일본에 항의하며 해양주권을 선언하기 위해 뗏목 항해라는 지극히 낭만적인 시도를 하지만 그 시도는 24일 만에 기후조건의 악화로 좌절된다. 아이러니하게도 일본의 오키제도 수역 안에서……. 이는 독도를 둘러싼 한일 간의 분쟁 해결이 결코 쉽지 않으리라는 것을 암시한 것으로 해석된다. 작가 유연희는 독도와 동해를 둘러싼 한일 간의 영유권 분쟁의 예민한 정치적 상황을 바다에 투사하며 자연적 바다라는 공간 속에서 민족적 정체성을 환기하는 정치적인 의미를 지닌 장소로서 바다를 그려냈다고 할 수 있다. 그리고 뗏목 항해의 실패를 통해서 한일 간의 갈등 해결의 어려움뿐만 아니라 한국인들이 바다라는 공간에 대해서 갖고 있는 두려움이라는 무의식도 표현했다고 생각한다. 왜냐하면 탐사대의 항해를 좌절시킨 것은 결국 자연적인 기상조건이라고 할 수 있기 때문이다. 그만큼 자연으로서의 물리적 바다는 주인공들의 숭고한 목적마저 좌절시키고, 목숨도 앗아가는 위험한 공간으로 그려졌다.

4. 맺음말

본고는 박창주의 장편소설 『성소(聖所)에 들다』와 유연희의 경장편 「항해자들」를 중심으로 최근 한국해양소설에 재현된 바다의 장소성을 살펴보았다. 두 소설에 재현된 바다를 분석한 결과 박창주의 소설에서 제시된 바다는 원양어업이라는 생활세계로서의 바다를 넘어서서 정치적 의미와 정신적 의미를 띠고 있는 것으로 파악됐다. 육지의 복잡한 상황으로부터 벗어나기 위해 주인공이 도피한 두 개의 바다는 모두 인간을 위험에 빠뜨린다. 전반부의 바다에서 주인공은 선박회사가 러시아에 배상금을 지불함으로써 위기를 벗어나지만 후반부의 바다에서 주인공은 불량한 날씨라는 자연조건을 극복하지 못한 채 죽고 만다. 하지만 작가는 자연조건의 위기를 주인공 강우와 카롤린의 사랑을 환상적으로 완성시키는 신성한 장소라는 정신적 의미로 해석했다. 『성소(聖所)에 들다』의 바다는 배타적 경제수역 안에서의 불법조업의 정치적 위험성뿐만 아니라 자연적 물리적 장소로서도 인간을 죽음이란 한계상황에 몰아넣는 위험한 공간으로 그려졌다. 인간은 정치적 위기상황은 해결할 수 있었지만 자연적 위기상황은 결코 극복할 수 없었다. 즉 죽음에 투항할 수밖에 없었다. 이는 한국인에게 바다는 언제든 생명을 앗아갈 수도 있는 위험한 공간이라는 무의식이 잠재되어 있음을 보여준 것이라고 생각된다. 이-푸 투안이 『공간과 장소』에서 공간을 움직임이며, 개방이며 위협으로, 장소는 정지이며, 개인들이 부여하는 가치들의 안식처이며, 안전과 애정을 느낄 수 있는 고요의 중심이라 구분했을[36] 때의 장

---

36) 이-푸 투안, 구동희 · 심승희 역, 『공간과 장소』, 대윤, 1995, 7면.

소는 결코 되지 못하는 위협적인 공간이 바다다. 즉 바다는 자유를 위한 일시적인 도피처는 될 수 있을지 모르지만 진정한 안전과 안정을 느낄 수 있는 장소는 되지 못한다. 비록 작가가 주관적인 차원에서 바다를 성소라는 신성한 장소로 환상적인 의미를 부여했을지라도……

「항해자들」의 작가 유연희는 독도와 동해를 둘러싼 한일 간의 영토 분쟁의 예민한 정치적 상황을 배경으로 민족에 대한 상상적 공동체 의식을 가진 주인공들의 동해 탐사를 그려냈다. 「항해자들」의 장소성은 민족이라는 상상적 공동체 의식을 가진 젊은 탐사대원들의 의식에 투사되어 나타난다. 즉 바다는 민족이라는 상상의 공동체 의식을 확인하고 한일 간의 영유권 분쟁에 항의하는 민족적이고 정치적인 의미 기능을 띤 장소로 그려졌다. 하지만 작가는 발해1300호의 뗏목 항해의 실패라는 결말을 통해서 한일 간의 독도와 동해를 둘러싼 영토 분쟁 해결의 어려움뿐만 아니라 한국인들이 바다에 대해서 갖고 있는 목숨을 앗아갈지도 모르는 두려운 공간이라는 무의식을 표현했다고 생각한다.

두 편의 소설은 생활세계로서의 바다뿐만 아니라 바다를 둘러싸고 벌어지는 배타적 경제수역, 해양주권 등 정치적 갈등을 생동감 있게 반영하며 정치적, 정신적 의미 기능을 띤 장소로 재현하였다. 그리고 한편으로 바다는 인간의 목숨을 앗아가는 위협적인 공간이라는 한국인의 무의식을 투영한 공간이기도 하다. 바다의 장소성은 장소를 경험하고 사유하는 작가의 의도나 개성, 시대나 개인적 상황에 따라 다양하게 표현될 수 있지만 동시에 한국인의 바다에 대해 갖고 있는 무의식을 투영하기도 한다. 앞으로 우리의 소설은 보다 다양한 바다의 장소성을 표현해냄으로써 한국해양문학의 새로운 미래를 창출해야만 할 것이다.

(『문학도시』 2020년 9월호, 부산문인협회)

11. 소외된 사람들에 대한 관심과 애정

- 박정선의 『와인파티』

박정선 작가의 두 번째 소설집 『와인파티』는 표제작인 「와인파티」를 비롯하여, 「참수리 357호」, 「그 후에야 알게 된 것」, 「사과 한 상자」, 「선택」, 「벽」, 「일몰」 등 모두 8편의 작품을 수록하고 있다.

이번 작품집에서는 노년층의 소외를 다룬 「사과 한 상자」, 「일몰」, 기독교적 관점에서 자살문제를 형상화한 작품 「그 후에야 알게 된 것」과 「선택」, 죽음의 문제를 다룬 「내일 또 봐요」, 결혼정보회사를 통한 맞선 행태와 오늘날의 성풍속을 꼬집은 「와인파티」, 2002년 6월 29일 오전 10시 25분 무렵, 북방한계선 남쪽 3마일 서해 연평도 서쪽 해상에서 북한 경비정이 북방한계선을 넘어와 선제 기습 포격으로 시작된 남북 함정 사이의 교전을 다룬 「참수리 357호」, 지역감정을 소재로 한 「벽」 등 다양한 작품세계를 보여주고 있다.

작가는 이번 소설집에서 죽음과 늙음이라는 인간의 근원적 문제로부터 세대에 대한 비꼼을 비롯하여 서해교전과 같은 역사적으로 일어난 실제사건에 이르기까지 다양한 분야에 대해 폭넓은 관심을 나타내고 있다.

그런데 이처럼 다양한 작품들 사이에서도 작가가 관심을 갖고 있는 공통분모는 발견된다. 그것은 노년층의 고독과 소외, 자살자의 문제, 햇볕정책과 월드컵의 흥분 속에서 잊혀져간 서해교전의 희생자들에 대한 관심 등 사회와 역사 속에서 소외된 사람과 사건에 대한 지속적인 관심과 애정이다.

1. 죽음과 자살

작가는 이번 소설집에서 죽음 또는 자살에 관하여 집중적인 관심을 표명한다. 「내일 또 봐요」, 「그 후에야 알게 된 것」, 「선택」은 바로 죽음 또는 자살이란 소재를 다루고 있다. 「내일 또 봐요」는 죽음을 선고받은 말기 암 환자가 입원한 병동에서 이들이 편안하게 죽음을 맞이할 수 있도록 도와주는 호스피스가 등장하여 병동을 스케치한다. '내일 또 봐요'란 그들이 내일까지 살아서 다시 보자는 비장한 의미이다.

아침기도를 마치고 병실로 향하는 동안 오늘은 또 누구와 이별을 하게 될까? 하는 생각이 습관처럼 엄습한다. 그리고 대강 그가 누구인 줄을 짐작한다. 그러나 짐작을 뛰어넘을 때가 얼마나 많던가, 내일 또 봐요란 인사를 하고 그 다음날 병실에 들어서면 뜻밖에 어디론가 사라지듯 없어져버린 사람들, 그들이 비워놓은 텅 빈 자리는 잠시 화장실에 갔거나 산책을 나간 듯한데 며칠이 가도 그들은 돌아오지 않았고 다시 새로운 환자가 그 자리를 채웠다.

죽음을 앞둔 환자를 돌보는 호스피스에게 죽음이란 일상적으로 일어나는 결코 특별하지 않은 사건이다. 마치 "잠시 화장실에 갔거나 산책을 나간" 것처럼 죽음은 일상적으로 일어난다. 그렇지만 환자 개개인에게 죽음은 피하고 싶고 두려운 일생일대의 사건이다. 작가는 죽음을 목전에 둔 인간의 처절한 고통과 몸부림, 나약함, 그들의 갖가지 사연, 그리고 환자를 돌보는 가족들의 모습을 환자를 가까이에서 지켜보는 호스피스의 눈으로 그려내고 있다.

그런데 작가는 호스피스로 등장한 일인칭의 동종화자조차 죽음을 선고받은 인물로 설정하고 있는데, 그가 호스피스로 자원봉사하는 것은 동병상련에 대한 연민 때문이다. 그가 죽음의 공포와 고통으로부터 벗어나는 길은 오직 신에게 의지하는 길밖에 없으며, 재산도 명예도 가족도 그 무엇도 죽음 앞에서는 속수무책이라고 말한다. 여기에서 독실한 기독교도인 작가가 죽음의 문제를 어떻게 받아들이고 있는가가 잘 드러난다. 죽음이란 죽는 것이 아니라 다른 세상으로 옮겨가는 것일 뿐이며, 신에의 의지를 통한 구원만이 죽음 앞에서 인간이 취할 자세라고 말한다. 이는 바로 이 작품의 주제의식이기도 하다.

> 죽음은 죽는 것이 아니라 다른 세상으로 옮겨가는 것이며 조금 먼저 가는 것과 조금 뒤에 가는 차이뿐이라고 종교인들이 말할 때마다 신물이 난다고 항의하던 김영옥 씨처럼 유유자적하게 위로하는 건강한 모든 사람들이 마치 내 삶을 몰래 훔쳐내어 자기 것으로 만든 것 같았다. 모두들 쇼를 하고 있다고 생각했고 그것은 바로 공격 대상이었다. 스스로의 변화만이 해결할 수 있는 문제였다.
>
> 온갖 몸부림이 끝나갈 무렵에야 비로소 나는 오직 신만이 유일한 출구

라는 것을 알았다. 나는 자신도 모르게 신을 의지하기 시작했다. 오직 혼자 가는 길, 재산도 명예도 가족도 그 무엇도 죽음 앞에서는 속수무책이란 것을 알았다.

신을 의지하면서 가슴에 파고든 것은 동병상련에 대한 연민이었다. 살아있는 동안 나 같은 그들을 직접 만나보고 싶었다.

그래서 그들에게 봉사한다는 명분으로 사실은 나의 길을 예비하리라 마음먹었고 그들을 통해 비로소 나를 보기 시작했다. 그때부터 나는 왜 하필 나만 죽어가야 하는가란 무모한 생각에 부끄러움을 감당할 수가 없었다. 타인에 대해 미안해지기 시작했다.

작가가 이번 소설집에서 집요한 관심을 보인 문제의 하나는 바로 '자살'의 문제이다. 자살이란 스스로 목숨을 끊는다는 의미에서는 죽음과 다를 수도 있지만 질병이나 사고로 인한 죽음이든 자살이든 죽는다는 의미에서는 마찬가지이다. 그런데 기독교에서는 자살을 부정적으로 인식한다.

프랑스의 사회학자 에밀 뒤르켐(Emil Durkheim)의 『자살론』에 의하면 자살이란 개인의 신경쇠약이나 정신병에 의해서 일어나는 심리적 현상이 아니라 엄연한 사회적 현상이다. 즉 자살은 의사들이 이야기하듯 개인의 체질, 밤낮의 길이, 계절에 따른 온도 변화와 같은 신체적 물질적 조건들 때문이 아니라 사회적 영향의 결과라는 주장을 치밀한 통계와 분석을 통해서 입증한다. 그는 자살을 세 가지 유형으로 분류하는데, 이기적 자살, 이타적 자살, 아노미적 자살이 그것이다.

이기적 자살이란 일상적인 현실과 좀처럼 타협 또는 적응하지 못하는 사람들의 자살을 말한다. 가령 정신질환자들의 자살 같은 것이 그것이다. 이런 유형의 자살은 사회구성원 사이의 유대감이 상대적으로 느슨한 경우에 많이 나타난다. 이타적 자살은 자신이 속한 사회 또는 집단에 지나치게 밀착하여 일어난다. 2차대전시의 미군함으로 비행기를 몰고 돌진했던 일본의 가미가제와 같은 경우나 2001년 9·11 테러 시에 여객기를 납치해 뉴욕 세계무역센터 쌍둥이빌딩을 향해 돌진했던 알카에다 조직원들의 자살 같은 것이 그 예이다. 이런 자살은 집단주의적 성향이 강한 경우에 나타난다. 아노미적 자살은 지금까지 당연하게 여겨지던 가치관이나 사회규범이 혼란에 빠졌을 때에 자주 일어난다. 서로 다른 가치 규범이 뒤섞인 사회, 급격한 변동의 와중에 있는 사회에서 자주 일어난다. 전반적으로 전통의 가치규범에 의해 비교적 강하게 통합되어 있는 사회일수록 자살률이 낮고 그렇지 못한 사회일수록 자살률이 높다. 결국 자살은 사회적 요인이 영향을 미치는 사회현상이라고 에밀 뒤르켐은 주장했던 것이다.

「선택」에서는 IMF로 인한 명예퇴직과 사업의 실패, 그리고 후배의 배신으로 인한 파산과 가족의 해체가 자살의 원인으로 제시된다. 「그 후에야 알게 된 것」에서는 과열의 입시경쟁에 적응하지 못하는 청소년의 방황과 자살을 다룸으로써 자살이 개인의 기질적 심리적 요인에서 발생하는 것이 아니라 사회적 요인에서 발생하는 것임을 작가는 분명히 하고 있다. 두 작품의 자살 유형은 뒤르켐의 이론으로 분류해볼 때에는 아노미적 자살에 해당된다. 하지만 작가는 자살의 예방에 대해서 사회적 차원의 대안을 내어놓지 않는다. 대신에 종교, 즉 기독교의 신에게 의지함으로써 가능한 것으로 제시하고 있다.

「선택」에서 자살을 시도하는 주인공은 자살을 마음먹은 시간인 오후 3시에 선교를 위해 집을 방문한 소망교회 집사의 초인종 소리에 방해를 받아 예정시간을 넘겨버린다. 그런데 왜 하필 그 시간에 초인종을 누르게 되었을까? 작가는 그것이 신의 계시인 것으로 설정한다. 즉 하나님은 인간의 일거수일투족을 항상 면밀하게 주목하고 관찰하고 있다가 그가 자살을 하려는 순간 집사를 보내 초인종을 누르게 했다는 것이다.

　"그런데 어떻게 그 순간에 그것도 세 번씩이나 초인종을 눌러서는 예수 믿고 천국에 가라고 한 거요? 당신은 누구에겐가 내 사정을 듣고 찾아온 것이 분명해요. 그 사람이 누구요?"
　"아, 맞습니다. 생각해보니 선생님 말씀이 맞아요. 사실 저는 한 달에 한 번씩 선생님이 살고 있는 아파트에 전도를 나갑니다.
　전도라기보다는 전도지를 문틈에 끼워놓고 오는 정돈데, 고작 그 정돈데……, 전도지를 선생님 댁 문틈에 끼우고 돌아서서 계단을 내려오는데 갑자기 발걸음이 멈춰졌어요. 그리고 마음속에서 어떤 명령을 받고 있었지요. 다시 돌아가서 초인종을 누르라는 아주 강력한 명령이었어요."

우연이 아니라 강력한 신의 계시에 의하여 집사는 평소와는 달리 초인종을 세 차례나 눌러 자신도 모르는 사이에 주인공의 자살을 방해했을 뿐만 아니라 신에의 의지를 통하여 자살을 극복하라고 권유한다. 결국 주인공은 초인종을 눌렀던 소망교회 집사와의 전화 통화를 통해서 자살 충동을 극복하게 된다.

　"맞아요. 끝까지 견디는 데는 혼자 힘으론 역부족이죠. 그리고 매달릴 든든한 나무가 있어야 하구요. 그래서 사람들은 예수란 나무에 매달린 겁니다. 아저씨께서도 예수란 나무에 매달려 태풍과 싸워보세요 분명히 승리하십니다."

"예수란 나무에 매달리라고요. 그러면 이긴다고요?"

"그럼요. 온 힘을 다해 매달리기만 하면 그 따위 태풍에 결코 떨어지지 않습니다. 빨랫줄에 매달리지 마시고 부디 예수님께 매달려보세요. 왜 혼자 방안에 앉아서 모든 것을 결정하려고 하세요. 그건 무모한 희생이에요."

나는 이미 그녀와 대화하는 가운데 오후 3시 이전의 생각과 판단이 흔들려 있다는 것을 알았다. 그리고 갑자기 빨랫줄과 예수를 두고 선택의 기로에 섰다는 것도 알았다. 빨랫줄에 매달리느니 부디 예수님께 매달리라는 말을 서너 번 되풀이하면서 여자는 수화기를 놓았다.

작가가 자살 극복의 구체적 방법으로 제시한 것은 신에의 의지(依支)라는 기독교적 대안이지만 굳이 기독교가 아니더라도 자살이라는 극한 상황의 절망에 빠진 사람들에게는 그 어떤 사람의 작은 관심조차도 자살을 방지하는 데 도움이 된다는 것을 말한 것으로 생각된다. 즉 우연한 초인종 소리조차도 자살을 방지하는 데 도움이 된다는 것이다. 자살자들은 가족과 사회의 무관심 속에서 현실의 고통을 이겨내지 못하고 자살이란 극단적 방법으로 도피하기 때문에 누군가의 하찮은 도움일지라도 그들에게는 죽음을 극복할 힘을 주게 되는 것이다. 「선택」의 주인공은 사업 실패에 이어 아내가 아이를 데리고 친정으로 가버림으로써 가족 해체까지 겪게 되고 결국 파산을 앞두고 절망에 빠진 나머지 자살을 결심하게 된 것이다. 가족이란 공동체는 매우 튼튼한 공동체라고 생각하기 쉽지만 작품에서도 볼 수 있듯이 경제적 토대가 무너져버리면 언제든지 해체될 수 있는 매우 지반이 허약한 공동체인 것이다.

역설적으로 작중의 주인공은 돈의 소중함을 자신이 교육받지 못함으로써 사업에 실패하게 되고 파산에 이르게 되었다고 인식하게 되는데, 자본주의 사회에서 돈의 가치를 제대로 인식한다는 것은 매우 중요한 일이다. 인간이 돈에 종속되는 황금만능의 사고방식은 문제지만 돈의 가치도 다른 것들의 가치 못지않게 살아가는 데 있어서 중요하다는 것을 인식하는 균형감각도 필요하다는 것을 작품을 말하고 있다.

이번 소설집에서 가장 관심을 끄는 작품 중의 하나는 「그 후에야 알게 된 것」이다. 이 작품의 화자는 특이하다. 화자는 살아 있는 사람이 아니라 이미 자살한 사람의 영혼이다. 죽은 영혼인 일인칭 주인공 시점에서 그가 살아 있을 때의 시기를 회고하는 한편 자살한 이후의 가족, 특히 어머니를 관찰하고 있다. 죽은 영혼의 관점이란 매우 특이한 효과를 자아낸다. 때론 전지적 화자처럼 인물들의 위에서 서술이 가능하기도 하지만, 그들에게 직접적으로 개입할 수 없다는 점에서 관찰자시점처럼 거리가 느껴지기도 한다. 경우에 따라서는 일인칭 주인공 서술처럼 자신의 내면을 고백하기도 한다. 이 작품은 입시지옥에 시달리는 청소년의 가출, 정신적 방황, 자살 등의 문제를 다루고 있다. 한국의 청소년들에게 가중되는 입시 스트레스가 얼마나 큰 것이며, 더욱이 1등만이 겪게 되는 1등 콤플렉스는 더욱 심각하다는 것이 잘 드러난다.

한국의 모든 고교생들에겐 봄이나 가을이나 도무지 계절 감각이 없이, 계절감각을 가져서는 안 되는 환경에서 기계처럼 공부만 해야 하는 것이 나 하나만 하는 일이 아니었는데도 나는 고교 1학년부터 쇠사슬에 칭칭 동여맨 죄수가 되어 학교생활이 시작되었다. 전교 1등을 반드시 해야 한다는 강박관념이 아니라, 틀림없이 내가 전교 1등을 할 것이라는 부모님과 내 주위 사람들의 기대는 나를 사면초가의 깊은 구덩이에 몰아넣는 것 같은 압박이었다. 사실 중 3년 동안 계속 수석을 차지해온 나에게 그런 기대를 한다고 해서 별 무리는 아니었으나 고등학교는 중학교와는 판이하게 다르다는 것을 우선 부모님부터 제대로 이해하지 못했다.

수석을 놓쳐버린 이후 고등학교를 자퇴한 주인공은 검정고시를 통하여 지방의 국립대학 영문학과에 합격한다. 하지만 대학생활을 포기하고 미국유학을 준비하라는 어머니의 말에 학원을 다니던 중 친구의 영향으로 염세주의 철학과 문학에 빠져들더니 급기야 자살을 해버린다. 청년기까지 사춘기가 연장되는 방황의 끝에서 자살을 시도한 것이다. 하지만 결코 자살은 정신적 방황의 해결책이 될 수 없다고 작가는 말한다.

아, 지금 돌이켜보면 그건 정말 악령이었다. 그 순간 내 육신과 영혼이 악령에 붙들리어 나는 두려움을 떨치고 내 옷에 시너를 뿌린 다음 라이터를 켰다.

봄이라도 늦은 오후라 바람이 다소 세게 변하여 내 몸 쪽으로 불었고 라이터 불은 시너 냄새에 홀린 듯 내 몸을 악령의 혓바닥처럼 휘감았다. 등신불처럼 책상다리를 틀고 앉았던 내 몸은 비명을 지를 틈도 숨 쉴 틈도 없이 단번에 얼굴을 땅에 처박으며 엎어지고 말았다. 나는 얼굴에 시너를 뿌리는 것을 잊어버렸을까? 아니면 내 신원 파악을 위해 도움을 주고자 일부러 남겨 놓았을까? 하여튼 얼굴은 불길이 침범하지 않은 채 스물한 살의 내 생명은 성지곡 수원지 방범 초소 부근 숲속에서 그렇게 종지부를 찍었다.

뿐만 아니라 "숨통을 죄던 방황을 피해 달아난 이곳에서 나는 다시 방황의 길을 걷고 있다"에서 보듯이 자살로의 도피가 결코 영혼의 구원이 될 수 없다는 것이다. 기독교적 세계관에서는 현세의 물질적 삶뿐만 아니라 영적인 삶의 차원이 존재하며, 인간의 삶은 영원히 계속된다는 것을 작품은 말하고 있다.

> 나는 온통 후회다. 내가 후회라고 말한다는 것은 또 하나의 죽음이다. 그것은 불길에 싸여 배가 터지고 팔다리가 타고 마지막으로 내 심장이 타버린 고통보다 훨씬 잔인한 현실이다. 숨통을 죄던 방황을 피해 달아난 이곳에서 나는 다시 방황의 길을 걷고 있다.
> 도대체 인간은 어디까지가 끝인지 알 수가 없다. 한번 태어난다는 것이 이토록 질긴 책임과 의무가 따른 것인 줄을 누가 알았겠는가.

그는 죽어서도 안개의 미로 속을 헤매며 방황은 계속되고, 어머니의 사랑에 집착한다. 결코 자살은 구원이 될 수 없는 것임을 작가는 분명히 하고 있다.

2. 노년기의 소외

한국사회는 최근 급격하게 고령화 사회에서 고령사회로 이행되어가고 있다. 전체 인구 중 65세 이상의 노인 인구가 차지하는 비중이 7% 이상이면 고령화 사회, 14% 이상이면 고령사회, 20%이상이면 초고령사회이다. 우리나라는 2000년부터 노인 인구 비율이 7%를 넘김으로써 고령화사회로 진입하였고, 2026년이면 노인 인구가 20%를 넘어 초고령사회가 될 것으로 전망한다. 우리 사회는 의료수준의 향상, 생명공학기술의 경이적인 발전, 개선된 생활조건 등으로 평균수명은 계속 증가하는 반면에 역사상 유례없는 출생율의 저하로 급격하게 고령사회를 향해 달려가고 있다. 따라서 갖가지 노인문제가 발생되고 있으며, 노인복지문제가 시급하게 해결하여야 할 사회적 현안으로 대두하였다.

노년이란 육체적 노화를 지칭하는 생물학적 개념이기보다는 사회학적 개념으로서 사회적 정년에 따른 개념이라는 것이 일반적인 견해이다. 많은 경우에 육체적 노화조차도 사회적 정년 이후에 급격하게 진행된다.

박정선 작가의 소설에서도 노인문제는 사회적 정년으로부터 발생한다. 「일몰」은 여학교 교장에서 정년퇴직을 한, 38세에 홀로되어 남매를 키운 남성노인의 이야기이다. 그의 아들은 미국에서 근무하지만 며느리와 손녀를 귀국시켜 아버지를 보살피게 한다. 하지만 그것은 형식적인 동거에 불과할 뿐 가족 간의 진정한 소통과 대화는 이루어지지 못한 채 노인은 고독감에 빠져든다. 손녀는 할아버지의 단소 소리가 싫어서 피아노를 치다가 친구 집으로 달아나고, 미술을 전공한 며느리는 부쩍 작품 활동에 열을 올리며 외출이 잦은데, 그것이 단순히 작품창작에 대한 열정 때문은 아니다. 오직 그와 소통이 가능한 사람은 신문사의 사회부에서 근무하는 여학교 시절의 제자이다. 고독감을 이기지 못하여 가출한 주인공은 양로원에 몸을 의탁할까 하여 찾아가 보지만 결국 포기해버리고 여행길에 오른다. 그런데 길거리에서 갑작스런 복통이 나 입원을 하게 되고 제자에게 연락이 간다. 제자는 집으로의 복귀를 권유하지만 그는 집으로 돌아가지 않고, 다시 여행길에 오른다. 하지만 이것이 노인문제 해결에 대한 진정한 해답이 될 수는 없다. 육체적으로 건강한 노인은 경제활동이든 봉사활동이든 사회에 어떤 방식으로든 참여하여야

하며, 가족 속에서도 물과 기름처럼 겉돌지 않고 공존할 수 있는 길을 사회제도적으로나 개인적으로나 모색하여야 할 것이다. 작품 속에서 노인의 고독감과 소외는 적절히 형상화되었지만 대안 제시에까지는 작가의 관심이 미치지 못한 것은 아쉬움으로 남는다.

연금이나 저금이 있는 노인에겐 정신적인 고독감과 소외감이 큰 문제일지 모르지만 그것도 없는 노인들에겐 경제적으로 생존한다는 것이 더욱 큰 문제이며, 육체적 질병에 대한 고통이 더 큰 문제일 것이다.

「사과 한 상자」에서도 역시 홀로 되었을 뿐만 아니라 몸조차 불편한 남자노인이 주인공으로 등장한다. 그는 미국에 있는 아들이 주문 배달한 사과 한 상자를 차마 아까워서 먹지도 못한 채 끌어안고 노년의 고독을 달랜다. 조카딸에게 불편한 몸을 의탁하고 있는 노인에게 아들이 보낸 사과가 썩어가는 향기는 마치 그리운 아들의 체취인 듯 느껴진다. 노년의 고독감이 독자에게 절실하게 와 닿는 작품이다.

　　아들이 보내온 사과 한 상자는 곁에서 겨울 내내 썩어갈 것이었다. 그
　　리고 그 은은한 향기는 아들의 체취처럼 가슴을 가득 채워줄 것이었다.

평균수명이 길어짐에 따라 홀로된 남자노인의 문제는 여자노인의 문제보다 더욱 심각할 수 있다. 기성세대 남자들은 가사노동에 대한 훈련을 전혀 받지 않고 살아왔기 때문에 생활적인 면에서 자립할 수 없고, 따라서 다른 사람에게 의지하지 않으면 살아갈 수가 없다. 뿐만 아니라 그들은 직장에서 일만을 해왔기 때문에 정년 이후 갑자기 많아진 시간을 어떻게 보내야 할지 노하우가 전혀 없다. 이들이 노년을 행복하게 보낼 수 있도록 국가는 사회적응 프로그램을 다양하게 개발하여야 할 것

이다. 경제적인 문제, 생활적인 문제, 심리적인 고독의 문제, 질병문제, 자녀와의 갈등문제, 성문제 등 노년기의 문제는 참으로 많다. 앞으로 노년문학은 더욱 그 세계를 확장해 나가야 할 것이다.

앞으로 고령사회를 맞아 노년기 문학은 문학의 한 장르로 확실하게 자리 잡을 것으로 전망된다. 미국의 노년학자 N.쇼크는 노년학의 연구대상을 다음과 같이 제시했다. ① 고령자의 증가에 따른 사회경제학적 제 문제, ② 노화에 관한 심리학적 고찰, ③ 노화의 생리학적 및 병리학적 제 문제, ④ 생물계 전반에서의 노화 등이다. N.쇼크가 제시한 4가지는 노년기 문학이 무엇을 창작해야 할 것인지 참고가 될 만하다.

3. 우리시대의 맞선 풍속도

「와인파티」는 결혼정보회사를 통한 맞선 풍속을 풍자한 소설이다. S 법대를 졸업한 S그룹 과장, 신장 177에 체중 67킬로그램, 연봉 5천 이상에 나이 41세, 그리고 취미는 마라톤, 주말에는 15킬로미터 정도를 달리는 노총각인 주인공은 결혼시장에 자신을 매물로 내놓은 심정을 다음과 같이 묘사한다.

여자들은 마치 물건을 감정하는 감정사처럼 나를 구석구석 살피고 있었다. 최근에도 서른여섯 살을 먹었다는 여자의 눈은 참 섬세한 여성의 눈이라기보다는 잘 숙련된 감정사란 표현이 더 어울릴 것이다. 커피를 한 잔 마시는 동안에 내 머리 꼭대기서부터 심지어 구두 속에 들어있는 양말까지 알아냈으니……

즉 자신이 팔리기를 기다리는 물건처럼 물화된 심정이다. 하지만 상대방을 바라보는 그의 심정 역시 마찬가지이다. 서로가 서로를 인격체로서가 아니라 섹스 능력이나 음식 만드는 능력 등으로 평가하는 것이다.

> 하기야 나도 그녀의 깡마른 몸을 그냥 겉옷만 바라본 것은 아니었다. 얄팍한 가슴은 너무 빈약해 보여 인정이 없어 보일 뿐만 아니라 영 성욕이 일지 않을 것 같고, 가늘고 긴 손가락은 음식 맛이라곤 털끝만큼도 없을 것 같았다.
> 그리고 어린 아이같이 삐죽한 힙은 섹스할 때 뼈마디가 쿡쿡 마칠 것 같아 보였다. 그렇게 보면 피차가 실망하기는 마찬가진데 여자는 자기만 실망한 것처럼 나를 내려다보기 시작하고 나는 가차 없이 일어나 커피 값을 계산하고 나와 버렸다.

주인공이 내거는 여자의 조건은 신장 160 이상, 체중 52킬로그램, 나이는 36세 미만, 학력은 대졸에 전공은 상관이 없으며, 직장은 있어도 없어도 되며, 용모는 수수한 형이지만 사각 턱은 절대사절이며 강아지를 키우거나 수다스러운 것은 절대사절이며, 주말에는 함께 달려야 하고 안 되면 자전거로 따라와도 된다는 조건이다.

주인공이 맞선을 서른아홉 번이나 보고서도 마음을 정하지 못하는 것은 위에 내건 까다로운 조건뿐만 아니라 "내 이상적인 여성은 반드시 어딘가에 나를 기다리고 있을 것만 같은 믿음" 때문이다. 아직도 그는 우연히 이상적인 반려자를 만날 것이라는 낭만적인 환상을 가지고 있다.

결혼정보회사 노블레스의 커플파티에는 3종류의 급수가 있다. A급의

파티에는 승마와 골프파티에 연봉 일억 이상의 의사, 판검사, 변호사, 해외유학파나 준재벌급 2세 중심이며, B급에는 테니스와 볼링 실내수영 파티로서 교수, 약사, 기업체 CEO, 국내 3대그룹의 고급사원이다. 그 중에서 와인파티는 제일 급수가 낮은 C급이다. 와인파티를 열어놓고 결혼 정보회사는 다음과 같은 멘트를 날린다. 맞선을 보아 결혼하여 자녀를 많이 낳는 것이 애국이며 효도라는 것이다.

> "여러분 대단히 수고가 많았습니다. 여러분께서도 잘 아시다시피 지금 선진국 대부분이 결혼전쟁으로 고민하고 있습니다. 젊은 사람들의 결혼이 국가 국익의 절대적인 열쇠를 쥐고 있기 때문입니다. 우리나라도 그 중의 하나입니다. 일본은 벌써 90년대 중반부터 국가에서 맞선비용을 지급해서 결혼을 적극 권장하고 있질 않습니까? 물론 결혼하지 않고 자기 혼자 일 잘하고 잘 먹고 잘 사는 것도 좋습니다. 그러나 현대사회에서 애국하는 길은 오로지 결혼하여 많은 자녀를 낳아 조국에 이바지하는 것입니다. 그것이 현대사회에서 가장 모범적인 국민상입니다. 사람이 태어나 가장 보람된 것은 먼저 애국하는 길이며, 둘째는 효도하는 길이라고 우리는 배웠습니다."

문제는 호텔에서 열리는 와인파티라는 것이 단순한 파티가 아니라 2차는 객실 행으로 되어 있다. 그는 "섹스를 해봤어요? 마지막 생명을 불태우는 듯한!"이라는 질문을 스스럼없이 던지는 여자에게 이끌려 객실까지 따라는 갔지만 도망자처럼 방을 빠져 나오고 만다.

작가의 풍자의 대상은 맞선시장에 나온 남녀를 비롯하여 결혼정보회사 등 전면적이다. 작가는 결혼이 인격 대 인격의 만남과는 거리가 먼 일종의 마케팅이 되어버린 오늘날의 세태, 결혼시장에서 서로가 서로를 저울질하는 물신화된 풍조, 그에 동조하는 남녀와 성도덕의 문란함도 신랄하게 비판한다.

4. 서해교전의 현장감

이번 작품집 가운데 역사적으로 실제 일어났던 서해교전을 실명으로 다룬 소설 「참수리 357호」는 군대에도 가본 적이 없는 여성작가가 다루기에는 매우 어려운 소재이다. 그런데도 불구하고 작가는 서해교전 당시 전투의 긴박한 상황을 탁월한 현실감과 생동감으로 그려내고 있다. 「참수리 357호」는 실제 일어났던 사건과 실명을 사용했다는 점에서 다큐멘터리의 성격을 지니고 있다.

'서해교전'이란 2002년 6월 29일 오전 10시 25분 무렵에 아무런 징후도 없이 북한 경비정의 갑작스런 선제 기습 포격으로 해군 고속정 참수리 357호의 조타실이 순식간에 화염에 휩싸였고, 이때부터 양측 함정 사이에 교전이 시작되어, 곧바로 인근 해역에 있던 해군 고속정과 초계정들이 교전에 합류, 이어 10시 43분께 북한 경비정 1척에서 화염이 발생하자 북한군은 나머지 1척과 함께 퇴각하기 시작해, 10시 50분께 북방한계선을 넘어 북상함으로써 교전이 끝이 난 사건이다.

이로 인해 한국해군 윤영하 소령, 한상국 중사, 조천형 중사, 황도현 중사, 서후원 중사, 박동혁 병장 6명이 전사하였으며, 19명이 부상하였다. 또 해군 고속정 1척, 즉 참수리 357호가 침몰하였는데, 북한 측 피해 상황은 정확히 알려지지 않았다. 교전 직후 국방부는 '북한의 행위가 명백한 정전협정 위반이며, 묵과할 수 없는 무력 도발'로 규정하고 북한 측의 사과와 책임자 처벌, 재발 방지를 강하게 요구하였으나, 북한 쪽의 답변은 듣지 못하였다. 한국 정부는 이 교전이 북한의 의도적 도발이지만, 김정일(金正日) 국방위원장 등 북한 최고 지도부의 의도가 개입되지는 않았다고 잠정적으로 결론지었다. 또 서해교전을 통해 부정확한 현장보고, 계획된 도발에 대한 초기 대응 미흡 등이 해군의 문제점으로 지적되기도 하였다.

월드컵의 흥분과 햇볕정책으로 인해 우리 군의 안타까운 희생에도 불구하고 세인의 관심과 역사적 평가를 제대로 받지 못한 서해교전에 대해 그 어떤 작가도 관심을 기울인 바 없다. 박정선 작가는 바로 그 점에 주목하고 있다. 젊은이들의 안타까운 희생에도 불구하고 역사적으로 제대로 평가받지 못한 사건에 대해 제대로 평가를 내리자는 것이다. 작품은 전사한 희생자뿐만 아니라 살아남은 부상자들의 육체적인 참혹한 상처와 정신적인 고통에 대해서도 실감나게 형상화하고 있다. 작가는 믿어지지 않을 만큼 철저히 공부한 의학지식과 군사지식으로 매우 사실감 높은 작품을 써냈다. 서해교전의 숨가쁜 상황의 총체성은 전지적 작가시점을 통해서 적절히 포착되고 있다. 이 작품은 앞으로 영화의 원작으로 활용할 만한 가치가 충분하다고 생각한다. 박정선 작가의 「참수리 357호」 창작을 계기로 서해교전을 소재로 한 작품들이 많이 나오기를 기대한다.

(박정선, 『와인파티』, 세종출판사, 2009)

12. 읽히는 힘과 시대상의 재현

📖

─ 박정선의 『수남이』

1. 읽히는 힘이 있는 스토리텔링

박정선 작가의 장편소설 『수남이』는 일종의 시대극이라고 할만한 작품으로서 호흡이 긴 서사를 가지고 있다. 특히 이 소설의 가장 큰 장점은 읽히는 힘이 있다는 점이다. 멀티미디어시대를 맞아 소설의 위기를 논하는 사람들이 많아졌다. 소설의 죽음이라고 불릴 만한 위기는 창조성의 고갈과 같은 소설 내적인, 즉 본질적 문제보다는 영상매체와 같은 타 매체와의 경쟁에서 소설 장르가 경쟁력이 크게 떨어진다는 데서 나온다. 소설이 영상매체에 비하여 오락적 재미가 크게 떨어지고, 문화상품으로서 상업적 가치가 부족하다는 점이 가장 큰 문제인 것이다.

일례로 최근 한국영화는 수백만의 관객이 동원되는 작품이 1년에 몇 편씩 쏟아져 나오고 있다. 2005년만 하더라도 〈말아톤〉을 비롯하여 〈웰컴투 동막골〉, 〈태풍〉 등이 수백만 관객의 고지를 훌쩍 뛰어넘었다. 그런데 밀리언셀러 소설에 관한 뉴스를 들어본 지는 벌써 수년이 지난 것 같다.

뤼미에르 형제에 의해 영화가 처음 만들어지던 당시부터 영화는 예술로서보다는 상업적 고려에 의해서 만들어졌다. 영화의 제작비는 상업영화의 경우에 아무리 적게 들어도 30억 이상이며, 웬만하면 100억을 상회하는 막대한 자본금이 투입되느니만큼 상업적 측면에 대한 충분한 검토 없이 제작에 돌입할 수는 없을 것이다. 이를 생각한다면 수백만의 관객을 동원하며 흥행에 성공한 영화가 다수 존재한다는 것은 전혀 이상한 일이 아니다.

하지만 소설가가 소설을 쓸 때의 제작비는 영화와는 비교할 수 없이 적은 금액이며, 일단 그것이 책으로 제작되어 나왔다고 하더라도 그 제작비는 영화의 제작비와 비교할 수 없는 아주 적은 금액에 불과하다. 대체로 영세한 자본금에 의해서 운영되는 출판사에서는 영화의 제작사와 같은 치밀한 사전 기획과 마케팅 및 홍보 전략을 수립하지 못한다.

따라서 한 편의 소설이 사전 시장조사와 고객의 취향을 면밀하게 분석하여 씌어지는 일은 거의 없다. 다만 소설가 개인의 예술적 자질과 감각에 의존하여 책이 씌어지고, 베스트셀러가 되는 것은 어떤 의미에서 우연에 의해서 이루어진다. 물론 이 우연에도 광고라는 마케팅 전략이 필수적이긴 하지만 광고를 한다고 해서 반드시 베스트셀러가 되지는 않으며, 베스트셀러가 될지 안 될지를 사전에 예측할 수는 더욱 없다. 사실 책을 읽는 독자들의 취향이란 너무도 다양하고 변덕스러워서 언제 어떻게 바뀔지 알 수 없으며 그것을 사전에 예측한다는 일은 거의 불가능하기 때문이다.

소설을 문화상품이 아니라 단지 예술로서만 받아들이려는 소수의 사람들에 의해서 오늘날 소설은 시, 수필, 희곡 등과 마찬가지로 읽히지 않는 장르로 추락하기 일보 직전이다. 극단적으로 말하건대, 보통의 독자에 의해 읽히지 않는 소설이란 아무런 의미가 없다. 예술 행위는 이미 그 근저에 관객, 또는 독자로 상정된 수용자와의 커뮤니케이션을 전제로 한다. 즉 작가와 관객(독자)은 예술작품을 통해서 대화를 나누고 소통이 이루어진다. 그런데 최근에 난해하기 그지없는 문학이론에 대입한 듯한 어렵기 짝이 없는, 즉 읽히지 않는 소설을 예술이라는 이름으로 발표함으로써 소설가 자신이 독자를 소외시켜버린다면 그것은 스스로 소설의 위기를 자초하는 일이 되고 말 것이다.

독자와 소통하지 않는 문학이란 대체 어떤 존재 의미가 있을 것인가? 물론 일반적인 독자가 외면하더라도 문학사를 집필하는 문학연구자나 비평가들에 의해서 어떤 작품이 높은 예술적 평가를 받을 수도 있을 것이다. 전문적인 독자에 의해 훌륭한 평가를 받은 경우에는 비록 시장에서 성공하지 못했을지라도 나름대로 의의를 느끼며, 예술적인 성공에 대한 자부심을 느낄 수도 있다. 하지만 자신의 소중한 노동의 산물인 소설이 시장에서 전혀 구매력을 잃고, 반품되어 버린다면 얼마나 서글플 것인가.

그런 의미에서 『수남이』라는 작품은 일단 성공이다. 왜냐하면 읽히는 힘이 있기 때문이다. 이 작품의 읽히는 힘이란 이야기의 재미에서 우러나온다. 주인공 수남의 자기정체성에 따른 내적 갈등, 교회 전도사의 수남에 대한 인간적 배려, 이혼녀 명자와 건달 종수와의 염문, 장재만과 박철식의 갈등, 장재만의 장남 경호의 한일회담 반대 데모로 인한 구속, 유부남인 영어교사와 동거하는 둘째딸 이야기 등 6·25로부터 현대에 이르는 긴 시간을 아우르는 다양한 이야기에서 잊혀져가는 우리의 지난 세월의 궤적을 흥미롭게 찾아볼 수 있다.

물론 '이야기'는 소설의 영역을 훨씬 넘어서는 개념이다. 같은 문학 내에서도 희곡과 시나리오를 비롯하여 서사시, 서사수필과 같은 장르도 이야기가 존재하는 만큼 이야기가 소설만의 유일한 장르적 특성일 수는 없다. 이야기는 영화뿐만 아니라 텔레비전드라마, 애니메이션, 뮤지컬, 뮤직 비디오, 무용, 게임에서도 사용되고 있다. 심지어 광고에서도 내러티브를 이용하여 그 광고를 대중들이 훨씬 잘 기억하도록 만들고 있다. 그럼에도 불구하고 이야기야말로 소설 장르의 가장 중요한 특성임을 부정할 사람은 아무도 없을 것이다.

그런데 최근의 소설들은 전통적인 이야기의 힘에 의존하기보다는 묘사를 지나치게 선호한다든지, 사건보다는 사고의 전달을 목표로 하는 경향이 많아졌다. 그리고 이는 다분히 소설을 평가하는 평론가들의 편향된 의식에 의해 오도된 현상으로 보이기도 한다. 근대라는 시대를 배경으로 소설이 발생한 이후 소설의 이야기는 과거의 신화나 전설과는 다른, 즉 평범하게 살아가는 보통사람들의 일상적 삶과 관련된 이야기를 다루어왔다. 이야기야말로 소설의 중심이다. 그러던 것이 점차 이야기의 중요성이 과소평가되기 시작하면서 소설의 위기는 도래한 것이 아닌가 생각된다.

이제 사람들은 이야기를 찾아 도서관이나 서점에 가기보다는 소설 책값보다 훨씬 싸고, 보는 데 시간도 덜 걸리는 극장을 찾아가거나 비디오 방을 찾아간다. 단돈 몇 천 원이면 한 시간 반이나 두 시간 정도를 즐겁게 골치 썩히지 않고 쿨(cool) 하게 보낼 수 있기 때문이다. 더구나 요즘의 젊은 층은 인쇄매체보다는 영상매체에 더 친숙한 세대가 아닌가. 그런데도 소설가들이 본질적인 이야기의 힘을 잃어버리고 점차 비소설적인 것에서 소설의 미학을 발견하려고 하다 보니 위기의 시대로부터 벗어나지 못하고 점차 위기의 수렁으로 깊게 빠져드는 것이다.

2. 시대상의 재현과 운명의 플롯

　시대극은 역사적으로 실재했던 사건을 있는 그대로 그리는 데 중점을 둔다. 그런데 『수남이』는 실재했던 사건을 다루기보다는 6·25로부터 자유당 시절과 5·16 이후 공화당 시대까지의 시대상을 경북 포항 보경사 인근의 광천리라는 마을을 중심으로 정밀하게 재현하고 있다. 실재했던 사건을 다루지 않고 당대의 시대상황과 관습에 초점을 맞추어 현실감을 살리는 데 무게를 두었다는 의미에서 『수남이』는 시대극이 아니라 코스튬 드라마(costume drama)의 성격이 짙다고 할 수 있을 것이다. 이 작품을 읽었을 때에 처음 떠오른 느낌은 마치 한편의 텔레비전드라마를 보는 것 같았다.

　주인공 수남의 생부인 장재만은 집안이 윗대로부터 수백 석을 하는 집안에 만 평의 과수원과 정미소와 양조장을 소유하고 있는 부농이다. 또한 일제시대에 교육자로서 일제에 항거하다 고문을 받고 곱추가 된 숙부를 모시고 살아가는 지역 유지이기도 하다. 광천리 일대의 사람들이 장재만의 숙부를 정신적 지주로 여길 만큼 그의 집안은 마을 사람들의 신망을 크게 받고 있다. 반면에 장재만의 상대역인 박철식은 장재만과 초등학교 동창으로서 한의사를 지낸 조부와 부친의 불화로 파산한 가정에서 불우하게 성장하여 자신과 대조적으로 유복한 집안에서 안정되게 살아가는 장재만에 대해서 항상 상대적 박탈감과 경쟁의식을 지닌 인물이다. 박철식은 금융조합에 근무할 때 뭉칫돈을 빼내어 공무원인 장재만의 도움으로 약국 허가를 받아 아편까지 팔아가며 수단과 방법을 가리지 않고 재산을 증식하고, 공화당 시절에 장재만과 나란히 8대 국회의원에 출마한다. 하지만 선거의 판세가 불리해지자 장재만을 모함하기 위한 방편으로 장재만과 수남의 가마꼭지가 두 개인 것을 근거로 수남의 아버지가 바로 장재만이라고 폭탄선언을 하자 장재만이 자진사퇴하며 결국 사실을 인정하게 된다.

장재만은 하나밖에 없는 동생이 6·25 전쟁터에서 싸우고 있는 데 대한 불안감과 평소 이혼녀인 명자에 대한 욕망을 가지고 있던 터에 여름밤에 술을 마시고 우연히 명자네 집 앞을 지나다가 열려진 방안에서 무방비 상태로 자고 있는 순자를 명자로 오인하여 일방적으로 관계를 나눈 결과가 바로 수남이었던 것이다. 수남이 태어나자 마을에서는 설왕설래가 많았지만 귀머거리에다 벙어리인 순자조차도 정작 자신을 덮친 사내가 누구인지 알지 못한다. 그 비밀이 우연한 기회에 결국 밝혀지게 된 것이다.

이 작품의 플롯은 프리드먼(N. Friedman)의 분류에 의하면 운명의 플롯(plot of fortune)이라고 할 수 있다. 농아인 순자에게서 사생아로 태어나서 자신의 출생이 정확하게 어떻게 이루어졌으며, 아버지가 누구인지도 모르고 불행하게 자란 기구한 운명의 주인공 '수남'의 파란만장한 인생역정이 이 작품의 핵심적인 서사이다.

운명의 플롯에서 '운명'이란 개념은 주인공의 명예, 지위, 이익, 사랑, 건강, 번영 등을 말하는 것으로서 운명의 플롯은 작중인물을 행복과 불행, 성공과 실패 등의 차원에서 서술한다. 그리고 이 운명의 플롯은 다시 여러 형태로 나뉘는데, 『수남이』는 감상적 구성(the sentimental plot)을 취하고 있다. 즉 주인공이 불행의 위협으로부터 살아나와 종국에 가서는 행복해지는 과정을 기본도식으로 삼는 구성이다. 즉 이 작품에서 주인공 '수남'이는 출생에서부터 아버지가 누구인지도 모르고 태어나며, 호적도 없이 성장하다가 공화당 집권시절의 선거 때에 우연히 출생의 비밀이 풀리지만 고향인 광천리를 떠난다. 부산에서 선박회사 사장으로, 나아가 선박 전문 변호사로 성공하는 입지전적 성공의 인물이 된 수남의 출생과 성장, 출생 비밀의 드러남, 그리고 고향을 떠난 이후의 성공담과 생부의 죽음 앞에서 화해하는 해피엔드의 결말은 전형적인 감상적 구성으로 파악된다.

비밀의 드러남, 해피엔드의 결말은 결국 작가 박정선의 권선징악의 가치관을 알 수 있게 한다. 즉 세상에는 어떤 비밀도 존재하기 어려우며, 종국에는 밝혀진다는 것이 그것이다. 그리고 부자(父子)의 인연은 천륜이기 때문에 결국 화해해야 한다는 전통적 가족주의도 보여준다.

이 작품에서 수남이란 인물의 인생역정도 흥미롭거니와 독자에게 더 흥미를 불러일으키는 것은 다양한 에피소드를 통해서 6·25로부터 공화당 시절에 이르기까지의 시대상에 대한 재현이다. 즉 작품은 수남의 파란만장한 인생역정뿐만 아니라 장재만 일가의 가족사적 성격의 서사로 진행되고, 장재만과 박철식의 갈등이 얽힘으로써 1950-1960년대의 시대상에 관한 흥미를 적절히 환기하고 있다. 어떤 측면에서 작품의 중요한 갈등은 사생아인 수남의 자기정체성에 대한 내적 갈등보다도 박철식의 장재만에 대한 경쟁심리에서 유발되는 갈등에 더 무게중심이 실려 있으며, 이 둘의 갈등이 보다 더 흥미롭다고 할 수 있다. 이 작품의 '대화' 부분에서 경북 사투리의 적절한 구사도 소설에 생동감과 사실감을 부여하는 데 큰 역할을 하고 있다.

하지만 이 작품이 멜로 드라마적인 이야기를 넘어서기 위해서는 단순한 시대상에 대한 스케치를 넘어서서 시대와 사회에 대한 비판의식이 작가의 시대를 바라보는 시각 속에 내재해 있어야 할 것이다.

이번 작품을 통해서 작가 박정선은 서사의 호흡이 긴 장편, 그리고 대하소설까지도 써내려갈 수 있는 충분한 가능성을 보여주었다고 생각한다. 앞으로 박경리의 『토지』와 같은 대하소설로 독자들과 만날 수 있기를 기대한다.

(박정선, 『수남이』, 세종출판사, 2006)

13. 신앙의 실천을 향한 여로

– 안유환의 『주네브행 열차』

수필가이자 시인이며 소설가인 안유환 작가는 부산일보 문화부 기자로 12년 동안 근무하다 장로회신학대학원을 졸업하여 예장통합목사로서 23년간 목회활동을 했다. 그가 소설집 『둥근 별』, 『그는 언제나 맨발이었다』에 이어 첫 번째 장편소설 『주네브행 열차』를 발간한다며 원고를 보내왔다. 매체를 통해 여러 장르에 걸친 그의 글들을 이미 읽어왔기에 선뜻 해설을 쓰겠다고 답변을 했다.

작품을 읽어보니, 『주네브행 열차』는 작가의 상상력이 빚어낸 허구적 작품이 아니라 전기적 성격의 소설로 보였다. 정확히 자신의 삶을 그린 자전적 성격의 소설인지, 타인의 삶을 다룬 전기적 성격의 소설인지 알 수 없었지만 나는 그 의문에 대해 작가에게 질문하지 않았다. 자신의 삶을 모델로 삼았든 타인의 삶을 그려냈든 나는 이 작품을 하나의 소설로서만 읽으려고 하고, 읽은 대로 솔직하게 글을 쓰려고 생각했기 때문이다.

자서전 연구에 평생을 바친 필립 르죈(Plilippe Lejeune)에 의하면 자서전이 되기 위해서는 저자와 화자와 주인공 간의 동일성이 성립해야 한다. 반면 소설은 저자와 화자와 주인공이 동일하지 않으며, 이야기의 내용이 허구의 텍스트이다. 그리고 자전적 소설은 저자와 주인공이 유사성을 갖는 허구인 텍스트이다. 허구적 소설과는 달리 자전적 소설이든 전기적 소설이든 이에 대해 평이나 해설을 쓴다는 것은 평자로서 심적 부담이 크지 않을 수 없다. 왜냐하면 이야기의 원 소스로서 실존모델이 존재하기에 그만큼 조심스럽다는 이유에서다.

프랑스의 구조주의 문예이론가 제라르 쥬네트(Gérard Genette)의 『서사담론』에 의하면 시간의 범주는 순서, 지속, 빈도로 도식화된다. 그는 형식의 측면에서 스토리의 시간과 플롯의 시간을 살핀다. 스토리에서 사건이 일어나는 순서와 플롯에서 사건이 일어나는 순서(order)는 어떻게 다른가, 둘 사이에서 사건이 지속(duration)되는 시간의 길이는 어떤가, 둘 사이에서 사건이 일어나는 빈도(frequency) 수는 어떤가 하는 것을 살핀다.

이 가운데 순서는 스토리 시간과 플롯 시간의 불일치의 문제를 다룬다. 즉 서사 구성에서 사건들의 시간적 논리를 변조시킴으로써 계기적 질서를 혼란시키고 이야기를 낯설게 만드는 문제가 순서이다. 시간 변조에는 소급제시(회상), 사전제시(예상)가 있다. 『주네브행 열차』는 순차적 시간 구성 대신 시간 순서의 불일치에서 오는 낯설게 하기의 효과를 위해 작품의 서두를 경험적 시간인 스토리 시간과는 다른 플롯 시간으로 구성하고 있다.

선한 목자로 칭송받던 담임목사는 용마산 산마루에서 밤새워 기도하다 숨졌다. 목자를 잃은 양 무리는 뿔뿔이 흩어지고, 교회당은 해가 바뀌도록 먼지 쌓인 빈집으로 남아있었다. 마을 사람들 사이에는 '목사가 여집사를 범했다'는 말이 나돌았다. 소문은 꼬리에 꼬리를 물고 이웃 마을로 번져갔다. 신학교 졸업을 앞두고 잡초 우거진 '땅끝'만을 찾다가 후임으로 부임한 백형기도 오늘까지 살아있는 것이 꿈만 같았다. 며칠 전 퇴원하고 돌아와 마음을 추스르고 늦어버린 새해 목회계획을 세우려고 책상 앞에 앉았으나 생각나는 것은 지난 일들뿐이었다. 백 목사는 아직도 트라우마에서 벗어나지 못하고 있었다.-제1부 프롤로그에서

작품의 서두는 마치 느와르 영화의 첫 장면처럼 충격적인 긴장감을 불러일으킨다. 이 서두는 스토리 시간에서는 끝 부분에 와야 할 대목이다. 그런데 작가는 시간 순서의 아나크로니(변조)를 통해 이야기를 낯설게 만들고 있다. 전임 목사의 죽음과 관련된 스캔들로 불리어질 만한 소문과 후임 목사로 온 백형기가 살해당했을지도 모를 충격적 사건이 서두에 배치됨으로써 독자들은 흥미진진한 관심을 갖지 않을 수 없다. 일단 작품의 서두는 독자들의 강렬한 호기심을 불러일으키며 시작했다는 점에서 성공적이다.

이 작품의 서두가 느와르 영화의 첫 장면과 같다고 했는데, 작품은 마치 추리소설과도 같이 누구에 의해 그런 충격적 사건이 발생했는가라는 의문을 불러일으킨다. 추리소설은 시몬스(J. Symons)에 의하면 '문제의 제출'과 '탐정의 논리적 추론에 의한 해결'이라는 두 가지 요소를 전제로 한다. 즉 '수수께끼의 제출 → 논리적 추론에 의한 조사 → 수수께끼의 해결'이라는 형식적 틀에 기초한 플롯으로 구성된다.

하지만 『주네브행 열차』는 추리소설이 아니다. 따라서 살인사건 또는 살인미수사건과 같은 범죄가 존재하고 이를 충족시키기 위한 희생자와

범인은 존재하지만 사건을 해결하는 탐정의 존재나 논리적 추론에 의해 사건의 수수께끼를 해결한다는 추리소설적인 플롯은 존재하지 않는다.

그러면 작품의 서두에서 제시된 살인사건과 살인미수사건의 의문은 논리적 추리 없이 어떻게 풀리는가? 작품은 제3부 13장에 오면 서두에서 제기된 의문이 저절로 풀리도록 플롯이 구성되어 있다. 물론 이 의문은 탐정의 논리적 추론에 의해 풀린 것은 아니다. 이미 말했듯이 이 소설은 추리소설이 아니고, 신앙소설이다. 신앙소설은 종교적 대상에 대한 믿음을 토대로 쓴 소설이다. 신앙심을 높이고, 종교에 대한 배경 지식이나 교리를 이해시킬 목적으로 쓴 것이 신앙소설이다. 따라서 서두의 충격적 사건도 주인공의 신앙과 연관된 의미로 제시된 것이라 추측할 수 있다.

그런데 좀 더 넓은 개념으로 말하자면 『주네브행 열차』는 신앙적 성숙을 다룬 일종의 성장소설, 또는 교양소설이라고 할 수 있다. 교양소설(Bildungsroman)은 주인공이 그 시대의 문화적·인간적 환경 속에서 유년시절부터 청년시절에 이르는 사이에 자기를 발견하고 정신적으로 성장해 나가는, 이를테면 내면적으로 성숙해 나가는 과정을 묘사한 소설이다. 이는 성장소설, 또는 발전소설이라고도 부른다. 이때 교양이란 단순히 지식이나 기술을 익히거나 기성사회의 질서나 규범을 습득한다는 의미가 아니라, 스스로 인간으로서 갖추어야 할 모습으로 형성하는 것을 의미한다. 이 작품은 한 명의 인간으로서 갖추어야 할 교양이 아니라 목회자로서 굳건한 신앙적 토대를 갖춰나가는 성숙을 지향하고 있다는 점에서 기독교적 성장소설이라고 할 수 있을 것이다. 이 작품에서 최종적인 자아 성장의 목표는 단순한 신앙인을 넘어 목회자로서 흔들림 없이 확고한 신앙의 경지를 터득하는 것이다. 이 소설은 자전적 신앙 서사로서 짙은 종교적인(기독교적인) 색채를 띠고 있다.

스토리의 시발점은 포항 영일만을 배경으로 한 한적한 농촌인 주인공의 고향이다. 마을에 세워진 작은 교회가 주인공의 눈에 들어왔고 마침내 길이 시작되었다. 주인공이 겪는 신앙의 여로는 고향으로부터 시작된다. 그리고 그 여로의 종착역은 '땅끝'이다. 이 소설에서 땅끝은 "복음이 전해지지 않은 곳, 복음이 찾아오기를 기다리는 그곳"이다. 보통의 목회자로서는 피하고 싶은 험지를 의미한다. 신학대학원 동료들이 도시에서 가능한 편안하게 목회활동을 하길 희망한 것과는 정반대로 주인공은 졸업을 앞두고 일부러 험지를 선택한다. 그만큼 자신의 안일이 아니라 가난하고 소외된 자를 찾아 무엇보다도 하나님의 복음을 필요로 하는 어두운 땅에 빛을 비추고, 낮은 땅, 헐벗고 굶주린 자들을 일으켜 세우기 위한 소명의식이 있었기에 그와 같은 어려운 선택을 했던 것이다. 즉 전임 목사가 죽어 소문이 흉흉하고 교회당도 비어 있는, 지극히 열악한 상태의 교회에 자진하여 부임하였던 것이다. 그 열악한 험지는 결국 목숨까지 위협받는 상황으로 주인공을 몰아가고, 그 위기를 통해서 주인공은 굳건한 신앙의 터전을 일구게 된다.

마치 지울 수 없는 각인처럼 고향 마을에 세워진 작은 교회가 가슴속에 들어와 소명감으로 자리 잡았지만 주인공은 곧바로 신학대학교에 진학하여 목회자가 되는 길을 선택하지는 않는다. 대학을 국문학과로 진학한 주인공은 대학 졸업 후 출판사에서 편집 일을 몇 년 동안 하다가 마침내 신학대학원에 진학하여 목회자의 길로 접어든다.

소명의 길이란 자기가 원하여 가는 길이 아니며, 하고 싶다고 할 수 있

는 일도 아니다. '귀 있는 자'가 가는 길이며 '부름 받은 자'가 해야 할 일
이다. 한 굽이 돌면 또 한 굽이, 산 너머 산이 가로막아도 돌아설 수 없는
길!

(중략)

'자기를 부인하고 자기 십자가를 지고 나를 따르라'는 말씀! 그는 목회
란 주님보다 앞서는 것이 아니라 주님의 뒤를 따라가야 한다는 것을 새
삼 되새겼다. '눈물을 흘리며 씨를 뿌리는 자는 기쁨으로 거두리로다.' 주
님의 음성이 들렸다.–제3부 15장에서

위의 인용문은 작품의 결말 부분이다. 주인공은 소명의 길이란 자기
가 원하거나 하고 싶다고 하여 할 수 있는 일이 아니라 주님의 부름을
받은 자가 해야 할 일이며, 결코 산 너머 산이 있어도 돌아설 수 없는 길
이라는 인식에 다다른다. 그리고 부름을 받은 자는 주님보다 앞서 나가
는 것이 아니라 주님의 뒤를 따르는 자라는 인식은 그가 의처증이 있는
남자로부터 생명을 위협받는 위기를 겪고 난 후 얻은 최종적인 성장의
내용이다.

생명을 위협받는 큰 위기를 겪은 주인공의 트라우마를 서두에서 배치
한 이유는 이 위기가 주인공의 신앙적 성장에 얼마나 중요하게 기여하
는가를 하나의 암호처럼 미리 제시한 것이다. 전임 목사를 죽이고, 후임
목사인 주인공(백형기)마저 죽음의 위기로 몰아넣은 남자는 바로 정신
요양병원을 들락거리는 의처증(부정망상)이 있는 남자였던 것이다. 그
는 전임 목사가 자신의 아내를 어디에다 숨겼다고 오해함으로써 살인
을 저질렀고, 후임인 백 목사도 여자들을 유혹하는 공범이라는 망상과
의심에 빠져 살해를 시도했던 것이다.

의처증의 망상에서 헤어 나오지 못하는 남자는 후임 목사인 백형기에 대해서도 전임 목사에게 가졌던 것과 동일한 망상에 빠져 날이 어두워지기만 하면 백 목사를 찾아와 괴롭혀 왔다. 이로 인해 "백 목사는 심한 강박증에 시달렸다. 이런 상태가 지속된다면 목회를 계속할 수 없을 것 같았다. 그는 시간을 내어 용마산 기도바위에 올라가 엎드렸다." 하지만 밤늦은 시간의 용마산 기도바위에서 혼자서 기도하는 상황은 의처증 남자로 하여금 전임 목사에 이어 후임 목사인 백 목사를 살해할 기회를 제공하게 된다.

의처증 남자는 어두워지면 일상처럼 교회로 찾아왔으나 백 목사를 만날 수 없었다. 설자는 혹, 의처증 남자가 자기에게 행패를 부릴까 두려워했으나 백 목사가 없으면 그냥 돌아갔다. 그다음 날 저녁에도 그 남자는 교회에 나타났다. 그때는 백 목사가 이미 기도의 동산으로 올라간 뒤였다. 며칠 후 의처증 남자가 조금 일찍 교회로 발걸음을 옮기고 있을 때 백 목사가 저만치 앞서 용마산으로 올라가는 뒷모습을 보았다. 의처증 남자는 멀찌감치 백 목사를 미행했다. 백 목사는 기도바위에 엎드려 방언으로 기도하고 있었다. 발소리를 죽이며 다가간 의처증 남자는 그의 이상한 기도 소리가 무슨 말인지 알아들을 수 없었다. 그는 백 목사에게 시비를 걸 수 없는 어떤 두려움을 느꼈다.

의처증 남자는 지난해 5월 기도바위에서 저질렀던 일을 떠올리고 백 목사도 같은 수법으로 해치우고 싶었다. 그는 다음날 밤 못과 망치를 준비하고 용마산으로 올라갔다. 백 목사는 바위에 엎드려 신학교 때 '까치 동산의 일'을 떠올리며 어려움을 극복하기 위해 꿈꾸듯이 간절히 기도하고 있었다. 이날 의처증 남자는 술에 취하지 않았다. 날마다 술을 마시는 것은 술 힘으로 백 목사를 괴롭히려는 하나의 수단이었다. 이제 그는 새로 온 목사가 그의 아내를 범한 당사자로 보였다. 의처증 남자가 기도하는 백 목사의 뒤통수에 못을 조준하고 망치로 내려치려는 순간, 백 목사는 갑자기 두 손을 번쩍 들고 "아멘! 아멘!……" 잇달아 큰 소리로 부르짖었다. '형기야! 형기야! 내가 너와 함께 있느니라.' 그의 귀에는 주님의 음성이 뚜렷이 들려왔다. 의처증 남자가 머리에 박으려던 못은 두피를 스치며 빗나가고, 백 목사는 깜짝 놀라 뒤를 돌아보았다. 한사람이 무엇을 치켜들고 그를 내려치려는 실루엣이 하늘에 비쳤다. 재빨리 몸을 굴려 피했다. 어둠 속의 남자는 백 목사에게 망치를 휘둘러 머리와 어깨를 무차별 강타하고 산 아래로 달아났다. 백 목사는 그가 의처증 남자라는 것을 알았다.-제3부 13장에서

지난해 5월, 기도바위에서 전임 목사를 살해한 의처증 남자는 후임 목사도 똑같은 수법으로 해치우려고 못과 망치를 준비하고 용마산으로 올라가 홀로 기도하고 있는 주인공을 공격했던 것이다. 다행히 기도 중인 백형기는 '형기야! 형기야! 내가 너와 함께 있느니라'라는 주님의 음성이 들음으로써 살해당하는 위기는 모면했다. 하지만 그가 휘두른 망치에 머리와 어깨를 무차별 강타당해 병원에 실려와 수술을 받아야만 했다. 백 목사가 죽음 직전의 위기에서 살아남은 것은 다름 아닌 신앙의 이적이었다. 위기는 존재했지만 이 위기를 작가는 기독교적 신앙과 이적으로 풀어냄으로써 이 작품을 추리소설이 아니라 일종의 신앙 간증, 즉 하나님의 존재를 증언하고 하나님께 영광을 돌리는 신앙 간증소설로 만들고 있다.

백 목사는 김 집사의 부축을 받으며 중환자실로 천천히 발걸음을 옮겼

다. 정 집사 남편은 맨 안쪽 병상에서 혈액투석 장치와 수액주사를 주렁 주렁 달고 산소마스크를 하고 있었다. 심장 모니터에는 혈압, 심박수, 혈 중 산소포화도 그래프가 조금씩 떨어지고 있었다. 김 집사가 그의 손등을 쓰다듬자 겨우 눈을 힘없이 뜨고 함께 온 백 목사를 쳐다보았다. 그리고 입술로 무슨 말을 중얼거리다 다시 눈을 감았다. 백 목사는 그의 머리에 손을 얹었다. 김 집사도 함께 그의 손을 잡고 고개를 숙였다.

"전능하신 아버지 하나님, 히스기야의 생명을 15년이나 연장하신 사랑 의 하나님,……" 백 목사는 그의 회복을 위해 간절히 기도하고 병실로 돌 아왔다.

저녁때 김 집사가 다시 백 목사의 병실을 찾아왔다.

"정 집사 남편이 조금 전에 숨을 거두었습니다!"–제3부 14장에서

그리고 목숨을 잃었을지도 모를 백척간두의 위기에서 살아남은 사람 이라면 자신을 공격한 의처증 남자(정 집사 남편)를 증오해야 하는 것 이 당연지사이다. 하지만 주인공은 우연히도 자신과 같은 병원에 패혈 증으로 입원한 범인을 찾아가 그의 건강 회복을 위해 간절히 기도하는 목회자로서의 사명감을 발휘한다. 투철한 신앙심을 갖지 않았다면 결코 할 수 없었던 행동이었다.

백 목사는 병실 침대에서 어젯밤 일을 돌이켜보았다. '……내가 세상 끝날까지 너희와 항상 함께 있으리라.' 살아계신 주님의 약속이 나의 생 명을 지켜주셨다! 그러나 이런 괴롭힘이 계속된다면 내가 어떻게 목회 를 이어갈 수 있을까? 그는 로뎀나무 그늘에 앉아서 죽기를 구하던 엘리 야의 모습을 떠올렸다. 엘리야는 바알 선지 450명과 싸워 통쾌한 승리를 하고서도 아합왕후 이세벨로부터 생명의 위협을 받고는 광야로 도망하

여 "여호와여 넉넉하오니 지금 내 생명을 거두시옵소서."(열왕기상19:4)
하고 엎드렸다. '내가 왜 이런 어려움을 당하는 것일까?' '내가 무엇을 잘
못하고 있을까?' 그가 어려움을 당할 때마다 하던 생각이 다시금 밀려왔
다.-제3부 14장에서

머리에 스물세 발을 꿰매는 큰 상처를 입었으며 심각한 트라우마에
시달리는 상황에서 그의 신앙심이 흔들리지 않았던 것은 아니다. "살아
계신 주님의 약속이 나의 생명을 지켜주셨다! 그러나 이런 괴롭힘이 계
속된다면 내가 어떻게 목회를 이어갈 수 있을까?"처럼 목회자로서의 사
명감이 흔들리며 주인공은 심각한 내적 갈등에 사로잡힌다. '내가 왜 이
런 어려움을 당하는 것일까?' '내가 무엇을 잘못하고 있을까?'와 같은 갈
등과 회의에 빠진 주인공은 마치 구약성서에 등장하는, 로뎀나무 그늘
아래 앉아서 죽기를 갈구하던 선지자 엘리야와 자신을 동일시하게 된
다.

백 목사의 뇌리에는 의처증 남자의 환영이 되살아났다. 그는 머리와
어깨를 무참히 얻어맞아 피를 많이 흘렸고 몸을 제대로 가누지 못했다.
'젊고 건강해도 죽을 수 있겠구나!' '이 몸서리칠 상황을 어떻게 이겨낼
수 있을까?' 날마다 그에게 찾아와 행패를 부리고, 용마산 바위에서 기도
하던 그의 생명을 노리던 의처증 남자가 퇴원 후에도 계속해서 그를 괴
롭힐 것을 생각하니 끔찍스러웠다.-제3부 14장에서

그는 주님의 은총으로 죽음의 위기로부터 살아남았지만 "뇌리에는
의처증 남자의 환영이 되살아났다. 그는 머리와 어깨를 무참히 얻어맞

아 피를 많이 흘렸고 몸을 제대로 가누지 못했다. '젊고 건강해도 죽을 수 있겠구나!' '이 몸서리칠 상황을 어떻게 이겨낼 수 있을까?"라는 트라우마로부터 헤어나오지 못하고 있었던 것이다. 의처증 남자로부터 공격을 받은 후 그는 정확히 의학적 용어로 표현하자면 외상 후 스트레스 장애(post-traumatic stress disorder)에 시달려 왔다. 외상 후 스트레스 장애는 심각한 외상을 보거나 직접 관련되거나 또는 들은 후에 불안 증상이 지속적으로 나타나는 것을 말한다. 이때 심각한 외상이란, 죽음이나 신체적 손상을 초래하는 충격적인 사건, 즉 전쟁, 자연 재앙, 사고, 폭력 등을 의미한다. 살해당할 수도 있는 위기상황에서 그는 겨우 목숨을 건졌지만 몸서리쳐지는 끔찍한 상황은 그를 외상 후 스트레스 장애에 빠뜨렸고, 목회자의 역할에 대한 회의 속으로 몰아갔다.

　의처증 남자의 죽음은 자기의 모든 허물을 쓸어가고 애처로움만 남겨 놓았다. 백 목사는 길 잃은 양을 제대로 품지 못한 좁은 가슴이 원망스럽고, 누구보다 주님을 더 사랑한다는 고백이 부끄러웠다. 그는 상처 진 몸보다 가슴이 더 아팠다. 한때는 '내가 땅끝을 찾아가면 그곳 사람들은 얼마 가지 않아 변화될 것'이라 생각했다. 그러나 그늘진 그 마을에는 사랑도 봉사도 통하지 않을 때가 많았다. 처음에는 '땅끝'을 찾아가는 사람이 자기 혼자뿐이라는 데 자부심도 가졌다. 그러나 엠마오로 가던 제자들처럼 주님이 동행하시는 줄을 비로소 깨달았다. '모두 주를 버릴지라도 나는 결코 버리지 않겠나이다' 그는 베드로처럼 수없이 다짐했으나 약속을 제대로 지키지 못다. 돌아보면 '서원'에 매여 끌려온 것이었다. 믿음이란 약속을 기다리는 그에게 겨자씨만큼 남아있는 힘이었다. 그가 약속을 지킨 것이 아니라 주님의 약속이 흔들리는 그를 지켜주신 것이다. 크리스

마스를 며칠 앞두고 백 목사는 퇴원하여 갈릴리교회로 돌아왔다. 그러던 성도들과 함께 감격의 성탄절 예배를 드리고 소망이 피어나는 새해를 맞았다.-제3부 14장에서

그런데 자신을 죽이려 했던 의처증 남자의 사망 이후 주인공은 "길 잃은 양을 제대로 품지 못한" 회한에 빠지는가 하면 땅끝을 찾아가 사랑과 봉사를 펼치면 그곳 사람들이 변화될 것이라는 자만심에 자신이 빠져 있었다는 것을 회개한다. 그리고 "그가 약속을 지킨 것이 아니라 주님의 약속이 흔들리는 그를 지켜주신 것이다"와 같은 깨달음을 얻고 교회로 복귀하며 소망이 피어나는 새해를 맞는다. 주인공의 최종적인 성장의 목표는 목회자로서 보다 겸손하고 굳건한 신앙의 경지를 터득하는 것으로서 주인공은 목숨을 위협받는 위기의 경험으로부터 자아성장의 목표에 드디어 도달하게 된다.

주인공은 병원에 입원 중에 모교인 신학대학원 측으로부터 최우수 졸업논문상 수상자에게 미국 프린스턴 대학원에서 3년간 박사과정을 공부할 수 있는 지원 프로그램에 그가 결정되었다는 공문을 받는다. 하지만 주인공의 목표는 그와 같은 세속적 성공이 아니기에 이 작품은 그가 어떤 결정을 내리게 되었는지에 대해서는 말하지 않는, 즉 열린 결말로 끝이 난다.

오히려 작품은 아내가 아닌 다른 여성, 즉 그가 대학생 때 기차 안에서 만나 사랑의 감정을 키워오다 멀어졌던 박정아라는 여성에 대한 감정을 확실하게 정리하는 것으로 끝이 난다. 퇴원하여 집으로 돌아온 그는 새해 신문에서 신춘문예 소설의 당선작을 쓴 작가가 박정아라는 것을 발견한다. 그녀는 그가 대학생 때 중학교 3학년 여학생이었다. 그녀

에 대한 미련은 오랫동안 그의 마음에 남아 그녀에 대한 감정 정리는 또하나의 신앙적 목표가 되어 있었다. 그는 기도원에 있는 동안 그녀에 대한 사랑의 감정을 솔직하게 적은 군대시절의 일기장을 하나의 제의처럼 불태워버렸고, 병원에 입원해 있는 동안 그녀에 대한 감정을 환자복과 함께 미련 없이 버리고 왔다고 생각했다. 그런데 신문에서 그녀의 이름을 발견하자 다시 마음이 흔들린다. 더욱이 그녀의 작품 속 자신으로 추정되는 인물이 여자의 마음을 헤아릴 줄도 모르는 존경과 원망의 양가적 대상으로 그려진 것을 보게 되자 자신에 대해 변명이라도 한마디하고 싶고, 수상식에 가서 먼발치에서라도 그녀를 한번 보고 싶다는 간절한 욕망에 사로잡힌다.

하지만 그는 "'모든 강물은 다 바다로 흐르되 바다를 채우지 못하며 ……' 사랑은 뒤쫓아가서 붙들어 맬 수 있는 것이 아니다. 새장에 기르던 새를 창공으로 훨훨 날려 보내듯 참사랑은 자유롭게 놓아주어야 한다"는 인식에 다다르면서 마음의 흔들림으로부터 벗어난다. 그는 한 명의 남성으로서 에로스적 욕망의 갈등으로부터 벗어나 신앙의 평정심을 바로 세우게 된다. 소돔과 고모라 성이 멸망할 때 롯의 아내가 도망치다가 천사의 경고를 무시하고 뒤를 돌아보았다가 소금기둥이 되었듯이 그는 그녀를 뒤돌아보며 은혜의 길목에 '소금기둥'을 세우고 싶지는 않았던 것이다. 그것은 목회자로서 바른 길이 아닐 뿐만 아니라 스님의 딸로 자랐음에도 목사의 아내가 되어 자신을 위해 헌신하는 아내 설자에 대한 사랑과 신의를 지키는 길이기도 했으므로…….

앞에서도 말했듯이 『주네브행 열차』는 허구적 작품이 아니다. 〈작가의 말〉을 보면 작가가 주인공인 자전적 소설이다. 자전적 소설은 경험적 자아의 자전적 이야기에다 허구적 사건의 옷을 입힌 소설이다. 한 명의 소설가로서 안유환 작가도 이 작품을 쓰는 일이 생각만큼 쉽지 않았을 것으로 생각된다. 자전적 글쓰기가 어려운 이유는 작가 자신이 작품과의 거리두기가 쉽지 않기 때문이다.

소설에서 거리두기란 작가-화자-독자와의 관계에서 논의된다. 그리고 여기에 서사 내용의 주체이자 핵심적 기능이라는 의미에서 등장인물이 거리 발생의 한 요소로 추가된다. 작품에서 미학적 거리를 적절히 유지하는 것은 소설적 성공에 있어 매우 중요한 관건이다. 그런데 자전적 소설에서는 경험적 자아의 직접 체험과의 미학적 거리두기와 객관화가 생각만큼 쉽지 않다.

자전적 소설은 경험적 자아에 대한 거리두기뿐만 아니라 허구와 직접 경험 사이의 줄타기에 성공해야만 독자로부터 설득력을 얻을 수 있다. 서사적 박진감을 위해서는 경험적인 원 이야기에다 허구적 사건들을 결합시키는 데 작가는 주저하지 말아야 한다는 것이다. 즉 소설이 의도한 주제를 강조하기 위해 직접 경험의 어느 부분을 생략하거나 과장도 해야 하고, 필요하다면 새로운 사건들을 허구적으로 창조해 낼 수도 있어야 한다. 한마디로 자전적 소설은 경험과 허구가 절묘하게 결합해야 소설로서 성공할 수 있다.

『주네브행 열차』는 신앙소설이기 때문에 경험적 자아에다 허구적인 외적 서사의 결합보다는 신앙에 따른 내적 갈등 묘사에 치중했더라면 좋았을 것이다. 일반 독자들도 편안하게 읽을 수 있도록 성경의 인용은 줄이고, 목회자가 되기까지 인간적 희로애락에 대한 욕망과 이에 따른 신앙적 갈등과 심리 묘사를 좀 더 깊이 있게 파고 들어갔을 때 오히려 더 큰 감동을 줄 수 있었을 것이라고 본다. 하지만 이러한 바람은 어디까지나 『주네브행 열차』를 하나의 소설로서 읽었을 때에 독자로서 갖는 나의 욕심일 뿐이다.

허구적 소설로서의 성공을 목표로 할 것인가? 자전적 삶을 가감 없이 솔직하게 고백함으로써 목회자로서의 자신의 삶을 되돌아보고 정리하는 목적에 충실할 것인가는 하는 선택은 어디까지나 작가가 결정할 몫이다.

이 한 권의 신앙적 성장과 자기 고백의 서사는 앞으로 목회자의 길을 가려는 사람들에게 많은 것을 시사해준다. 그 길은 특별한 사명감이 없이는 갈 수 없는 험난한 길이라는 것, 때로 생명을 위협받는 고난이 앞에 놓일 수도 있다는 것, 산 너머 산이 있어도 결코 돌아설 수 없는 길이라는 것, 결코 세속적인 영화를 추구하는 길이 아니라는 것, 목회자는 자기가 원하거나 하고 싶다고 하여 할 수 있는 일이 아니라 주님의 부르심이 있어야만 가능한 운명 같은 일이라는 것이다. 그리고 자신 앞에 그 어떤 험난한 고난이 다가와도 굳건한 신앙심만 있다면 그 여로를 얼마든지 헤쳐 나갈 수 있다는 메시지를 전달한다.

(안유환,『주네브행 열차』, 청어, 2021)

14. 미국사회의 이슬라모포비아와
정종진의 소설

📖

- 「출발은 페쉬아와」

1. 머리말

　정종진은 『미주 중앙일보』 신인문학상 공모에 소설이 당선(2007)되어 소설가로 등단한 후, 『한국산문』 수필 공모에도 당선(2010)되어 수필가로도 등단하였다. 그는 2010년에 〈경희해외동포문학상〉 우수상과 2016년에 〈펜문학 해외작가상〉을 수상했다. 소설집 『발목 잡힌 새는 하늘을 본다』(2012)와 『소자들의 병신 춤』(2015), 중편소설집 『나비는 단풍잎 밑에서 봄을 부른다』(2015)와 2권의 수필집을 발간하는 등 정종진은 비교적 짧은 기간에 소설과 수필 장르에서 여러 권의 저서를 발간하며 왕성하게 활동하고 있는 재미한인작가이다. 그는 현재 시카고에 거주하며 한인문인단체 '시카고문인회' 회장을 역임한 바 있다.

　본고는 정종진의 소설 가운데 디아스포라 작가로서 유의미한 주제를 담고 있는 중편소설 「출발은 페쉬아와」를 분석함으로써 그의 소설 세계의 한 특징을 규명해보고자 한다. 여러 작품 가운데서 이 작품이 분석 대상으로 선정된 이유는 무슬림과 결혼한 한인여성을 주인공으로 하여 2001년 9·11테러 이후 미국사회에 널리 퍼져 있는 '이슬라모포비아(Islamophobia)'라는 민감한 문제를 다루었기 때문이다. 백인들의 이슬람에 대한 편견은 미국사회뿐만 아니라 유럽에까지 이어진 글로벌한 성격의 토픽이라는 점에서 이 작품은 관심을 불러일으켰고, 더욱이 이주한인의 처지에서 이슬라모포비아에 대한 입장은 어떤 것인가에 대한 궁금증도 한몫을 더 하였다. 이 작품은 느와르(noir)적 요소나 중편의 길이, 그리고 작품의 완성도 면에서도 분석할 만한 충분한 가치를 지니고 있다.

2. 미국사회의 이슬라모포비아

1) 탈국경과 노마드

재미한인 1세인 정종진의 소설에서 소설적 공간은 거주국인 미국이나 모국인 한국과 같은 지리적 한계를 넘어서는 탈국경의 특징을 나타낸다. 탈북자의 이야기를 다루고 있는 그의 단편소설 「파란 숨소리」(『시카고문학』11호, 2017)에서 소설적 공간은 북한과 중국으로 확장되어 있다. 그리고 결말에서 주인공 탈북자는 한국이 아니라 미국이라는 제3의 새로운 국가를 선택함으로써 작가 정종진이 모국 회귀적인 의식을 가진 작가가 아니라는 것을 여실히 보여주었다. 세계화 시대에는 누구라도 태어난 모국에서 운명적으로 살아가는 존재가 아니라 자신이 살아갈 국가를 임의로 선택할 수 있는 시대라는 것을 정종진의 작품은 보여준 것이다.

현대의 노마드(nomad)는 정주민적 고정관념과 위계질서로부터 해방되어 있으며, 시공간의 제약도 받지 않는다. 나아가 특정한 가치와 삶의 방식에 구속되지 않고 자유롭게 살아가며 끊임없이 자신을 창조적으로 혁신시킨다. 정종진은 자신이 태어난 땅에서 정주하는 정체성과 배타적인 민족성보다는, 이에 구애받지 않고 자유롭게 유동하며 살아가는 삶의 형태를 이상적인 것으로 제시한다. 2017년 1월에 한국으로 망명한 태영호 전 북한 주영국 대사관 공사에 이어 최근 미국으로의 망명을 희망한 조성길 이탈리아 주재 북한대사 대리에게서도 확인할 수 있듯이 현대는 태어난 땅에서 운명적으로 정주하기보다는 자신이 살고 싶은 나라를 선택하여 살아갈 수 있는 시대다.

「코스타리카에 핀 물망초」(『시카고문학』7호, 2009)에 등장하는 인디언 소년 악세리도 노마드의 삶을 보여준다. 그는 어린 시절 인디언 마을에 선교활동을 왔던 한국인 영철을 그리워하며 코스타리카의 백인목사 아리엘의 양아들로 살아간다. 그의 과거는 시카고 소망교회에서 선교활동을 나온 철웅(소설가)에게 자신이 살아온 이야기를 고백함으로써 밝혀진다. 인디언 소년이 문명사회에 와서 백인목사의 양아들로 살아가는 삶은 결코 흔한 이야기가 아니다. 이 이야기를 통해서 작가가 전달하고자 하는 것은 노마드의 삶만이 아니라 국가나 민족을 뛰어넘은 보편적 인간애라고 할 수 있을 것이다. 작가는 글로벌화 된 시대에 국가나 민족의 경계를 뛰어넘어 코즈모폴리턴으로 살아가기 위해서는 민족애보다는 보편적 인간애와 휴머니즘이 필요하다고 말하고 있다. 이는 그가 재미한인으로서 두 개 이상의 민족 정체성과 문화를 접할 수 있었던 디아스포라의 직접경험으로부터 획득한 것이라고 생각한다.

「출발은 페쉬아와」도 미국과 파키스탄 등으로 소설적 공간이 넓게 확장되어 있다. 이 소설에서 무슬림과 한인으로 구성된 가족 내에 작용하는 글로벌한 힘의 갈등은 공간적 확장을 필연적으로 요구한다. 즉 현대의 분쟁은 국지적인 것이 아니라 미국에서 중동으로 확장되어 있고, 그것을 상징적으로 보여주는 것이 9·11테러이며 이라크전쟁이라고 할 수 있을 것이다. 9·11테러와 이라크전쟁이라는 시대적 배경이 「출발은 페쉬아와」에서 필연적으로 소설적 공간의 확장을 불러왔으며, 그 갈등을 집약적으로 보여주는 것이 이 소설 속 은실의 가족이다. 이 소설은 분쟁의 탈국경화를 보여주고 있다.

2) 무슬림에 대한 배제와 혐오

「출발은 페쉬아와」(2014)는 무슬림과 결혼한 한인여성을 주인공으로 하여 9.11테러 이후 미국사회의 이슬라모포비아의 분위기를 생동감 있게 전달한다. 이슬람 국가들과 무슬림에 대해 극도의 공포와 증오감을 느끼는 이슬라모포비아는 9·11테러와 이라크전쟁 이후 미국사회에 널리 확산되었다.

9·11테러가 발발하자 미국의 보수주의 정치학자 새뮤얼 헌팅톤 (Samual P. Huntington)은 미국과 이슬람 국가들 간의 갈등은 이슬람 문명과 세계 질서를 주도하는 서구 기독교 문명 간의 문명 충돌 때문에 일어나는 것이라고 주장했다. 즉 미국과 중동국가 간 무력 충돌이 발생하는 이유는 이념의 차이가 아니라 전통, 문화, 종교적 차이 때문이라는 것이 그의 '문명충돌론'의 핵심이다. 물론 헌팅톤의 문명충돌론과 견해를 달리하는 이론들도 존재한다. 하랄트 뮐러(Harald Müller)는 '문명공존

론'으로 '문명충돌론'을 정면에서 비판하며 국가 간 분쟁의 원인을 서구 사회 내부에서 찾아내고 이를 문제시하였다. 그리고 문명 간 충돌이나 대결이 아닌, 대화를 통해 세계 공동체의 평화가 이룩될 수 있을 것이라고 주장했다. 에드워드 사이드(Edward W. Said)는 동양에 대한 서양의 왜곡된 지배주의적 사고방식을 '오리엔탈리즘(orientalism)'이라 지칭하며 서양의 동양에 대한 문화적 왜곡과 편견을 비판했다.

9·11테러와 이라크전쟁을 거치는 동안, 미국에서는 이슬람교도들에 대한 혐오와 두려움이 증폭되었다. 이슬람교도뿐만 아니라 중동 출신에 대한 전반적인 편견이 강화되었다고 하는 것이 보다 정확한 표현일 것이다. 「출발은 페쉬아와」는 9·11테러 이후의 미국사회에 널리 퍼진 이슬라모포비아의 분위기를 사실감 있게 전달하며, 그로 인해 무슬림과 한인의 결혼으로 구성된 가족 내에서 일어난 사건을 다루고 있다. 9·11 테러 이후 미국사회의 무슬림에 대한 편견 강화 및 혐오증은 건축기사 남편 캐림과 음식점을 경영하는 아내 은실, 그리고 아들인 대학생 사이에드로 구성된 평범했던 가족에 불행을 야기시킨다. 즉 남편은 사고로 사망했고, 아들은 행방불명되었다. 캐림과 은실의 가족이야말로 이라크 출신의 남편, 한국 출신의 여성과 그 사이에 태어난 아들로 구성된 다문화가족이다. 그런데 모국인 이라크와 거주국인 미국(영국을 포함한 연합군)이 이라크전쟁을 벌이자 남편 케림은 심리상태가 불안정해진 나머지 공사장에서 추락사한다. 이후 파키스탄으로 여행을 떠나겠다고 말한 아들의 행방이 묘연해지면서 FBI가 은실의 집을 24시간 경계하고 찾아와 조사하는 일이 벌어진 것이 이 작품의 발단이다.

전화소리만 울려도 나는 깜짝 놀라, 바짝 긴장했다. 사이에드는 행방불명이었지만, 어느 놈들에게 어떻게 체포되었는지, 어떤 놈이 진짜 사이에드의 적인지, 알 수가 없다. 언제 어디서 어떤 엉뚱한 놈들에게 강제로 압송되어, 불합리한 경로로 불법적 대우를 받고 있는지, 알 수 없는 노릇이다. 9·11테러 사태가 발생한 지도 4년이나 지났다. 그러나 아직도 여기저기서 중동사람이라는 이유 하나만으로 부당한 대우를 받았다는 소문이 들리고 있었다.[1]

이 작품에는 9·11테러 이후 미국사회에서 중동 출신의 무슬림이라는 이유만으로 정부와 주위사람들로부터 받아야 했던 부당한 질시와 따돌림, 그리고 무슬림들이 미국사회의 아웃사이더로 어떻게 소외되어 갔는지가 잘 드러나고 있다. 작품은 당시 미국사회의 무슬림에 대한 편견과 혐오의 수위가 어느 정도였는가를 잘 보여준다.

　　못마땅한 일은 이뿐이 아니었다. 중동계 어떤 주민들에게 수사관들이 수시로 찾아와, 이것저것 이유를 붙이며 조사를 했다. 그러다 보니, 동네에서 친하게 지내던 이웃들도 인사를 하지 않고, 슬금슬금 그들을 피하게 되었다. 아무런 범죄사실이나 혐의사항이 없는데도, 수사관들이 계속하여 자꾸 찾아와, 별로 중요하지도 않은 항목에 대한 질문을 하고 갔다. 그 이웃들은 그 중동 출신 주민과 친밀한 관계라는 이유로, 눈총을 받기 싫었기 때문에, 그 중동사람들을 못 본 척하기 시작했다.
　　심한 경우에는 대학에서 공부하는 학생들에게까지도 찾아가서, 수사관들이 별로 중요하지 않은 질문이거나, 매번 똑같은 질문을 계속해서 한다고 했다. 가뜩이나 신경 쓰고 있는 그 학생들은 학업에 지장을 받는 것

---

1) 정종진, 「출발은 페쉬아와」, 정종진, 『나비는 단풍잎 밑에서 봄을 부른다』, 문예바다, 2015, 366면.

은 물론이고, 주위의 친구들 사이에서 공연히 따돌림을 받게 된다. 중동 출신 주민들이 모두 무슬림인 것도 아니다. 중동에서 이민 온 사람들 중에는 가톨릭 크리스천들도 많고, 개신교 크리스천들도 있다. 그러나 수사관들이 자꾸 찾아와, 이것저것 묻고 가면, 모르는 사이에 그들은 자연적으로 외톨이가 된다. 그래서 그들은 사회생활이나 기타 단체생활을 하는데, 예상 외로 불이익을 당하게 된다.[2]

이슬람 세계의 반미 반유럽의 경향이 개인적인 성향인 데 반하여 유럽과 북미 등 서구에서의 이슬람 정서는 사회적인 경향이라는 견해[3]가 있듯이 9·11테러 이후 미국사회에서 수사관들은 범죄사실이 없는데도 중동 출신 이민자들을 수시로 찾아와 이것저것을 조사하자 친하게 지내오던 이웃들도 그들을 집단적으로 따돌리게 된다. 심지어 대학 캠퍼스에까지 수사관들이 찾아와 질문을 해댐으로써 중동 출신의 대학생들은 친구들로부터 따돌림을 당하는 상황이 벌어진다. 즉 무슬림들은 사회생활 단체생활 학교생활 등 사회적 관계가 엉망으로 틀어지고 주변인으로 차별당하고 소외되는 사례가 빈번해진 것이다.

사실 무슬림이라고 해서 모두 동일한 집단은 아니다. 즉 무슬림 집안에서 태어남으로써 자동적으로 무슬림이 된 경우도 있고, 혈통에 따라 자동적으로 법적인 무슬림이 된 경우도 있다. 이슬람 문화와 전통을 따름으로써 그들의 정체성을 지켜나가는 무슬림이 있는가 하면, 정치적 신념에 따른 무슬림도 존재한다.[4] 즉 무슬림의 정체성은 결코 단일하지

---

2) 정종진, 위의 책, 367면.
3) 김동문, 「중동선교의 학문적 접근에 대한 반성-이슬라모포비아를 넘어서는 만남의 선교로」, 『선교와 신학』20, 장로회신학대학교 세계선교연구원, 2007, 62-63면.
4) 위의 논문, 65-66면.

않다. 정치적 신념에 따라 반미 반서구 반기독교 경향을 표방하는 무슬림이라면 배척과 증오의 대상이 될 수도 있을지 모르지만 9·11 테러 이후의 미국사회는 무조건적으로 모든 무슬림을 잠재적 테러분자로 간주하며 수시로 조사함으로써 그들의 사회생활과 일상생활에 막대한 불편과 불이익을 초래했던 것이다.

그것은 차별과 혐오라고 부를 만한 것으로서 무슬림에 대한 백인들의 지배주의적 태도가 차별과 혐오를 불러왔다고 할 수 있다. 혐오는 물질적으로 개인과 공동체에 해를 끼치거나 위험한 존재라기보다는 인식론적 차원에서 문화적 사회적으로 위험한 것, 불쾌한 것, 제거되어야 할 불순물로 여겨지는 것들이 혐오의 대상이 된[5] 경우가 허다하다. 그것은 에드워드 사이드가 말한 일종의 오리엔탈리즘이라 할 만하다. 오리엔탈리즘은 서양의 동양에 대한 제국주의적 지배와 침략을 정당화하는 왜곡된 인식과 태도 등을 가리키는 말이다. 오리엔탈리즘은 서양과 동양의 경계와 차이를 끊임없이 확장한다. 미국사회가 일방적으로 모든 무슬림을 잠재적 테러분자로 취급하며 수시로 조사하고 그들에 대해 경계를 그으며, 차이를 넘어선 차별과 혐오를 정당화해 온 것을 과연 헌팅턴의 문명충돌론으로 합리화할 수 있을까?

9·11테러가 벌어지기 전까지 은실의 가족은 아무런 근심걱정이 없는 지극히 평화롭고 행복한 가족이었다. 그러나 9·11테러 이후 그들 가족의 행복과 평화는 산산조각 나고 말았다. 남편 캐림은 이슬람 근본주의 탈레반을 증오하는 무슬림이었음에도 미국사회는 모든 무슬림을 한통

---

5) 손희정, 「혐오의 시대 - 2015년, 혐오는 어떻게 문제적 정동이 되었는가」, 『여/성이론』제32호, 도서출판 여이연, 2015, 31면.

속으로 취급하였다. 따라서 중동 출신 이민자들은 정치 토의나 시국회의는 차치하고, 단체예배를 드리기조차 조심스러운 상황이 되고 말았던 것이다.

하지만 미국사회의 무슬림에 대한 과잉의 차별과 배제는 오히려 그들로 하여금 신앙생활에 더 열중하게 만들었고, 그들의 언어로 진행되는 집단예배와 공동회의로 그들을 결속시키는 게토화를 초래했다. 어렸을 적에는 곧잘 식당일을 도와주던 아들 사이에드조차도 식당에 발걸음을 끊은 채 아버지 캐림과 함께 무슬림들의 예배와 회의에 섞여 자기 의견을 발표하고 열변을 토하는 일이 잦아지게 된 것도 결국 이슬라모포비아에 대한 반작용이라고 볼 수 있다. 은실은 가족들이 괜한 일에 연루될까봐 자주 심란해져 미국과 캐림의 조국인 이라크 간에 전쟁이 발발하지 않기를 알라 신에게 간절히 기도해 왔다. 하지만 2003년에 미국과 이라크는 전쟁을 시작했다.

캐림은 이라크의 무식한 독재자 사담 후세인을 극도로 싫어하지만 부시 정권이 내세우는 후세인 정부의 대량살상무기 보유설도 믿지 않는다. 그는 전혀 과격하지 않은 합리적 무슬림으로서 이라크와 미국에 대해서도 중립적인 인물이다. 다만 그는 "의미 없고 파괴뿐인 전쟁을 불만스러워했으며, 그저 구경만 하고 있어야 하는 자신의 무능력을 괴로워했"던 평범한 중동계 미국인일 뿐이었다. 그런 그가 이라크전쟁이 벌어지고 있는 와중에 작업현장의 높은 스캐폴드 작업대에서 떨어져 생명을 잃고 만 것이다. "이라크와의 전쟁 때문에 불안했던 그의 정신상태가 이유 같지만, 별 증거는 없었으며 항의할 대상도 없었"기에 그의 죽음은 단순 사고사로 처리되고 말았다.

캐림의 사후, 대학을 졸업한 아들 사이에드는 어머니 은실과의 남미

가족여행 대신 파키스탄에 혼자 여행하겠다고 말한 후 갑자기 행방불명되고 말았다. 은실은 이라크전쟁이 벌어지고 있는 와중에서 파키스탄 여행은 위험하다고 말렸지만 아들은 견해를 달리했다. 그는 "죄 없이 수많은 사람들이 죽어가는 마당에, 나 혼자만 평화로운 것도 좋은 건 아니잖아요?"라며 "아버지가 못다 하고 돌아가신 일을 제가 하고 싶어요"라고 하며 파키스탄으로 떠나고 싶어 했던 것이다.

FBI라고 자신을 밝힌 죠셉 장으로부터 은실은 행방불명된 아들이 이슬람 근본주의 탈레반 그룹 중에서도 극렬 무슬림 단체인 슈자혜자르와 연관이 있다는 충격적인 소식을 접하게 된다. 아들은 파키스탄에 단순한 여행을 간 것이 아니라 무장 탈레반 그룹에 자발적으로 참가한 것이다. 아들로부터 3개월 내에 집에 돌아가지 않으면 불효자식을 잊어달라는 전화를 받은 직후, 은실은 죠셉 장으로부터 "사이에드는 지금 파키스탄에 있습니다. 파키스탄에서 전화를 한 것입니다. 사이에드가 범법행위를 한 사실이 없으니까, 아직 걱정하실 단계는 아닙니다"라는 정보를 듣게 된다. 사격훈련까지 마친 은실은 소식이 끊긴 지 1년 4개월이 지난 아들을 찾으러 파키스탄에 갈 계획을 세우고 페쉬아와(페샤와르)로 향한다. 탈레반 잔당과 슈자혜자르 요원들이 퍼져 살고 있는 산악지역에서 제일 가까운 대도시가 페쉬아와였기 때문이다.

그녀는 그곳에서 총을 구입하고 슈자혜자르가 주둔하고 있는 산악지대로 아들을 함께 찾기 위한 현지 가이드로 변호사 자말 칸을 고용하여 구출작전을 실행한다. 죽을 고비를 넘기는 우여곡절 끝에 아들을 구출해 뉴욕행 비행기를 타는 데 성공한 은실은 죠셉 장으로부터 다음과 같은 말을 듣게 된다.

"수고 많았습니다. 미세스 하쉬쉬. 저희들은 지금부터 당신 모자의 안전을 책임질 것입니다. 미국에 도착하시면 미세스 하쉬쉬에게 큰 포상이 기다리고 있을 것입니다. 페쉬아와 공항에서 미세스 하쉬쉬를 불법 체포하려던 슈자헤자르 요원들은 모두 체포되었습니다. 자말 칸은 본명이 아마드 칸이란 자인데, 미국 중앙정보국과 파키스탄의 대 테러당국이 찾고 있던 중범죄자였던 것입니다."[6]

그녀가 고용한 자말 칸은 아들의 구출작전에 도움을 준 인물이 전혀 아니었던 것이다. 그는 산악지대로 가는 과정에서 은실에게 성폭행을 자행했을 뿐만 아니라 그 사실을 아들에게 폭로하겠다고 그녀를 다시 협박한 비열하고도 교활한 인물이었다. 다만 은실의 돈을 탐낸 그 자가 미국 중앙정보국과 파키스탄의 대 테러당국이 찾던 중범죄자였다니 은실은 아찔하지 않을 수 없었다. 아들에게 총부리를 겨눈 자말 칸을 그녀는 권총으로 쏘았다. 아들을 구출하기 위해서라면 권총을 들 수도, 사지인 파키스탄 산악지대에 목숨 걸고 침투할 수도 있는 것이 강인한 한국적 모성이다. 은실을 움직인 거대한 힘은 바로 한국적 모성의 저력이다.

3) 진정한 미국인으로의 새로운 출발

이 소설은 느와르(noir)적 요소를 가미함으로써 파키스탄 산악지대에서의 아들 구출작전을 보다 흥미롭게 전개시킨다. 그리고 무엇보다 9·11테러 이후의 무슬림을 적대시하는 미국사회의 분위기를 생생하게

---

6) 정종진, 앞의 책, 411-412면.

그려내며, 그러한 사회적 분위기가 역으로 무슬림으로 하여금 이슬람 근본주의 탈레반 그룹의 자살폭탄 테러단체에 가입하게 만들 수도 있다는 메시지를 전달한다. 작중의 사이에드가 바로 그 문제적 인물이다. 그는 9·11테러 이후 미국사회가 보여준 이슬라모포비아에 반발하며 이슬람 근본주의 탈레반 그룹 중에서도 극렬 무슬림 단체인 슈자헤자르에 자발적으로 소속되었다가 실망하고 후회하며 어머니 은실에 의해 극적으로 구출되었다. 다음의 인용문은 작품의 결말이다.

> 좁은 유리창으로 파고드는 붉은 햇살이 새로운 아침을 알린다. 죠셉의 두툼한 모가지는 아버지의 것처럼 신뢰를 준다. 죠셉의 목걸이에 달린 십자가가 길 잃은 배를 향한 등댓불처럼 간간이 번쩍이고 있었다.[7]

결말에서 작가는 FBI 요원인 죠셉 장으로 상징되는 미국에 대한 강한 신뢰를 나타낸다. "죠셉의 두툼한 모가지는 아버지의 것처럼 신뢰를 준다"와 같은 표현에서 미국이 국민을 안전하게 보호하는 국가라는 것을 작가는 드러내고 있다. 제목인 '출발은 페쉬아와'는 진정한 미국인으로 거듭나는 새로운 출발을 의미한다고 볼 수 있다. 즉 무슬림과 한인 사이에서 태어난 사이에드는 무슬림으로서의 정체성을 버리고 진정한 미국인으로 거듭난다. 그 새로운 출발이 페쉬아와 공항에서 이루어졌다고 할 수 있다.

작품은 이슬람교가 아닌 미국의 개신교를 상징하는 십자가를 통해 기독교의 우월성을 표현하고 있다. 은실은 근본적으로 무종교 불신자였

---

7) 위의 책, 412면.

지만 무슬림 남편과 결혼함으로써 이슬람교의 종교의식에 참여한 것은 아니지만 알라 신에게 마음속으로 기도를 해왔다. 그런데 십자가를 길 잃은 배를 향한 등댓불처럼 여기게 되었다는 것은 이슬람교가 아니라 기독교라는 종교의 우위를 나타내고자 하는 작가의식이 표출된 것이라고 할 수 있다. 즉 기독교 신자인 작가 정종진의 종교적 태도가 작품에 반영된 것이라 할 수 있다.

미국사회의 이슬라모포비아에 반발하며 자발적으로 극렬 무슬림 단체인 슈자혜자르에 가입하였다가 후회하는 사이에드라는 인물 설정을 통해서 작가는 미국사회가 무슬림을 차별하고 배제함으로써 사이에드 같은 인물이 나왔지만 그가 보여준 후회를 통해서 그의 선택이 잘못된 것이었다는 것을 입증하였다.

결말에서 미국의 FBI가 은실과 사이에드의 안전귀환을 책임지겠다고 한 말은 미국이라는 나라가 사이에드처럼 한때 극렬 탈레반 그룹에 소속되었던 자라고 할지라도 미국시민으로 받아들이고 그 안전을 책임지는 포용력 있는 국가라는 것을 보여준 것이라고 생각한다. 이 작품에서 정종진은 미국이라는 국가는 무슬림을 차별하기도 하지만 다른 한편에서 무슬림조차도 미국의 시민으로 보호하고 껴안는다는 메시지를 결말에서 제시했다고 생각한다.

뿐만 아니라 은실이 아들을 구해내는 과정에서 고용한 자말 칸의 교활하고 비열한 인간성-그녀를 성폭행했고, 슈자혜자르의 고위관료와 내통한 자였다는 것, 미국 중앙정보국과 파키스탄의 대 테러당국이 찾던 중범죄자였다는 것, 그녀의 돈을 빼앗고 아들도 죽이려 했다는 것 등-은 개인적 캐릭터를 넘어서 무슬림의 교활함과 비열함을 상징할 수도 있는, 즉 상대적으로 미국인의 도덕적 우위를 보여주는 인물 설정이라고 하지 않을 수 없다.

작가는 근본주의 탈레반 그룹의 폭력성에 대해서 비판적이었지만 9·11테러 이후 미국사회가 보여준 무슬림에 대한 과잉의 차별과 혐오에 대해서도 비판적 입장을 취하였다. 즉 미국사회가 무슬림 전체를 잠재적 테러분자로 취급하며 사회적으로 배제하고 차별하는 이슬라모포비아는 오히려 사이에드와 같은 문제적 인물을 만들어낼 수도 있는 비이성적 태도라는 것이라는 것이다. 그럼에도 미국은 포용력이 있는 국가라는 것이 미국 시민권자인 작가 정종진의 최종적인 결론인 것 같다.

4. 맺음말

21세기에는 국민국가의 경계를 넘는 국제적 인구 이동과 트랜스내셔널리즘이 보편적인 현상이 되었으며, 기존의 문화에서 관습처럼 굳어져 왔던 다양한 경계들이 해체되고 있다. 정종진의 소설들은 공간적 배경 면에서 탈국경의 특징을 나타내며, 인물들도 특정한 국가나 민족의 경계를 벗어난 다양성을 보여준다.

작가는 「출발은 페쉬아와」에서 미국사회의 무차별적인 이슬라모포비아가 결코 바람직하지 않다는 시각을 보여주었다. 미국 백인들의 무슬림에 대한 차별과 배제는 잘못된 편견이며, 폭력적인 탈레반 그룹에 자발적으로 참가하는 사이에드와 같은 문제적 인물을 만들 수도 있기 때문이다. 정종진은 백인도 무슬림도 아닌 한국 출신의 이민자로서 미국 백인사회의 외국인 이민자에 대한 차별과 배제를 직접 경험했던 데서 이슬라모포비아에 대해서도 객관적 거리를 갖고 비판적인 시각을 취할 수 있었을 것으로 생각한다.

동시에 작가는 거주국 미국에 대한 강한 신뢰를 나타냈다는 것도 부정할 수 없는 사실이다. 그것은 무엇보다도 주인공 은실로 하여금 과격한 탈레반 그룹으로부터 아들을 구출하여 미국으로 귀환시키는 핵심서사가 그러하다. 특히 결말에서 파키스탄 페쉬아와(페샤와르) 공항에서 은실과 사이에드가 미국으로 안전하게 귀환할 수 있도록 미국의 FBI가 책임지겠다는 데서도 그것을 확인할 수 있다. 그리고 제목인 '출발은 페쉬아와'는 사이에드가 부계 혈통인 무슬림으로서의 정체성을 버리고, 진정한 미국인으로 거듭 나는 새로운 출발이 페쉬아와 공항에서 이루어졌다는 의미로 해석된다.

무종교자였지만 남편의 종교를 따라 마음속으로 알라 신에게 기도해왔던 은실이 미국 FBI인 죠셉 장의 목에 걸린 십자가에 대해 등대불과 같은 신뢰를 느낀 것으로 설정한 것은 무슬림의 신앙인 이슬람교가 아니라 기독교를 선택하겠다는 의미로 읽힌다. 이는 기독교를 신앙하는 작가의 종교적 태도를 반영한 것이다.

그의 소설들은 이민 1세대들이 겪는 디아스포라의 정체성 갈등과 문화변용과 같은 디아스포라 문학의 전형적인 주제들과 일부 겹치면서도 그러한 주제로부터 벗어나 있다. 그는 아직 장편소설을 발표하지는 않았지만 앞으로 장편소설도 쓸 수 있으리라는 기대를 갖게 하는 잠재 가능성이 매우 큰 작가이다.

현대사회는 개인이 원하든 원하지 않든 이민에 의해 다양한 민족과 문화의 다양성이 공존하는 사회를 살아갈 수밖에 없다. 이민은 앞으로도 계속될 것이고 이에 따라 새로운 형태의 문화와 정체성은 계속 등장하게 될 것이다. 이민자들의 주변의 경계를 가로지르며 유동하는 정체성과 디아스포라의 경험, 문화적 혼종성(hybrididy)과 통문화성(cross-cultural)과 융합(convergence)의 경험들이야말로 탈국경의 노마드 시대를 살아가는 매우 소중한 자산이 될 수 있을 것이다.

(『펜문학』 2019년 3 · 4월호, 국제펜 한국본부)

15. 상호텍스트성의 소설 기법

📖

- 전혜성의 「백년의 민들레-여성소설의 기원」

전혜성의 소설에서 상호텍스트성은 중편소설 「백년의 민들레-여성소설의 기원」에서 특징적으로 발견되는 기법이다. 이 작품은 우리나라 근대문학사에서 최초로 등단한 여성작가 김명순(1896-1951)의 전기적 사실과 그녀가 쓴 작품들을 인용하면서 소설 쓰기를 하고 있다는 점에서 매우 특이한 소설이다.

그렇다고 이 작품이 사실에 기반한 김명순의 전기는 아니며, 허구로서의 소설임에 분명하다. 왜냐하면 김명순의 전기적 사실에 어느 정도 기초해 있지만 나머지는 김명순이 쓴 소설의 인용에다 작가의 소설적 상상력이 결합되어 가공의 인위적 세계를 창조했기 때문이다. 실제 모델이 있는 소설의 경우에 일반적으로는 전기적 사실에다 작가의 상상력을 결합시켜 쓴다. 하지만 「백년의 민들레-여성소설의 기원」의 경우는 실제 모델인 작가의 전기적 사실에다 작가가 쓴 작품들을 편집, 인용하며 인물과 사건들을 재구성하고 있다.

그런데 김명순의 전기적 삶을 백 퍼센트 사실 그대로 인용한 것이 아니며, 인용한 김명순의 소설도 일정 부분 김명순의 자전적 경험을 반영하고는 있지만 자전적 작품들이 아니라는 것, 그리고 인용하는 방식에서도 작가 전혜성의 고쳐 쓰기에 의한 변형이 이루어졌다는 점에서 「백년의 민들레-여성소설의 기원」은 허구의 텍스트임에 분명하다. 작가 김명순, 김명순의 작품들, 전혜성 작가의 상상력이 분리할 수 없을 정도로 뒤얽혀 있는 이 작품을 읽는 동안 나는 내가 읽고 있는 것이 김명순의 전기인가, 아니면 전혜성의 소설인가 분간할 수 없는 착각 속으로 빠져들어갔다.

상호텍스트성(intertextuality)이라는 용어는 일차적으로 텍스트와 텍스트의 관계, 즉 텍스트들 사이의 관계를 의미한다. 여기서 텍스트는 둘일 수도 있고, 그 이상일 수도 있다. 불가리아 출신의 프랑스 기호학자 줄리아 크리스테바(Julia Kristeva)는 러시아의 문예이론가인 바흐친에 관한 『언어, 대화, 그리고 소설』이라는 논문에서 모든 텍스트는 다른 텍스트의 흡수와 변화를 통한 인용의 연속으로 구성되어 있다고 상호텍스트성 이론을 주장하며, 기존 비평가들이 주장하던 텍스트의 자족성과 독자에 대한 작가의 일방적인 영향력이란 개념을 파괴하였다.

크리스테바는 문학 작품을 비롯한 모든 문헌은 단일한 작가의 생산물이기보다는 그 외부에 존재하는 여타 문헌들과 미디어 자료, 언어 구조와의 상호작용으로 생산된 것이라고 주장하였다. "모든 텍스트는 인용구들의 모자이크로 구축되며 모든 텍스트는 다른 텍스트를 받아들이고 변형시키는 것"이라고 상호텍스트성의 개념을 규정했던 것이다. 전혜성의 소설 「백년의 민들레-여성소설의 기원」은 김명순의 전기적 삶에다 그녀의 작품에 관한 인용이 모자이크처럼 변형, 구성되어 있다는 점에서 상호텍스트성을 말하지 않을 수 없다.

사실 작가가 어떤 개성적인 이야기를 새롭게 창조해낸다 하더라도 이전에 존재했던 무수한 스토리들과 전혀 무관하다고는 말할 수 없다. 바흐친은 인간의 삶 자체가 남의 이야기와 자신의 이야기가 서로 섞이는 상호 교차적인 대화의 과정이라고 했다. 하늘 아래 더 이상 새로운 이야기는 없다는 것은 상호텍스트적인 관점에서 완전히 새로운 이야기는 존재하지 않는다는 뜻이다. 상호텍스트성은 텍스트의 유일한 소유자이자 창조자로서 작가의 위상을 인정하지 않는다. 롤랑 바르트는 『저자의 죽음』 등의 저서에서 '저자의 죽음'과 '독자의 탄생'을 선언하며, 글을 쓰는 것은 이미 형성되어 있는 사고와 감정들을 기록하는 과정이라기보다는 기표를 기록하고 기의가 알아서 형성되는 것이라고 주장한 바 있다.

원래 저자(author)라는 존재는 자신의 작품이나 창조물에 대한 창조적 주체이다. 따라서 저자라는 호칭은 창조물로서의 작품에 대한 권위의 원천으로서의 의미를 지닌다. 하지만 후기구조주의와 포스트모더니즘에서는 '저자의 죽음'을 말한다. 왜냐하면 유일무이한 창조자로서의 저자는 더 이상 존재하지 않고, 더 이상 새로운 이야기는 창조될 수 없으며, 상호텍스트성을 지닌 텍스트만이 존재하기 때문이다. 롤랑 바르트는 과거처럼 권위적인 저자가 존재하지 않는다는 의미에서 저자의 죽음을 선언했던 것이다.

(전략) 한 장 두 장 원고를 넘기던 그녀는 마지막 소설이 되고만 단편 '모르는 사람같이'에서 시선을 멈췄다. 짧지만 강렬했던 글, 가슴속이 답답하다가 먹먹하기를 반복했다. 위장이 뻑뻑할 만큼 거칠게 먹은 것도 없는데, 왜 이럴까. 유순과의 이별을 떠올린 때문일까. 파릇파릇 봄날 새싹

처럼 설렘으로 만나고 붉그레 물드는 저녁노을처럼 그리움만 한가득 안겨주고 떠난 사람.

'바다 건너오기 전날, 성균관 앞 포플러 나무 아래서 바스락거리던 낙엽이 으깨지도록 기다렸지. 도덕의 굴레로 단절된 그간의 감정을 어떻게 풀 수만 있다면 다시 봄날의 속살처럼 설레던 그때로 돌아갈 수 있을지도 모른다는 기대에 잔뜩 부풀어서는.'

"명순 씨."

부르는 소리에 그녀는 불꽃처럼 타오르는 애정을 억눌렀다. 겉으로는 냉랭한 태도를 애써 보이면서. 그가 "산보하세요"라며 그냥 평범하면서도 어색한 어조로 말을 걸어왔다. 그녀도 "어떻게 오셨어요"라며 마음과는 달리 서먹하게 대답했다. 그러고는 침묵으로 일관했던 그날, 남들의 이목 때문에 우리가 희생되어야 하냐고 울부짖었지만, 유순은 아무 말도 없었다. 다만 우울하게 고개를 떨궜을 뿐이었다. 쓸쓸한 침묵이 계속되던 끝에 유순과 정말 모르는 사람같이 그렇게. 저 창자 밑동에서부터 올라오는 울음을 꾸역꾸역 삼키며 냉정하고 고요하게 헤어졌다.

　　-「백년의 민들레-여성소설의 기원」부분

인용한 대목은 「백년의 민들레-여성소설의 기원」의 첫 장인 〈풀꽃 자화상〉의 부분으로 1929년 5월에 『문예공론』1호에 발표한 김명순의 소설 「모르는 사람같이」를 인용하고 있다. 「모르는 사람같이」는 단편이라고 하기에도 그 분량이 미흡한 콩트 정도의 매우 짧은 소설이다. 이 소설은 "쾌청한 가을 날씨였다. 성균관 앞에 황 들어 드높은 포플러 나무들이 맑은 햇빛을 받아 저 파란 하늘 한복판에 황금빛을 휘 풀어 그으려는 듯이 높이높이 빗 날리고 있었다"로 시작한다. 하지만 전혜성의 작품에서 이와 같은 서두의 묘사는 "성균관 앞 포플러 나무 아래서 바스락거리던 낙엽이 으깨지도록"처럼 성균관 앞이라는 장소와 포플러 나무, 가을이라는 계절과 같은 정황만이 인용되어 있다. 그리고 등장인물은 원작 「모르는 사람같이」에서는 순실과 창일이다. 하지만 제1장 〈풀꽃 민들레〉에서는 명순과 유순이다. 순실과 창일, 또는 명순과 유순은 남들의 오해 때문에 결혼 전날 파혼한 사이이다. 그런데 1년이 지나 오해가 다 풀리어 다시 만나는 장면을 원작 「모르는 사람같이」에서는 재현하고 있다. 「모르는 사람같이」에서 왜곡된 헛소문에 순실과 파혼하고 다른 여성과 결혼한 창일이 순실에게 "남의 과실로 우리는 희생되어야 합니까?"라고 매달리지만 순실은 냉정하게 거절한다. 그녀는 헛소문에 휘둘려 파혼 선언을 한 창일을 절대 용서하지 않을 뿐만 아니라 그것을 남의 과실로 돌리며 변명하는 데 대해서도 혐오감을 표출한다. 그런데 전혜성의 소설에서는 명순이 매달리며 아무 대답도 하지 않은 채 그냥 떠난 유순에 대한 아쉬움을 회상하는 것으로 관계가 역전되어 있다. 말하자면 전혜성은 원작 「모르는 사람같이」를 고쳐 쓰기를 하고 있는데, 이는 일종의 패러디(parody)이다. 패러디는 단순모방이 아니라 의도된 모방이다. 전혜성은 김명순의 원작 「모르는 사람같이」를 읽으면서 원작의 의도와는 다르게 순실, 아니 명순의 불행을 더욱 심화시키기 위한 의도에서 그와 같은 고쳐 쓰기를 한 것으로 보인다.

따라서 원작에서 남성인물(창일)을 비판한 김명순의 페미니즘의 의도와는 상당한 거리가 발생한다. 정이현의 단편소설 「이십세기 모단걸-신 김연실전」에서 김동인의 「김연실전」을 패러디함으로써 김동인의 김명순에 대한 왜곡을 바로잡고자 했던 것과는 다른 차원의 패러디인 셈이다.

작중의 '정유순'이라는 인물은 제4장 〈여성소설의 탄생〉이란 장에서 본격적으로 소환된다. 정유순은 아마도 『창조』 동인이자 화가, 그리고 희곡작가이자 평론가이기도 했던 김찬영(김유방)을 모델로 삼았을 가능성이 크다. 그는 조선인으로서는 고희동, 김관호에 이어 도쿄미술학교에 세 번째로 입학한 미술학도였다. 기혼자인 그는 김명순과 한때 사랑했던 사이라고 알려진 인물이다. 여기서 김명순은 탄실이라는 필명(아명)으로 호명되는데, 정유순은 평양 부호의 아들이자 화가로 설정되었다. 이 장은 김명순과 정혼자가 있는 정유순 사이의 이루어지지 못한 짧은 사랑의 이야기를 다루는데, 두 사람의 관계는 김명순의 소설 「돌아다볼 때」에서 기혼자인 송효순과 미혼의 류소련의 안타까운 사랑을 인용하고 있다.

한편 〈여성소설의 탄생〉은 김명순의 등단작 「의심의 소녀」를 쓰는 과정을 상상적으로 보여준다. 얼핏 볼 때에 〈여성소설의 탄생〉은 일종의 메타소설(metafiction)로 읽힌다. 메타소설은 소설 속에 소설 제작의 과정 자체를 노출시키는 것을 기법으로 한다. 메타소설은 픽션과 리얼리티 사이의 관계에 의문을 제기하면서 작가는 스스로의 글쓰기 행위에 대해 비판하고 반성하는 자의식적 행위를 글 속에서 보여준다. 그것은 소설의 창작과 그 소설의 창작에 관한 진술을 동시에 하는 것으로 나타나는데, 자신의 텍스트에 대한 불신, 의혹, 상상, 환상 등의 방법을 동원한다. 외부세계를 향했던 거울의 반영적 특성을 소설 내부를 향해 비추며 자신의 소설 쓰기에 대한 자의식을 드러내는 것이 메타소설이다. 그리고 메타소설은 패러디와 불가분의 관계를 가진다.

〈여성소설의 탄생〉은 정확히 김명순의 1917년 『청춘』의 등단작 「의심의 소녀」를 쓰는 과정을 보여준다는 점에서 메타소설이다. 하지만 이것은 단지 기법적 차용일 뿐이다. 왜냐하면, 〈여성소설의 탄생〉은 김명순의 소설이 아니라 전혜성의 소설이기 때문이다. 따라서 정확한 의미의 메타소설이라기보다는 작중의 주인공 김명순이 자신의 등단작 「의심의 소녀」를 쓰는 과정을 작가 전혜성이 상상적으로 보여주었다는 뜻에서 일종의 예술가소설인 셈이다. 예술가소설은 작가(예술가)를 주인공으로 내세워 소설 쓰기의 과정을 보여주는 소설로, 제4장의 〈여성소설의 탄생〉은 우리나라 백년의 여성문학사에서 「의심의 소녀」라는 최초의 여성소설이 어떻게 탄생하였는가를 상상적으로 보여준 것이다.

제5장 〈유학 그리고 사랑〉에서는 김명순의 단편소설 「칠면조」(1921)를 패러디하고 있고, 제10장인 〈망양초, 그녀〉에서 김명순의 소설 「돌아다볼 때」(1924)를 패러디하고 있다. 이밖에 일일이 언급하지 않아도 부분 부분 인용, 편집한 대목들은 수없이 많다.

「백년의 민들레-여성소설의 기원」은 〈풀꽃 자화상〉, 〈홀로 피는 꽃〉, 〈편견의 끝〉, 〈여성소설의 탄생〉, 〈유학 그리고 사랑〉, 〈열정, 그 아름다움〉, 〈스캔들〉, 〈고향의 봄은〉, 〈혼란 속에도 꿋꿋하게〉, 〈망양초, 그녀〉, 〈다시 피는 민들레〉 등 총 11개의 장으로 구성되어 있다. 어떤 장은 김명순의 전기적 삶이 인용된 텍스트이며, 또 어떤 장에서는 김명순이 쓴 작품이 텍스트로 인용되어 상호텍스트성을 형성하고 있다. 물론 여기에 작가 전혜성의 상상력이 첨가되어 있음은 말할 필요가 없다.

아오야마 병원 울타리를 둘러싼 플라타너스의 가지 끝에 파릇파릇 새싹이 돋아나고 잎사귀들이 풍성해 올 때, 그녀의 몸은 죽음을 맞이했다. 썰렁하기 짝이 없는 병실에서 초라하게 죽었다. 그렇게 자유연애를 갈망하고, 여성문인으로서의 자존감에 목말라하던 그녀의 영혼도 민들레 홀씨처럼 바람을 타고 훨훨 날아갔다. 그녀의 머리맡에는 책 몇 권과 묵주

만이 덩그러니 놓여있었다.

　혼란과 격동의 시대에 태어나 일제의 탄압과 억압의 사회 속에서 젊은 시절을 보내고 죽음까지도 불분명하게 기록되지 못한 김명순, 아명 탄실, 필명 망양초. 그녀는 그렇게 죽음을 맞이했다.

　-「백 년의 민들레-여성소설의 기원」부분

인용한 대목은 「백년의 민들레-여성소설의 기원」의 결말이다. 일본의 아오야마 병원에서 쓸쓸히 생을 마감한 김명순의 죽음으로 작품은 끝이 난다. 전혜성이 파악한 김명순의 이야기는 혼란과 격동의 시대에 태어나 일제의 탄압과 억압의 사회 속에서 젊은 시절을 보내며, 처절한 가난에 시달리면서도 자유연애를 갈망하고, 여성문인으로서의 자존감에 목말라하며, 죽음까지도 불분명하게 기록되고 만 우리나라 여성작가 1세대의 좌절되고 불행한 삶의 기록이다. 하지만 작가가 각 장에서 민들레꽃에 관한 소회를 밝혀 나갔듯이 김명순은 남성중심의 가부장제 사회에서 잡초와도 같은 강인함으로 차별과 질시를 뚫고 문학을 하고 치열하게 삶을 살아 우리 근대문학사 최초의 여성소설가가 되었다.

　전혜성은 김명순의 전기적 생애와 그녀의 작품들을 모자이크처럼 편집하는 상호텍스트성의 소설 쓰기를 함으로써 불행했던 김명순의 삶과 문학을 복원하고자 했다. 그런데 전혜성은 김명순의 당당한 페미니스트로서의 삶과 문학보다는 그녀가 겪었던 억압과 불행에 더 관심이 갔던 것 같다. 따라서 소설집에 수록한 4편의 다른 소설들과 마찬가지로 사회적 약자에 대한 연민의 시선으로 김명순을 그려냈던 것이다. 하지만 김명순이 다시 살아난다면 자신을 당당한 페미니스트 여성이요, 작가로 기억하고 문학사에서 포지셔닝(positioning) 해주기를 원하지 않았을까?

「백년의 민들레-여성소설의 기원」 이외에도 이번 소설집에는 가족 제도에서 소외된 노년여성의 이야기를 쓴 「해바라기」, 박정희 군사정권 시절 데모를 했다고 오인되어 끌려가 고문을 당했던 고교생에 대한 후 일담인 「기억의 이분법」, 우울증에 걸린 여성의 이야기인 「M」, 1,500만 원의 월수입을 보장한다고 해서 다단계 판매에 빠졌던 여성의 이야기 를 쓴 「해수」 등의 단편소설을 수록하고 있다. 이 모두 현재 우리가 살아 가는 사회와 이웃에서 흔히 마주칠 만한 이야기들이다. 작가는 이들 사 회적 약자에 대해 따뜻한 연민의 시선으로 서사를 끌어가고 있다.

「백년의 민들레-여성소설의 기원」는 우리 근대문학사에서 배제되고 소외된 여성작가 1세대인 김명순을 주인공으로 하여 그녀의 삶과 문학 을 상상적으로 복원한 이야기다. 문학사에서 배제되고 소외된 여성작가 의 삶과 문학을 가시적으로 복원시키는 것이 여성문학의 과제라고 할 때에 전혜성은 여성문학이 지향하는 목표에 철저한 소설 쓰기를 했다 고 할 수 있다. 아무튼 이 작품은 김별아의 장편소설 『탄실』(2016)과 더 불어 여성작가 김명순의 삶을 복원시킨 소설로 기록될 것이다.

대학원에서 국문학을 전공했던 전혜성은 「백년의 민들레-여성소설 의 기원」에서 상호텍스트성, 패러디, 메타소설적 기법들을 자유롭게 구 사했다. 앞으로도 기법 면에서 독창적이고 차별화된 소설 창작을 해 나 가기를 바란다.

(전혜성, 『백년의 민들레』, 푸른사상, 2022)

찾/아/보/기

송명희(宋明姬)

부경대학교 명예교수, 〈문학예술치료학회〉 회장으로 있으며, 〈한국문학이론과비평학회〉 회장, 〈한국언어문학교육학회〉 회장, 〈부경대학교 인문사회과학연구소〉 소장, 〈해운대포럼〉 회장, 〈달맞이언덕축제〉 운영위원장, 〈사진단체 중강〉 회장을 역임했다.

1980년『현대문학』을 통해 문학평론가로 등단한 이래 50여 권이 넘는 저서를 발간했으며, 마르퀴즈 후즈후 세계인명사전(2010)에 등재되었다.

문화체육관광부 우수학술도서에『타자의 서사학』(푸른사상, 2004),『젠더와 권력 그리고 몸』(푸른사상, 2007),『페미니즘 비평』(한국문화사, 2012),『인문학자 노년을 성찰하다』(푸른사상, 2012), **대한민국학술원 우수학술도서**에『미주지역한인문학의 어제와 오늘』(한국문화사, 2010),『트랜스내셔널리즘과 재외한인문학』(지식과교양, 2017), **세종우수도서(학술부문)**에『다시 살아나라, 김명순』(지식과교양, 2019) 등이 선정되었다.

그밖의 저서에『여성해방과 문학』(지평, 1988),『문학과 성의 이데올로기』(새미, 1994),『이광수의 민족주의와 페미니즘』(국학자료원, 1997),『탈중심의 시학』(새미, 1998),『섹슈얼리티 · 젠더 · 페미니즘』(푸른사상, 2000),『현대소설의 이론과 분석』(푸른사상, 2006),『디지털시대의 수필 쓰기와 읽기』(푸른사상, 2006),『시 읽기는 행복하다』(박문사, 2009),『소설서사와 영상서사』(푸른사상, 2010),『여성과 남성에 대해 생각한다』(푸른사상, 2010),『수필학의 이론과 비평』(푸른사상, 2014),『페미니스트 나혜석을 해부하다』(지식과교양, 2015),『에세이로 인문학을 읽다』(수필과비평, 2016)『캐나다한인문학연구』(지식과교양, 2016),『문학을 읽는 몇 가지 코드』(한국문화사, 2017),『치유 코드로 소설을 읽다』(지식과교양, 2019),『김일엽의 문학과 사상』(지식과교양, 2022)이 있다.

편저에 『페미니즘 정전읽기1, 2』(푸른사상, 2002), 『이양하수필전집』(현대
문학, 2009), 『김명순 작품집』(지만지, 2008), 『김명순 소설집 외로운 사람들』
(한국문화사, 2011), 『김명순 단편집』(지만지, 2011)이 있다.

공저에 『여성의 눈으로 읽는 문화』(새미, 1997), 『페미니즘과 우리시대의
성담론』(새미, 1998), 『페미니스트, 남성을 말한다』(푸른사상, 2000), 『우리
이혼할까요』(푸른사상, 2003), 『한국현대문학사』(현대문학, 2002), 『한국현
대문학사』(집문당, 2004), 『부산시민을 위한 근대인물사』(선인, 2004), 『나
혜석 한국근대사를 거닐다』(푸른사상, 2011), 『박화성, 한국문학사를 관통하
다』(푸른사상, 2013), 『배리어프리 화면해설 글쓰기』(지식과교양, 2017), 『여
성과 문학』(월인, 2018), 『재외한인문학 예술과 치료』(지식과교양, 2018)이
있다.

시집에 『우리는 서로에게 가는 길을 잃어버렸다』(푸른사상, 2002), 『카프카
를 읽는 아침』(푸른사상, 2020)

에세이집에 『여자의 가슴에 부는 바람』(일념, 1991), 『나는 이런 남자가 좋
다』(푸른사상, 2002), 『인문학의 오솔길을 걷다』(푸른사상, 2014), 『트렌드를
읽으면 세상이 보인다』(푸른사상, 2021)가 있다.

수상에 〈한국비평문학상〉(1994), 〈봉생문화상〉(1998), 이주홍문학상(2002),
〈부경대학교 학술상〉(2002), 〈부경대학교 교수우수업적상〉(2008, 2010),
〈신곡문학상 대상〉(2013), 〈부경대학교 우수연구상〉(2013), 펜클럽 한국본
부의 〈펜문학상 평론부문〉(2019)을 수상했다.

소설의 텍스트와 콘텍스트

초 판 인 쇄 | 2022년 11월 10일
초 판 발 행 | 2022년 11월 10일

지 은 이 송명희

책 임 편 집 윤수경

발 행 처 도서출판 지식과교양
등 록 번 호 제2010-19호
주 소 서울시 강북구 우이동108-13 힐파크103호
전 화 (02) 900-4520 (대표) / 편집부 (02) 996-0041
팩 스 (02) 996-0043
전 자 우 편 kncbook@hanmail.net

ISBN 978-89-6764-192-4 93800
정가 21,000원